Conan le vagabond

J'AI LU

ROBERT E. HOWARD | *ŒUVRES*

CONAN	*J'ai Lu* 1754***
CONAN LE CIMMÉRIEN	*J'ai Lu* 1825***
CONAN LE FLIBUSTIER	*J'ai Lu* 1891***
CONAN LE VAGABOND	*J'ai Lu* 1935***
CONAN L'AVENTURIER	
CONAN LE GUERRIER	
CONAN L'USURPATEUR	
CONAN LE CONQUÉRANT	
D'autres auteurs :	
CONAN LE BARBARE	*J'ai Lu* 1449***
CONAN LE DESTRUCTEUR	*J'ai Lu* 1689**
CONAN LE VENGEUR	
CONAN L'AQUILONIEN	
CONAN L'EXPLORATEUR	
CONAN LE BOUCANIER	
CONAN LE JUSTICIER	
CONAN LE BRIGAND	
CONAN LE SABREUR	
CONAN LE LIBÉRATEUR	
CONAN LE REBELLE	

ROBERT E. HOWARD

Textes mis au point et complétés
par L. Sprague de Camp et Lin Carter

Conan
le vagabond

TRADUIT DE L'AMÉRICAIN
PAR ÉRIC CHÉDAILLE

ÉDITIONS J'AI LU

POSTERS

Un poster couleur, format 45 × 55, de l'illustration de couverture de ce livre peut être commandé à : *Frazetta Prints P.O. Box R. Marshalls Creek, Pennsylvania 18335, E.U.*

Chaque poster coûte quatre dollars, plus cinq dollars de frais d'expédition, et doit être réglé en monnaie américaine.

Ce roman a paru sous le titre original :

CONAN THE WANDERER

INTRODUCTION

*Robert Ervin Howard (1906-1936), créateur de Conan, naquit à Peaster, Texas, et passa la plus grande partie de sa vie à Cross Plains, dans le centre de cet Etat. Au cours de sa brève existence (il se suicida à l'âge de trente ans), il produisit une quantité considérable d'écrits de fiction allant des récits sportifs, policiers, historiques ou western, aux romans d'aventures et de science-fiction, auxquels il faut ajouter sa poésie et ses nombreuses séries d'*heroic fantasy. *De ces dernières, les plus célèbres sont les histoires de Conan. Dix-huit d'entre elles furent publiées du vivant de Howard; huit autres, sous forme de notes, de simples fragments ou de manuscrits terminés, ont été trouvées dans ses papiers depuis 1950. Les histoires inachevées ont été menées à bien par Lin Carter et moi-même.*

De plus, au début des années cinquante, je remaniai quatre de ses manuscrits d'aventures orientales, pour les convertir en histoires de Conan par le changement des noms, la suppression d'anachronismes, et l'introduction d'un élément surnaturel. Cela ne présenta pas de grandes difficultés, les héros de Howard étant tous de la même fibre, et les histoires résultantes sont pour les trois quarts ou les quatre cinquièmes du Howard.

De celles-ci, La Dague ardente *est la plus longue. Howard lui donna d'abord (en 1934) la forme d'un roman d'aventures de 42 000 mots dont l'action se déroulait dans l'Afghanistan moderne, et dont le titre était* Three-Bladed Doom. *Le héros en était Francis X. Gordon, personnage principal de plusieurs romans publiés d'aventures orientales, et membre de la grande famille d'Irlandais costauds et bagarreurs que Howard aimait à mettre en scène. Dans* Three-Bladed Doom *le culte éventé par le héros est la résurrection à l'âge moderne des assassins médiévaux. La version originale ne se vendit pas, et, en 1935, Howard la raccourcit à 24 000 mots; mais cette nouvelle version ne fut pas mieux reçue. Cette histoire montrait l'influence de Harold Lamb et Talbot Mundy. La présente version, avec ses 31 000 mots, est de longueur intermédiaire entre les deux versions de Howard.*

Carter et moi avons également écrit plusieurs pastiches, basés sur des allusions trouvées dans les notes ou la correspondance de Howard, afin de combler des lacunes de la saga. Larmes noires, *qui commence le présent volume, en est un.*

*Toutes ces histoires appartiennent à ce genre littéraire auquel les connaisseurs donnent le nom d'*heroic fantasy. *L'action se déroule en un passé imaginaire à caractère antique ou médiéval – peut-être ce monde tel qu'il fut jadis, ou tel qu'il sera dans un avenir lointain, ou sur une autre planète, ou encore dans une autre dimen-*

sion –, où la magie a cours et où la technologie moderne n'existe pas encore.

Hormis les histoires de Conan, The Worm Ouroboros *de E. R. Eddison,* Le Seigneur des Anneaux *de Tolkien, ainsi que certaines œuvres de Fritz Leiber sont très représentatifs du genre. Lorsqu'elles sont bien construites, ces histoires constituent une fiction très divertissante.*

Des nombreux personnages qui traversent les pages de Howard, Conan le Cimmérien est le héros des héros. Conan vivait, aimait et évoluait à cet âge hyborien imaginé par Howard, il y a environ douze mille ans, entre l'engloutissement de l'Atlantide et les débuts de l'Histoire écrite.

Géant barbare et aventureux, originaire de cette terre septentrionale et reculée de Cimmérie, Conan franchit en force la moitié du monde de son temps; il traversa des fleuves de sang, défit des ennemis naturels et surnaturels, pour devenir enfin roi du puissant royaume hyborien d'Aquilonie.

Arrivant, jeune rustre peu dégrossi, au royaume de Zamorie (se reporter à la carte), Conan mena pendant quelques années l'existence précaire d'un voleur dans ce pays et sur les terres environnantes. Lassé de cette existence famélique, il s'engagea comme mercenaire dans les armées de Turan. Pendant les deux années qui suivirent, il voyagea beaucoup et devint fin cavalier et tireur à l'arc éprouvé.

A la suite d'une querelle avec un de ses supérieurs au sujet d'une femme, Conan s'enfuit de Turan. Après une infructueuse tentative de chasse au trésor en Zamorie et une brève visite à sa terre natale, il se refit mercenaire pour les royaumes hyboriens. Diverses circonstances – violentes comme d'habitude – en firent un pirate le long des côtes de Kush, en compagnie de Bêlit, une Shémite, et d'un équipage de Noirs assoiffés de sang.

Après la fin violente de Bêlit, il devint chef d'une tribu noire, puis servit comme mercenaire en Shem et parmi les plus méridionales des nations hyboriennes.

Bien plus tard, Conan sera chef d'un parti de Kozaki, horde de hors-la-loi qui hantait les steppes entre les terres hyboriennes et Turan. Puis il commanda un bateau pirate sur la grande mer intérieure de Vilayet.

Alors qu'il avait le grade de capitaine dans la garde de la reine Taramis de Khauran, Conan fut fait prisonnier par les ennemis de celle-ci qui le crucifièrent. Un vautour vint se poser sur son épaule pour lui dévorer les yeux; Conan lui sectionna la tête d'un coup de dent. (On ne peut trouver héros de plus robuste constitution.) Olgerd Vladislav, chef zaporoskan d'une bande de Zuagirs, ces nomades shémites, revint à ce moment critique et sauva Conan de la croix (avec l'espoir de l'utiliser à son service). Lorsque Conan et Olgerd s'opposèrent, le coriace Cimmérien déposa sans ménagement son sauveteur et prit la tête de la bande. Après avoir renversé les ennemis de la reine Taramis et replacé celle-ci sur le trône, il emmena ses troupes vers l'est et mit à sac le pays de Turan. C'est ici que commence la présente histoire.

L. Sprague de Camp.

Carte tracée d'après des notes et des esquisses de R. Howard et d'après une première carte de P. Schuyler Miller, John D. Clark, David Kyle et Sprague de Camp. On y a superposé une carte de l'Europe.

Larmes noires

Après les événements narrés dans Une sorcière viendra au monde (Conan le flibustier) (1), *Conan part vers l'est avec sa bande de Zuagirs pour razzier les villes et caravanes des Turaniens. Il a alors trente et un ans et se trouve à l'apogée de sa force physique. Il passe en tout près de deux années avec les Shémites du désert, d'abord comme lieutenant d'Olgerd, puis comme chef unique de la tribu. Mais le pugnace roi Yezdigerd réagit vivement aux incursions de Conan; il envoie ses troupes le prendre au piège.*

1. Les mâchoires du piège

Le soleil de midi embrasait le ciel. Les sables arides du Shan-e-Sorkh, la Désolation Rouge, cuisaient sous cet impitoyable flamboiement comme dans un four géant. Nul mouvement dans l'air figé; les rares buissons épineux ceinturant les basses collines de pierraille qui formaient un mur aux confins de la Désolation ne bronchaient pas.

Pas plus que ne remuaient les soldats qui, tapis dans leur ombre, guettaient la piste.

(1) Paru aux Editions J'ai Lu, n° 1891***.

Là, quelque affrontement primordial des forces naturelles avait taillé une faille à travers l'escarpement. Une érosion millénaire avait élargi la blessure qui, néanmoins, formait toujours un étroit goulet entre les pentes abruptes. Le site idéal pour une embuscade.

Les soldats de Turan avaient passé les heures les plus chaudes de la matinée cachés au sommet des collines. Ruisselants de sueur sous leurs cottes de mailles, ils étaient restés accroupis, immobiles, cuisses engourdies, genoux douloureux. Sans cesser de jurer à voix basse, l'amir Boghra Khan, leur capitaine, endurait en leur compagnie la longue et inconfortable attente. Il avait la gorge aussi sèche que du cuir bouilli; le lourd jaseran était une étuve où son corps cuisait lentement. Dans cette maudite contrée, un homme ne pouvait même pas transpirer à l'aise; l'air desséché du désert buvait avidement la moindre goutte d'humidité, vous laissant aussi stérile que la langue racornie d'une momie stygienne.

A présent l'amir clignait et se frottait les yeux, s'efforçant d'apercevoir de nouveau l'éclat ténu. Dissimulé derrière une dune de sable rouge, un guetteur captait le soleil dans un miroir pour le renvoyer à son chef caché dans les collines.

On distinguait maintenant un nuage de poussière. L'altier aristocrate turanien sourit dans sa barbe noire et oublia son inconfort. Assurément, le traître qui l'avait informé avait bien gagné son argent!

Bientôt, Boghra Khan put discerner le convoi étiré des guerriers zuagirs, revêtus de leurs amples khalats blancs et chevauchant de minces étalons du désert. Comme la bande de maraudeurs émergeait du nuage de poussière que levaient les sabots de leurs montures, le seigneur turanien put bientôt –

tant l'air du désert était limpide, et vif le soleil – distinguer les visages fins, sombres et aquilins, encadrés par le camail, de ses proies. La satisfaction investit ses veines comme ce vin vermeil d'Aghrapur dont étaient pleines les caves du jeune roi Yezdigerd.

Cela faisait des années que cette bande de hors-la-loi assaillait et pillait les villes, les comptoirs commerciaux et les caravanes de Turan; d'abord conduite par ce chien zaporoskan, puis, depuis un peu plus d'un an, par son successeur, Conan. Enfin, des espions turaniens, infiltrés dans les villages acquis aux hors-la-loi, étaient parvenus à mettre la main sur un élément corruptible de la bande, un certain Vardanes, non pas zuagir mais zamorien. Vardanes était le frère de sang d'Olgerd que Conan avait renversé et ne songeait qu'à le venger de l'usurpateur étranger.

Boghra tiraillait pensivement sa barbe. Le traître zamorien, gaillard à l'abord agréable, avait su s'attacher un cœur turanien. Petit, mince, agile et poseur, beau et impavide comme un jeune dieu, Vardanes était un plaisant camarade de libations et un combattant diabolique, mais il était aussi froid et peu loyal qu'une vipère.

Maintenant, les Zuagirs étaient engagés dans le défilé. Et devant eux chevauchait Vardanes, montant une jument noire et nerveuse. Boghra Khan leva la main pour signaler à ses hommes de se tenir prêts. Il entendait laisser le plus grand nombre possible de Zuagirs entrer dans le défilé avant de refermer le piège sur eux. On ne devait laisser sortir que le seul Vardanes. Lorsque celui-ci fut masqué par la paroi de grès, Boghra abaissa le bras.

– Egorgez-moi ces chiens! hurla-t-il en bondissant sur ses pieds.

Une grêle de flèches descendit vers la faille. En l'espace d'une seconde les Zuagirs ne furent plus qu'une mêlée d'hommes hurlant et de chevaux affolés. Nuée après nuée, les traits sifflants les abattaient. Les guerriers s'affaissaient en portant des mains étonnées aux dards empennés qui sortaient comme par magie de leur poitrine. Les chevaux hennissaient sous les barbelures acérées qui tailladaient leurs flancs.

Un nuage de poussière s'éleva bientôt du défilé. Il s'épaissit au point que Boghra Khan fit signe à ses archers de cesser le tir afin qu'ils n'épuisent pas en vain leurs traits. Ce souci d'économie fut cause de sa défaite. Car au-dessus de la clameur, dominant le chaos, s'éleva une voix profonde.

– A l'assaut des collines! Sus aux maudits chacals!

C'était la voix de Conan. L'instant suivant, la grande forme du Cimmérien gravissait la pente abrupte sur un gigantesque étalon. L'on penserait que seul un sot ou un dément pouvait décider de s'engager sur ce terrain instable de sable et de pierraille, pour se jeter dans la gueule de l'ennemi, mais Conan n'était ni l'un ni l'autre. Certes, son cœur brûlait du désir de vengeance, mais son visage menaçant, ses yeux ardents recelaient l'intelligence aiguë d'un guerrier accompli. Il n'ignorait pas que bien souvent la seule issue à un guet-apens est celle à laquelle l'ennemi s'attend le moins.

Stupéfaits, les soldats de Turan, arcs débandés, le regardaient accourir. Emergeant du nuage de poussière, la meute hurlante des Zuagirs, à pied ou à cheval, leur fonçait maintenant dessus. En un instant, les guerriers du désert, plus nombreux que l'amir ne l'avait supposé, atteignirent la ligne de crête dans un déluge de jurons et de cris de guerre.

A leur tête venait Conan. Les flèches avaient déchiré son blanc khalat, découvrant l'étincelante cotte de mailles qui ceignait son torse léonin. La crinière de ses cheveux sortait de son morion d'acier telle une bannière effilochée; une flèche perdue avait arraché sa kaffia. En selle de l'étalon aux yeux fous, il courait sus à l'ennemi, pareil à un démon de légende. Il brandissait non pas le cimeterre des peuples du désert, mais une grande épée à double tranchant en faveur sur les terres du Ponant; de toutes les armes dont il maîtrisait le maniement, celle-ci était sa préférée. Dans sa main couturée, cette longueur d'acier étincelant ouvrait un sillon écarlate au milieu des Turaniens. Sans cesse s'élevant et s'abattant, elle vaporisait l'air du désert de gouttelettes vermeilles. Chacun de ses coups fendait armure, chair et os, fracassant là un crâne, sectionnant ici un membre, projetant une troisième victime à plusieurs mètres, cage thoracique enfoncée.

Au bout d'une demi-heure, tout était dit. Pas un Turanien ne survécut, hormis ceux qui avaient fui à temps et leur chef. La robe arrachée, la face ensanglantée, l'amir fut conduit devant Conan qui, toujours en selle, essuyait sa lame au khalat d'un mort.

Conan fixait le piteux seigneur d'un œil méprisant où brillait une lueur sarcastique.

– Alors, Boghra, on se retrouve! grogna-t-il.

Incrédule, l'amir cligna des yeux.

– Toi! souffla-t-il.

Conan se mit à rire. Dix ans plus tôt, alors qu'il n'était encore qu'un jeune vagabond, le Cimmérien avait servi chez les mercenaires de Turan. Il avait faussé un peu précipitamment compagnie aux couleurs du roi Yyldiz à la suite d'une affaire ridicule avec la maîtresse d'un officier. Il s'était esquivé si vite, en fait, qu'il n'avait pu régler une dette de jeu contractée avec cet amir qui se tenait maintenant devant lui. A l'époque, Boghra Khan, insouciant rejeton d'une famille noble, et Conan s'étaient souvent trouvés ensemble entre la table de jeu, la taverne et le bordel. A présent, des années plus tard, ce même Boghra levait les yeux vers cet ancien camarade qui venait de l'écraser et dont il n'avait bizarrement jamais rapproché le nom de celui, terrible, du chef des pillards du désert.

Conan le toisait froidement.

– Tu nous attendais, n'est-ce pas?

L'amir s'affaissa un peu plus. Il ne souhaitait pas renseigner le hors-la-loi, même s'ils avaient jadis partagé leurs plaisirs. Mais il avait entendu beaucoup de choses sur la façon dont les sanguinaires Zuagirs savaient soutirer les aveux de leurs prisonniers. Engraissé et amolli par des années de vie de cour, l'officier turanien craignait de ne pouvoir garder bien longtemps le silence si on le soumettait à ce genre de traitement.

A son grand étonnement, sa coopération ne fut pas nécessaire. Vardanes avait curieusement, le matin même, demandé à se placer en tête de colonne; Conan l'avait vu piquer des deux vers la sortie du défilé juste avant que l'attaque fût déclenchée.

– Combien as-tu donné à Vardanes? interrogea le Cimmérien.

– Deux cents shekels d'argent..., souffla le Turanien.

Puis il s'interrompit, surpris de sa propre indiscrétion. Conan s'esclaffa.

– Le prix d'un prince, hein? Ce chien mielleux, comme tous les Zamoriens, est pourri jusqu'au trognon! Il ne m'a jamais pardonné d'avoir déposé Olgerd. (Conan se tut et considéra d'un air railleur la tête inclinée de l'amir. Il eut un sourire non dénué de bonté.) Aie le cœur léger, Boghra. Tu n'as pas trahi tes secrets militaires; je te les ai soutirés par la ruse. Tu vas pouvoir regagner Aghrapur et y rapporter intact ton honneur de soldat.

Boghra leva un visage étonné.

– Tu me laisses la vie? fit-il d'une voix rauque.

Conan hocha la tête.

– Et pourquoi pas? Je te devais toujours un sac d'or. Ainsi nous serons quittes. Mais fais bien attention la prochaine fois que tu poses un piège à loup, Boghra. Il arrive qu'un tigre y pose la patte!

2. La terre des fantômes

Après deux jours d'une pénible chevauchée à travers les sables rouges du Shan-e-Sorkh, les Zuagirs n'avaient toujours pas rattrapé le traître. Ne songeant qu'à répandre le sang de Vardanes, Conan ne ménageait pas ses hommes. La cruelle loi du désert exigeait la Mort aux Cinq Pieux pour celui qui avait trahi ses camarades, et Conan entendait que le Zamorien payât ce prix.

Au soir du deuxième jour, ils établirent leur camp à l'abri d'un mamelon de grès qui saillait des sables rouille, tels les vestiges d'une tour en ruine. La fatigue avait ridé le visage dur de Conan, déjà presque noirci par le soleil du désert. Son étalon haletait, au bord de l'épuisement, et ses naseaux écumaient encore tandis que son maître lui présentait l'outre d'eau. Derrière, les hommes étendaient leurs jambes lasses et faisaient jouer leurs bras endoloris. Après avoir abreuvé leurs montures, ils avaient allumé un feu pour tenir à distance les chiens sauvages. Conan entendait grincer les courroies des fontes d'où l'on sortait tentes et ustensiles de cuisine.

Dans son dos le sable crissa. Il se retourna pour voir le visage creusé d'un de ses lieutenants. C'était Gomer, un Shémite à l'œil rond, au nez aquilin. Bleu nuit, des boucles graisseuses dépassaient des plis de sa kaffia.

– Eh bien? grogna Conan sans cesser d'étriller l'étalon fourbu à grands coups de brosse dure.

Le Shémite eut un haussement d'épaules.

– Il se dirige toujours droit vers le sud-ouest. Ce démon doit être fait d'acier.

Conan eut un rire sans joie.

– Sa jument est peut-être en acier, mais pas lui. Il est de chair et de sang, comme tu le verras quand nous l'aurons attaché aux pieux et que nous exposerons ses tripes aux vautours!

Les yeux tristes de Gomer étaient habités d'une vague angoisse.

– Conan, ne vas-tu pas abandonner la poursuite? Chaque jour nous emmène un peu plus loin dans ce pays de soleil et de sable, où seuls peuvent vivre les vipères et les scorpions. Par la queue de Dagon, si nous ne rebroussons pas chemin, nos os blanchiront dans cet enfer!

– Non pas, grogna le Cimmérien. Si une carcasse doit blanchir ici, ce sera celle du Zamorien. Ne te tourmente pas, Gomer. Nous allons rattraper ce chien. Demain peut-être. Il ne va pas pouvoir conserver cette allure.

– Et nous non plus! protesta Gomer.

Il se tut; le regard bleu de Conan détaillait son visage.

– Mais il y a autre chose qui te travaille, n'est-ce pas? demanda ce dernier au bout d'un moment. Parle, Gomer, parle!

Le rude Shémite haussa les épaules.

– Eh bien, oui. Je... enfin, les hommes se disent que...

Sa voix mourut.

– Parle, maudit!

– Cette – cette terre est le Makan-e-Mordan! s'écria Gomer.

– Je sais. J'ai déjà entendu parler de ces fantômes. Et alors? Tu as peur de ces contes de vieilles femmes?

Gomer venait d'être piqué au vif.

– Ce ne sont pas que des histoires, Conan. Tu n'es pas zuagir. Tu ne peux pas connaître cette terre et les horreurs qu'elle recèle. Nous qui vivons depuis très longtemps aux confins de ce pays, nous savons. Depuis des milliers d'années, cet endroit est maudit, et chaque heure qui passe nous trouve plus avancés à l'intérieur de ce cauchemar. Les hommes n'osent pas t'en parler, mais ils sont à demi fous de terreur.

– De superstition puérile, veux-tu dire, railla Conan. Je sais bien que ces légendes de fantômes et de goules les font flageoler dans leurs bottes. A moi aussi on a raconté ces histoires, Gomer. Mais il y a là tout juste de quoi effrayer un enfant turbulent, pas un guerrier. Va dire à tes camarades que ma colère est plus terrible que tous les fantômes de l'enfer!

– Mais, Conan...

Le Cimmérien interrompit son lieutenant d'un mot cru.

– Suffit, Shémite! J'ai fait le serment par Crom et Mitra que je répandrais le sang du félon zamorien ou que je mourrais! Et si je dois verser un peu de sang zuagir en chemin, je le ferai. A présent cesse de geindre et viens boire une bouteille avec moi. Ma gorge est aussi sèche que ce maudit désert, et ces parlotes n'arrangent rien à l'affaire.

Conan appliqua une claque sur l'épaule de Gomer et s'en fut vers le feu autour duquel les hommes déballaient la viande fumée, les dattes et les figues, le fromage de chèvre et les bouteilles de cuir.

Mais le Shémite ne suivit pas immédiatement son chef. Il resta un long moment immobile à regarder cet homme qu'il accompagnait depuis bientôt deux ans, depuis le jour où ils l'avaient trouvé crucifié sous les murs de Khauran. Conan avait été officier dans la garde de la reine Taramis de Khauran, jusqu'au jour où le trône avait été ravi à celle-ci par la sorcière Salomé liguée à Constantius le Faucon, voïvode kothique des Libres Compagnies.

Lorsque Conan, fidèle à Taramis, avait été défait, Constantius l'avait fait crucifier à l'extérieur de la ville. Par le plus grand hasard, Olgerd Vladislav, chef d'une bande locale de Zuagirs, était passé par là avec ses hommes et avait détaché Conan de sa croix en lui promettant que, s'il survivait à ses blessures, il pourrait se joindre à leurs rangs. Conan avait non seulement survécu, mais il s'était révélé un tel meneur d'hommes qu'il avait bientôt évincé Olgerd et était depuis lors resté à la tête de la bande de hors-la-loi.

Mais son règne tirait à sa fin. Gomer d'Akkharia poussa un profond soupir. Ces deux derniers jours, Conan avait chevauché à leur tête, remâchant son sinistre désir de vengeance. Il ne mesurait pas les sentiments qui habitaient aujourd'hui le cœur des

Zuagirs. Gomer, lui, savait que, bien qu'ils aimassent leur chef, leurs terreurs superstitieuses les avaient conduits au bord de la révolte et de l'assassinat. Ils auraient suivi le Cimmérien jusqu'aux portes écarlates des Enfers, mais ils n'allaient pas s'engager plus avant sur la Terre des Fantômes.

Le Shémite idolâtrait son chef. Mais, comprenant qu'aucune menace ne le détournerait de son objectif, il ne voyait qu'un seul moyen de sauver Conan des couteaux de ses hommes. D'une poche de son khalat blanc, il sortit un petit flacon de poudre verte. Il la dissimula dans sa main et alla rejoindre Conan près du feu pour partager avec lui une bouteille de vin.

3. La mort invisible

Lorsque Conan ouvrit les yeux, le soleil était déjà haut. Des ondes de chaleur fibrillaient sur les sables désolés. L'air était chaud, inerte et sec, comme si les cieux eussent été un immense cratère d'airain renversé et porté à incandescence.

Conan se mit à genoux et porta la main sur son front. Il lui semblait qu'on lui avait bastonné le crâne.

Il parvint à se mettre debout et resta un moment immobile, oscillant légèrement. Paupières plissées, il promena son regard trouble autour de lui. Il était seul dans ce désert maudit.

Il aboya une insulte à l'adresse des superstitieux Zuagirs. Toute la bande avait décampé en emportant chevaux et provisions. Deux outres d'eau en cuir de chèvre gisaient non loin de là. Avec sa cotte de mailles, son khalat et son épée, elles étaient tout ce que ses anciens compagnons lui avaient laissé.

Il retomba à genoux et fit sauter le bouchon d'une des outres. Il se rinça la bouche, puis but quelques parcimonieuses gorgées d'eau tiède et replaça le bouchon à contrecœur avant que sa terrible soif fût à demi étanchée. Bien qu'il brûlât de renverser l'outre sur sa tête douloureuse, la raison l'emportait. S'il était perdu au milieu de cette désolation, chaque goutte serait nécessaire pour survivre.

A travers l'aveuglante migraine et le vacillement de ses esprits, il entrevoyait ce qui avait dû se passer. Ses Zuagirs avaient plus craint sa douteuse entreprise qu'il ne l'avait supposé, en dépit des avertissements de Gomer. Il avait commis une erreur grossière, et peut-être fatale. Il avait sous-estimé le pouvoir des superstitions sur ses guerriers et surestimé son propre pouvoir de contrôle et de domination. Avec un grognement morose, il maudit son orgueil buté. S'il ne s'en guérissait pas, ce pourrait un jour être la cause de sa perte.

D'ailleurs ce jour était peut-être arrivé. Il considéra froidement ses chances. Elles semblaient minces. Il avait de l'eau pour deux jours – trois, s'il était disposé à risquer la folie. Pas de vivres et pas de cheval, ce qui voulait dire qu'il devrait aller à pied.

Il fallait donc se mettre en route. Mais dans quelle direction ? La réponse était évidente : revenir sur ses pas. Il y avait cependant des arguments contre cette solution. Et surtout la question de la distance. Ils avaient chevauché deux jours après avoir quitté le dernier trou d'eau. A pied, un homme pouvait au mieux progresser à la moitié de la vitesse d'un cheval. S'il rebroussait chemin, il lui faudrait donc marcher au moins deux jours entiers sans la moindre goutte d'eau...

Conan se frottait pensivement la mâchoire en essayant d'oublier les coups qui lui martelaient le crâne et de soutirer quelque sain raisonnement de son esprit embrumé. Revenir sur ses pas n'était pas la meilleure idée car il savait qu'il lui serait impossible de trouver de l'eau à moins de quatre jours de marche.

Il regarda devant lui. Les traces du fuyard s'étiraient de ses pieds à l'horizon.

Peut-être avait-il intérêt à suivre le Zamorien. Le seul fait que cette contrée lui fût inconnue jouait en sa faveur. Peut-être une oasis l'attendait-elle derrière quelque dune proche. Il n'était pas facile de prendre une décision rationnelle en de telles circonstances, mais Conan choisit ce qui semblait le plus sage. Entortillant son khalat autour de sa cotte de mailles et jetant son épée sur son épaule, il partit le long de la piste de Vardanes, les outres d'eau lui battant les flancs.

Le soleil semblait suspendu pour toujours dans ce ciel de cuivre fondu. Il dardait ses rayons, pareil à l'œil féroce de quelque colosse cyclopéen observant la lente et minuscule silhouette qui progressait sur la surface recuite de sables pourpres. Le soleil vespéral mit une éternité à achever son orbe immense pour se résoudre enfin à mourir sur le bûcher funéraire du Ponant. Alors le soir violacé glissa ses ombres sur la voûte céleste et une légère brise répandit sur les dunes sa fraîcheur bienfaisante.

Les muscles des jambes de Conan avaient transcendé la douleur. La fatigue avait engourdi ses membres, et il titubait de l'avant comme porté par deux colonnes de pierre animées par quelque tour de sorcellerie. La tête inclinée au-dessus de sa poitrine massive, il continuait de progresser, sachant que la fraîcheur du soir lui permettrait de franchir quelque distance dans un confort relatif.

Sa gorge était obstruée de poussière; son visage boucané, couvert d'un masque rouge brique. Il avait bu une gorgée d'eau une heure plus tôt, et ne reboirait que lorsque l'obscurité rendrait indiscernable la piste de Vardanes.

Cette nuit-là, ses rêves furent remplis de créatures cauchemardesques qui frappaient son corps nu de chaînes rougies au feu.

Lorsqu'il rouvrit les yeux, le soleil était déjà haut et un autre jour brûlant l'attendait. Son lever fut une agonie. Le moindre de ses muscles le lançait comme si de minuscules aiguilles y étaient profondément plantées. Mais il se leva, but quelques gouttes et se remit en chemin.

Il eut bientôt perdu toute notion de temps, et cependant, pas après pas, son inlassable volonté le poussait de l'avant. Son esprit errait en une rêverie hallucinatoire. Néanmoins trois pensées ne le quittaient pas : suivre les empreintes du félon, économiser l'eau au maximum et rester debout. Il savait que, s'il se laissait tomber, il lui serait impossible de se relever. Et que sa carcasse resterait à blanchir pour l'éternité dans cette Désolation écarlate.

4. L'immortelle souveraine

Vardanes de Zamora fit halte sur la crête des collines et posa le regard sur un spectacle qui le frappa de stupeur. Pendant cinq jours, depuis que l'embuscade contre les Zuagirs s'était retournée contre les Turaniens, il avait chevauché comme un possédé, osant à peine accorder une heure ou deux de repos à lui et à sa jument. Il était aiguillonné par une terreur si grande qu'elle avait vidé son être de toute humanité.

Il connaissait la vengeance des hors-la-loi du désert. Son imagination était pleine de scènes atroces, le prix que les sinistres Zuagirs feraient payer à son corps si jamais il tombait entre leurs pattes. C'est pourquoi, lorsqu'il avait compris l'échec du guet-apens, il s'était mis à galoper en direction du désert. Il savait que ce démon de Conan extorquerait de Boghra Khan le nom du traître et se lancerait sur sa piste avec une meute sanguinaire de Zuagirs. Et qu'ils n'abandonneraient pas facilement la piste de leur ancien compagnon passé à l'ennemi.

Sa seule chance avait été de s'engager dans l'épouvantable étendue du Shan-e-Sorkh. Bien que Vardanes fût un Zamorien citadin par sa culture et sa sophistication, les aléas de son temps l'avaient aventuré chez les hors-la-loi du désert, et il les connaissait bien. Il savait que le seul nom de la Désolation Rouge leur glaçait le sang et que leur imagination bouillante peuplait cet endroit de toutes sortes de monstres et de démons. Peu lui importait les raisons de cette peur des hommes du désert, pourvu qu'elle les empêchât de le suivre en cette contrée mortelle.

Mais ils n'avaient pas rebroussé chemin. Son avance sur eux était si mince que, jour après jour, il pouvait apercevoir derrière lui le nuage de poussière levé par les cavaliers zuagirs. Et il poussait sa monture au maximum, buvant et mangeant sans même descendre de selle.

Au bout de cinq jours, il ignorait si ses poursuivants étaient toujours sur ses talons; mais cela ne le souciait plus. Il avait épuisé vivres et eau, et continuait avec le faible espoir de trouver un trou d'eau.

Son cheval, les flancs recouverts de boue desséchée, progressait lentement comme un cadavre animé par la volonté de quelque sorcier. Sa fin était imminente. Par sept fois aujourd'hui, il s'était effondré à terre, et seul le fouet avait pu le forcer à se relever. Comme il ne pouvait plus supporter son cavalier, Vardanes marchait, le menant par le licol.

La Désolation Rouge avait prélevé un terrible tribut sur Vardanes lui-même. Jadis beau comme un jeune dieu enjoué, il n'était plus qu'un squelette décharné et recuit par le soleil. Ses yeux injectés de sang luisaient d'un éclat terne entre ses mèches emmêlées. Ses lèvres craquelées, tuméfiées, marmonnaient des prières à Ishtar, Set, Mitra et à quantités d'autres divinités. Après avoir gravi avec sa jument vacillante une nouvelle barrière de dunes, il découvrait maintenant à ses pieds une vallée verdoyante, parsemée des taches vert émeraude des palmiers dattiers.

Au centre de ce paradis, se trouvait une petite ville fortifiée. Des dômes ventrus, des tours de guet trapues s'élevaient au-dessus de l'enceinte de stuc percée d'une large porte dont les gonds de bronze renvoyaient l'éclat du soleil.

Une cité au beau milieu de ce désert roussi? Une vallée fertile, de la verdure, des arbres et des pelouses, des bassins d'eau limpide, au cœur de cette morne aridité? Impossible!

Vardanes frémit, ferma les yeux et passa la langue sur ses lèvres gercées. Cela ne pouvait être qu'un mirage ou un fantasme de son esprit dérangé! Pourtant lui revint alors en mémoire quelque chose dont il avait entendu parler il y avait bien longtemps au cours de ses études. C'était le fragment d'une légende sur Akhlat la Maudite.

Il s'efforça de retrouver le fil de ce souvenir. Il avait en fait lu cela dans un vieux livre stygien que son précepteur shémite conservait enfermé dans un coffre de bois de santal. Dès le plus jeune âge, Vardanes avait été doué ou affligé d'une grande curiosité et de doigts agiles. Par une nuit sombre, il avait crocheté la serrure et s'était plongé, avec un sentiment mêlé d'excitation et d'horreur, dans la lecture des sinistres pages de ce grimoire de nécromancie. En une écriture serrée, le parchemin faisait allusion à d'étranges rites. Les pages grouillaient de hiéroglyphes obscurs datant de l'époque d'anciens royaumes de funeste mémoire, comme l'Achéron ou la Lémurie, qui s'étaient épanouis et écroulés à l'aube des temps.

Parmi ces pages couvertes de pentacles, reposaient les fragments de quelque abstruse liturgie destinée à invoquer les démons immortels qui séjournent au delà des étoiles, dans ce chaos que les mages anciens situaient aux confins du cosmos. Une de ces liturgies faisait obscurément allusion à *Akhlat, cœur de la Désolation Rouge, Akhlat la Maudite, où des sorciers insanes ont invoqué en cette sphère terrestre un démon de l'au-delà pour des tourments infinis... Akhlat, où jusqu'à ce jour, l'immortelle a imposé son atroce domination... Akhlat, condamnée et maudite, que les dieux eux-mêmes ont abandonnée, transformant ainsi la contrée environnante en une désolation brûlante...*

Vardanes était toujours assis dans le sable, près de la tête de sa jument pantelante, quand des guerriers d'allure sinistre se saisirent de lui pour lui faire descendre les collines pierreuses qui entouraient la cité, et le conduire jusqu'à la vallée plantée de dattiers et de lotus, jusqu'aux portes d'Akhlat la Maudite.

5. La main de Zillah

Conan s'éveilla lentement, mais quelque chose avait changé. La veille, le réveil avait été pénible; il avait dû se faire violence pour entrouvrir ses paupières cireuses, cligner au soleil furieux et se lever lentement pour repartir sur les sables brûlants.

Cette fois, son réveil lui procura une sensation de béatitude et de confort. Sa tête reposait sur des oreillers de soie. Une épaisse toile aux franges chargées de glands protégeait son corps du soleil. Il était propre et nu, si ce n'était la bande de toile blanche qui lui ceignait les reins.

Il fut aussitôt en alerte, pareil à un animal dont la survie dépend de l'éveil. Il jeta autour de lui un regard incrédule. Sa première pensée fut que la mort l'avait enfin rappelé et que son âme venait d'être emportée au delà des nues jusqu'au paradis originel où Crom, le dieu des siens, siégeait devant mille héros.

Près de sa couche soyeuse, il trouva une aiguière d'argent pleine d'eau fraîche et limpide.

Un instant plus tard, relevant son visage dégouttant d'eau, Conan avait la certitude que, quel que fût ce paradis, il était terrestre. Il se désaltéra longuement, bien qu'il sût, à l'état de sa gorge et de sa bouche, qu'il ne souffrait plus de la soif atroce dont il avait le souvenir. Quelque caravane avait dû le secourir. Baissant les yeux, il vit que ses membres et son torse avaient été lavés de la poussière du désert et oints d'un onguent bienfaisant. Quels que fussent ses sauveurs, ils l'avaient nourri et pansé jusqu'à ce qu'il fût rétabli.

Il promena de nouveau le regard autour de la tente. Son épée était posée sur un coffre d'ébène. Il alla vers elle à pas feutrés, pareil à un félin méfiant – et se figea au tintement d'une cuirasse qu'il perçut dans son dos.

Mais ce bruit ne provenait pas de quelque homme d'armes; une mince jeune fille aux yeux de faon venait d'entrer et le regardait, immobile. Sa chevelure sombre et luisante tombait en cascade jusqu'à sa taille, et de minuscules clochettes d'argent la parsemaient. Celles-ci avaient émis le léger tintement.

Conan jaugea la fille d'un rapide coup d'œil : elle était jeunette, à peine sortie de l'enfance, gracile et charmante, et son corps pâle se laissait deviner à travers le voile diaphane. Des bijoux luisaient à ses longues mains blanches. Au diadème d'or qui lui ceignait le front, au feu de ses grands yeux sombres, Conan se dit qu'elle appartenait à un peuple apparenté aux Shémites.

– Oh! s'écria-t-elle. Mais vous êtes encore trop faible pour vous lever! Il vous faut reposer encore pour reprendre vos forces.

Elle parlait un dialecte shémite, plein de tournures archaïques mais suffisamment proche de la langue mère pour que Conan le comprît.

– Inutile. Je suis rétabli, répondit-il dans la même langue. Est-ce toi qui m'a pansé? Depuis combien de temps suis-je ici?

– Non pas, étrange seigneur, c'est mon père. Je suis Zillah, fille d'Enosh, seigneur d'Akhlat la Maudite. Nous avons trouvé votre corps il y a trois jours, dans les sables éternels de la Désolation, dit-elle en se voilant les yeux de ses cils soyeux.

« Par les dieux, se dit-il, que voilà une belle pucelle! » Il n'avait vu de femme depuis des semaines, et contemplait avec intérêt les formes douces de la fille que la gaze légère ne parvenait à dissimuler. Les joues de Zillah rosissaient.

– Ainsi, Zillah, ta jolie main m'a soigné? Je t'en remercie, et j'en remercie ton père. J'étais plus mort que vif. Mais, dis-moi, par quel hasard m'avez-vous découvert?

Bien qu'il crût connaître, au moins par ouï-dire, chaque cité des déserts du Sud, c'est en vain qu'il fouillait sa mémoire à la recherche d'Akhlat la Maudite.

– Cela n'a pas été par hasard, dit Zillah. A vrai dire, nous vous cherchions.

Conan plissa les yeux; ses nerfs se tendirent. Quelque chose dans le durcissement de ce visage impassible avertit la fille que l'étranger était un homme farouche, aux réflexes animaux, bien différent des citadins amollis qu'elle côtoyait d'ordinaire.

– Nous ne vous voulions aucun mal! protesta-t-elle en levant une main menue comme pour se protéger. Mais suivez-moi, beau sire, et mon père vous expliquera toutes choses.

Pendant un instant, Conan resta figé, tendu, en se demandant si Vardanes n'avait pas lancé ces gens sur sa piste. L'argent qu'il avait soutiré aux Turaniens aurait suffi pour acheter les âmes de cinquante Shémites.

Puis il se détendit, apaisant délibérément la soif de sang qui l'avait subitement habité. Il saisit son épée et en passa le baudrier à son épaule.

– Conduis-moi devant cet Enosh, pucelle, fit-il calmement. Je vais entendre son récit.

Elle fit demi-tour et s'en fut. Conan redressa ses épaules nues et lui emboîta le pas.

6. La chose venue de l'au-delà

Lorsque Conan et Zillah entrèrent, Enosh, assis dans un imposant fauteuil de bois noir, était absorbé dans la lecture d'un manuscrit froissé et à demi effacé par le temps. Cette partie de la tente était tendue d'une étoffe d'un violet sombre. D'épais tapis y étouffaient le bruit des pas. Sur un trépied composé de serpents de bronze entrelacés, reposait un miroir noir au dessin curieux dont les profondeurs renvoyaient d'étranges lueurs.

Enosh se leva pour accueillir Conan de quelques formules courtoises. C'était un homme grand et âgé, mais qui avait su rester mince et droit. Il portait sur la tête un turban de lin blanc comme neige; les ans avaient ridé son visage, et de sinistres pensées semblaient le plisser davantage; ses yeux sombres paraissaient las et tristes.

Il pria son hôte de s'asseoir et ordonna à Zillah d'apporter du vin. Lorsque les formalités protocolaires furent terminées, Conan demanda abruptement :

– Comment se fait-il que tu sois parti à ma recherche, ô shaykh?

Enosh jeta un coup d'œil au sombre miroir.

– Quoique je ne sois pas funeste mage, mon fils, il peut m'arriver d'utiliser des moyens qui ne sont pas tout à fait naturels.

– Pour quelle raison t'es-tu mis en route pour me secourir?

Enosh leva une main veinée de bleu pour apaiser les soupçons du guerrier.

– Patience, mon ami, et tout te sera expliqué, dit-il d'une voix tranquille et profonde.

Il approcha un guéridon, écarta son parchemin et emplit de vin deux gobelets d'argent.

Quand ils eurent bu, le vieillard commença son récit :

– Il y a bien longtemps, un rusé sorcier de cette terre d'Akhlat ourdit un complot contre la très ancienne dynastie qui était en place depuis la chute d'Atlantis. Usant d'habiles paroles, il parvint à convaincre le peuple que son monarque, homme faible et indolent, était son ennemi. Le peuple se souleva et renversa son roi. Se proclamant prêtre et prophète des dieux inconnus, le sorcier prétendit à l'inspiration divine. Il affirma que l'un des dieux descendrait bientôt sur cette terre pour régner sur la Sainte Akhlat, ainsi qu'on l'appelait alors.

– On dirait que vous, les Akhlatim, êtes aussi crédules que toutes les nations que j'ai pu traverser, railla Conan.

Le vieil homme eut un sourire sans joie.

– Il est toujours facile de prendre ses aspirations pour des réalités. Mais les desseins de ce sorcier étaient beaucoup plus terribles que l'on n'eût pu l'imaginer. En sacrifiant à d'abominables et indicibles mystères, il évoqua à l'existence terrestre une démone de l'extérieur, pour en faire la déesse de son peuple. Demeurant le maître maléfique de cette créature, il se présenta comme l'interprète de sa volonté divine. Frappés d'horreur, les habitants d'Akhlat pâtirent d'une tyrannie bien plus cruelle que celle que leur avait imposée l'ancienne dynastie.

Conan eut un sourire cruel.

– J'ai observé que les révolutions mettent souvent en place des gouvernements pires que ceux qu'elles abattent.

– C'est possible. En tout cas, telle fut celle-ci. Avec le temps, la situation empira encore; car le sorcier perdit le contrôle de la chose démoniaque qu'il avait suscitée de l'au-delà, et qui bientôt le détruisit et gouverna à sa place. Elle a gouverné jusqu'à ce jour.

– Cette créature serait-elle immortelle? demanda Conan. A quand remonte son apparition?

– Plus d'années se sont écoulées depuis ce jour funeste qu'il n'y a de grains de sable dans le désert, répondit Enosh. Et la déesse n'a rien perdu de sa suprématie sur la triste Akhlat. Le secret de sa puissance est tel qu'elle se repaît des forces vitales des créatures vivantes. Cette terre qui nous entoure fut jadis verdoyante, les dattiers bordaient ses ruisseaux, le bétail paissait sur ses pentes herbues. Sa soif de vie a asséché le pays, à l'exception de cette vallée où se dresse la cité d'Akhlat. Elle a épargné la ville et ses alentours car, privée d'êtres vivants dont elle puisse se repaître, elle ne pourrait se maintenir dans cette dimension.

– Crom! balbutia Conan en vidant son gobelet de vin.

– Depuis des siècles, poursuivit Enosh, cette terre se transforme en une étendue stérile. Notre jeunesse sert à étancher la soif de la déesse, et tel est aussi le destin des bêtes de nos troupeaux. Elle s'en nourrit chaque jour. Chaque jour elle choisit une victime. Lorsqu'elle s'en prend incessamment, jour après jour, à sa victime, celle-ci ne dure que quelques jours ou dépérit pendant une demi-lune. Les plus forts peuvent tenir jusqu'à trente jours avant qu'elle n'ait épuisé leurs ressources vitales et ne doive passer à la victime suivante.

Conan palpait la poignée de son épée.

– Par Crom et Mitra, que n'avez-vous égorgé ce monstre ?

Le vieillard secoua lentement la tête.

– Elle est invulnérable, fit-il doucement. Sa chair est d'une matière dont la cohésion dépend de son indomptable volonté. La flèche ou l'épée ne sauraient que l'égratigner, et il ne lui coûterait rien de réparer l'éraflure. La vie qu'elle puise dans les autres, les laissant comme des cosses sèches, lui assure une immense réserve d'énergie dont elle se sert pour restaurer son enveloppe charnelle.

– En ce cas, brûlez-la, gronda Conan. Incendiez son palais, ou encore coupez-la en mille morceaux que le feu de joie dévorera !

– Non. Elle se protège par quelque pouvoir infernal. Son arme frappe de paralysie tout ce qu'elle regarde. Un jour, jusqu'à cent guerriers se sont glissés dans le Temple Noir, bien décidés à mettre fin à l'horrible tyrannie. Il ne resta rien d'eux qu'une forêt vivante d'hommes figés qui tour à tour servirent de pâture à cette créature insatiable.

Conan eut un mouvement d'impatience.

– Etonnant que vous habitiez toujours cette terre maudite ! lança-t-il. Comment se fait-il que cette damnée sangsue n'ait pas depuis longtemps gobé la moelle du dernier habitant de cette vallée ? Et pourquoi n'avez-vous pas plié bagage pour fuir cet endroit maléfique ?

– En vérité, bien peu d'entre nous se sont enfuis. Pendant des siècles, la chose s'est nourrie des végétaux qui abondaient, épargnant hommes et animaux. Lorsque la région est devenue un désert, elle s'en est pris à notre bétail, puis à nos esclaves, et finalement aux Akhlatim eux-mêmes. Bientôt nous ne serons plus, et Akhlat ne sera qu'une immense ville morte. Nous ne pouvons partir car le pouvoir de la déesse nous maintient dans un étroit périmètre dont nous ne pouvons sortir.

Conan secoua la tête, agitant sa chevelure sur ses épaules hâlées.

– Ton histoire est tragique, vieil homme. Mais pourquoi me l'avoir contée?

– A cause d'une très ancienne prophétie, expliqua Enosh en saisissant le parchemin qu'il entreprit de dérouler.

– Quelle prophétie?

Le vieillard suivit du doigt quelques lignes d'une écriture si ancienne que Conan ne pouvait la lire, bien qu'il sût passablement déchiffrer le shémite de son époque.

– Il est dit ici que, lorsque notre fin sera proche, les dieux inconnus, dont nos ancêtres se sont détournés pour adorer la démone, laisseront s'apaiser leur colère et enverront un libérateur qui renversera la déesse et détruira son pouvoir maléfique. Ce sauveur, c'est toi, Conan le Cimmérien...

7. Le temple des morts-vivants

Depuis des jours et des nuits, Vardanes croupissait dans un cachot humide à peu de distance du Temple Noir d'Akhlat. Il tempêtait, suppliait, pleurait, jurait et priait, mais ses gardiens, l'œil morne, imperturbables, ne prêtaient aucune attention à ses doléances. Ils ne répondaient pas à ses questions. Pas plus qu'ils ne se laissaient acheter, ce qui étonnait grandement le prisonnier. En bon Zamorien, Vardanes avait peine à concevoir qu'un homme ne cherchât pas avant tout à s'enrichir; et pourtant, ces hommes étranges, avec leur parler archaïque et leurs cuirasses démodées, s'étaient si peu intéressés à l'argent reçu des Turaniens en paiement de sa trahison, qu'ils avaient laissé ses deux fontes de selle bourrées de pièces dans un recoin de sa cellule.

Toutefois, ils s'occupaient convenablement de lui, ils baignaient son corps décharné et enduisaient ses cloques d'onguent. Et ils le nourrissaient somptueusement de volailles rôties, de fruits juteux et de viandes grasses. Ils lui donnaient même du vin. Vardanes, qui avait connu d'autres prisons, ne laissait pas de s'étonner. L'engraissait-on en vue de quelque sacrifice?

Enfin, un jour, des hommes d'armes vinrent le chercher. Il se dit qu'il allait finalement comparaître devant quelque magistrat pour répondre des accusations absurdes que l'on avait pu porter contre lui. Il se sentit aussitôt ragaillardi. Jamais il n'avait rencontré de juge dont la grâce ne pût se monnayer contre un peu de métal précieux!

Mais au lieu de le conduire devant quelque suffète, ses gardiens l'amenèrent par des chemins sombres et détournés devant une imposante porte de bronze vert-de-gris qui l'écrasait de sa masse comme s'il se fût agi de la porte des Enfers. Verrouillé par trois serrures, barré d'acier, ce portail aurait arrêté une armée. Le visage tendu, les mains fébriles, les hommes d'armes ouvrirent l'immense porte et poussèrent le prisonnier à l'intérieur.

Tandis que l'huis se refermait lourdement dans son dos, le Zamorien se retrouva dans une magnifique salle de marbre poli. L'endroit baignait dans une pénombre violette; une épaisse couche de poussière recouvrait toute chose; partout se voyaient les preuves de la décrépitude et de l'abandon du lieu. Vardanes s'avança avec curiosité.

S'agissait-il d'une vaste salle du trône ou du transept de quelque temple colossal? Difficile à dire. Ce qui frappait le plus dans cet endroit ténébreux, hormis la négligence dont il souffrait depuis longtemps, c'étaient les groupes de statues qui le parsemaient. Une foule de questions se pressaient dans l'esprit troublé de Vardanes.

Le premier mystère était la matière dont ces statues étaient faites. Alors que la salle elle-même avait été construite en marbre lisse, les statues étaient d'une pierre grise, mate, poreuse et inerte que Vardanes ne put identifier. Quelle que fût cette matière, elle était singulièrement peu attirante. On eût dit de la cendre de bois mort, bien qu'au toucher elle fût dure comme pierre.

Le second mystère était le surprenant savoir-faire du sculpteur inconnu dont les mains talentueuses avaient façonné ces merveilles. Ses œuvres respiraient la vie et la représentation des détails y atteignait un inconcevable réalisme : les plis, la trame des étoffes semblaient plus vraies que nature; le moindre cheveu était représenté. Cette étonnante fidélité s'étendait aux postures du sujet. Nul groupe héroïque, nulle majesté monumentale parmi ces images taillées dans ce matériau terne et plâtreux. Disséminées çà et là sans souci d'ordonnance, elles figuraient des guerriers et des seigneurs, de jeunes garçons et des pucelles, des dignitaires cacochymes et de vieilles femmes séniles, des enfants épanouis ou encore des nouveau-nés portés par leurs mères.

Et tous ces visages de pierre arboraient la même expression d'horreur insoutenable.

Vardanes entendit bientôt un bruit ténu qui

venait des profondeurs de l'endroit. On aurait dit le son produit par de nombreuses voix, mais si assourdi que rien n'y était intelligible. Un étrange diapason dont les chuchotements couraient au milieu de cette forêt de statues. Au fur et à mesure qu'il s'approchait, Vardanes pouvait distinguer l'une après l'autre chaque voix qui s'ajoutait au tout : là, des sanglots déchirants, et là, le gémissement ténu de l'agonie; plus loin, le murmure voilé d'une prière; ailleurs, un rire rauque et dément ou des imprécations monotones. Ces voix semblaient provenir de cinquante gorges, mais le Zamorien n'eût pu les localiser. Il avait beau se tourner en tous sens, il ne voyait que lui-même et les milliers de statues.

La sueur perlait sur son front et ses joues creuses. Une indicible peur montait en lui. Il eût souhaité du plus profond de son cœur sans aveu se trouver à mille lieues de ce temple maudit où les voix d'êtres invisibles gémissaient, sanglotaient, murmuraient et s'esclaffaient de façon si hideuse.

C'est alors qu'il vit le trône d'or. Il se dressait au centre de la nef, dominant de plusieurs pieds la tête des statues. L'œil de Vardanes s'alluma à la vue du métal jaune, et, comme rassuré, il allongea le pas.

Quelque chose se tenait sur le trône – la momie ridée de quelque antique roi? Des mains décharnées étaient plaquées sur une poitrine cave. De la gorge aux talons, la silhouette mince était recouverte de bandelettes poussiéreuses. La face était cachée derrière un masque d'or repoussé à l'effigie d'une femme à la beauté surnaturelle.

Un sursaut d'avidité raviva le souffle pantelant de Vardanes. Il oublia ses craintes car, au front du masque d'or, un énorme saphir noir luisait comme un troisième œil. Une pierre comme il n'en avait jamais vu, une pierre qui eût suffi à payer la rançon d'un prince.

Parvenu au pied du trône, il resta un instant immobile à détailler le masque. Les yeux étaient clos comme lors du sommeil. Douce et charnue, l'adorable bouche elle aussi dormait. L'énorme saphir lançait des feux entêtants. Vardanes avança la main.

Ses doigts tremblants se refermèrent sur le masque, l'arrachèrent. Il découvrit une face ridée, brunâtre. Les joues s'étaient effondrées à l'intérieur de la bouche; la chair était dure et sèche comme du vieux cuir. Le Zamorien frissonna à la vue de cette effigie de la mort.

Alors celle-ci ouvrit les yeux et le regarda.

Il tituba à reculons avec un hurlement d'horreur. Le masque échappa à ses doigts inertes et tinta sur les dalles de marbre. Le regard mort plongeait dans le sien. Alors la chose ouvrit son troisième œil...

8. Le visage de la Gorgone

Conan parcourait pieds nus l'antre des statues; il rôdait pareil à un grand chat sauvage dans les ailes hantées d'ombres imprécises. Une frange de lumière trahissait le fil aigu de l'épée qu'il tenait en son poing formidable. Son regard perçant fouillait les ténèbres, et les fils d'acier de son camail bruissaient sur sa nuque. L'air figé était empuanti par des remugles de peur et de mort.

Comment avait-il pu se laisser convaincre par le vieil Enosh de se lancer dans cette entreprise insensée? Il n'avait rien d'un rédempteur ou d'un libérateur, rien d'un saint homme envoyé par les dieux pour libérer Akhlat du fléau éternel. Son seul but était de se venger par le sang.

Mais le sage vieillard avait beaucoup discouru et déployé une grande éloquence. Il avait surtout avancé deux arguments qui avaient convaincu le coriace barbare. L'un était que, une fois en Akhlat, Conan y serait enfermé par la magie noire et ne pourrait quitter la cité que lorsque la déesse aurait été tuée. Et l'autre était que le traître zamorien se trouvait dans le Temple Noir et ne tarderait pas à affronter la fatalité qui, si on n'y mettait pas un terme, les détruirait tous.

Ainsi Conan avait emprunté un souterrain secret qu'Enosh lui avait indiqué, et qui le fit entrer dans le temple par une porte dérobée. Bien sûr, Enosh n'ignorait rien de l'heure à laquelle Vardanes était lui-même arrivé dans l'antre sinistre de la démone.

Comme le Zamorien, Conan remarqua le merveilleux réalisme des statues grises; cependant, à la différence de celui-ci, il connaissait l'origine de ce prodige. Et il détournait les yeux des visages de pierre et de leur expression d'horreur.

A son tour il entendit les sinistres lamentations. Comme il parvenait au centre de l'imposante nef hypostyle, les pleurs se firent plus distincts. Il aperçut alors le trône d'or et la chose chiffonnée qui s'y trouvait, et s'approcha en silence.

Subitement, il entendit une statue lui parler. Son corps fut parcouru d'un incoercible frisson, de grosses gouttes de sueur apparurent sur son front.

Il vit alors d'où provenaient les pleurs, et son cœur se souleva. Ceux qui se trouvaient à proximité du trône n'étaient pas encore morts. Ils étaient pétrifiés jusqu'au cou, mais la tête vivait encore. Leurs yeux tristes roulaient sur leur face désespérée, et de leurs lèvres sèches ils suppliaient Conan de trancher d'un coup d'épée ce qu'il leur restait de vie.

Alors, il entendit un cri et reconnut la voix de Vardanes. La déesse avait-elle sacrifié son ennemi avant qu'il pût assouvir sa vengeance? Il bondit en direction du trône.

Là, un terrible spectacle l'attendait. Vardanes se tenait devant le dais; les yeux lui sortaient de la tête, ses lèvres s'agitaient fébrilement. Le crissement de la pierre accrocha l'oreille de Conan, et il regarda les jambes du Zamorien. Une pâleur grisâtre montait lentement le long de ses mollets. Bientôt, sous les yeux de Conan, la chair des cuisses se transmua en pierre gris cendre. Vardanes s'efforçait de marcher mais n'y parvenait pas. Un cri aigu sortit de sa gorge quand il vit Conan; ses yeux étaient pleins de la peur de l'animal pris au piège.

La chose sur le trône faisait entendre un rire bas et sec. Conan leva les yeux vers elle. La chair morte de ses bras squelettiques, de sa gorge ridée se gonflait, se déplissait; elle passait du brun verdâtre de la mort aux tons chauds de la vie. Grâce à l'énergie qu'elle puisait dans le corps de Vardanes, la Gorgone s'imprégnait de vie.

– Crom et Mitra! balbutia Conan.

Chaque atome de son esprit fixé sur l'homme à demi pétrifié, la Gorgone ne prêtait aucune attention à Conan. À présent son corps était presque repu. Elle s'épanouissait; aux hanches, sur les cuisses, une douce rondeur tendait ses bandelettes. Ses seins se gonflaient, éprouvant le mince tissu. Elle étendait ses beaux bras blancs et fermes. Sa bouche humide et incarnate s'entrouvrit pour un nouvel accès de gaieté, et ce fut cette fois le rire musical, voluptueux d'une femme pleinement épanouie.

La pierre avait atteint le niveau des reins de Vardanes. Conan ignorait si le monstre conserverait sa victime en l'état de semi-pétrification de celles qui entouraient le trône, ou si elle le viderait entièrement de sa substance. Il était jeune et plein de vie; il devait représenter un cru de choix pour la déesse vampirique.

A l'instant où la pierre figeait sa poitrine haletante, le Zamorien poussa un nouveau hurlement – le cri le plus horrible que Conan eût entendu de bouche humaine. Tel un tigre qui attaque, il bondit de sa cachette. Un rai de lumière accompagna son épée. La tête de Vardanes sauta de son tronc et chut sur le sol avec un bruit mat.

Sous l'impact, le corps chancela et s'écroula à son tour. Conan vit les jambes se briser en mille fragments. Du sang se mit à sourdre par des craquelures du torse pétrifié.

Ainsi mourut Vardanes le traître. Même Conan n'aurait pu dire s'il l'avait frappé pour se venger, ou si une impulsion charitable l'avait animé devant les tourments de cette misérable créature.

Il se tourna vers la déesse. Sans vraiment en avoir décidé, il leva instinctivement les yeux vers elle.

9. Le troisième œil

Son visage était un masque d'une beauté inhumaine; ses lèvres douces et luisantes étaient aussi charnues et rouges qu'un fruit mûr. Sa chevelure d'ébène luisant cascadait sur l'opale de ses épaules et formait le fond bleu nuit d'où saillaient les deux lunes pleines de ses seins laiteux. Elle était la beauté incarnée – fors l'orbite sombre qui partageait son front.

Le troisième œil rencontra le regard de Conan et le subjugua aussitôt. Cet orbite ovale était plus grand qu'un organe de vision humain. Il n'était pas divisé en une pupille, un iris et un périmètre blanc comme l'œil humain; toute sa surface était noire. Il semblait à Conan que son regard allait sombrer et se perdre dans une mer infinie de ténèbres. Il restait là, fasciné, oubliant l'épée qu'il tenait dans son poing. L'œil était aussi noir que la mer obscure où baignent les étoiles.

Il eut l'impression d'enjamber le rebord d'un puits sans fond, et de tomber et tomber dans des brumes d'encre, dans les froides abysses des ténèbres. Il comprit que, s'il ne détournait bientôt le regard, c'en serait fait de lui.

Il fit un terrible effort de volonté. La sueur se mit à ruisseler sur son front; sous sa peau bronzée, ses muscles se convulsèrent comme autant de serpents. Son ample poitrine se souleva.

La Gorgone riait, d'un rire voilé et mélodieux où perçait un accent de moquerie glacée. Conan s'empourpra et une formidable fureur monta en lui.

Dans un sursaut de volonté, il arracha son regard de l'orbite noir et se retrouva fixant le sol. Faible, pris de vertiges, il titubait. Tout en luttant pour se redresser, il regarda ses pieds. Par la grâce de Crom, ils étaient toujours de chair tiède, et non pas de pierre cendreuse! Le long moment durant lequel il était resté sous l'emprise du regard de la Gorgone n'avait en fait été qu'un bref instant, trop court pour que le froid de la pierre investît sa chair.

La Gorgone se remit à rire. Alors que sa tête étourdie était encore inclinée vers le sol, Conan sentit la traction de la volonté du monstre. Les muscles de son cou noueux se gonflèrent tandis qu'il s'efforçait de ne pas relever la tête.

Son regard était toujours baissé. Devant lui, sur une dalle de marbre, gisait le délicat masque d'or où l'énorme saphir figurait le troisième œil. Et tout à coup il comprit.

Cette fois, lorsque ses yeux se levèrent, son épée s'éleva de même. La lame étincelante fendit l'air poussiéreux et s'abattit sur le visage moqueur de la déesse, tranchant le troisième œil en deux.

Elle ne bougea pas. De ses deux yeux d'une stupéfiante beauté, elle contemplait en silence le farouche guerrier. Son visage était vide et blême.

De son orbite crevé s'écoulait un fluide sombre. Telles des larmes noires, la lente rosée ruisselait sur ce visage parfait.

Alors elle commença de vieillir. De même que son orbite cyclopéen se vidait de sa substance, son corps laissait échapper les forces vitales qu'elle avait volées pendant des siècles. Sa peau fonçait et se recroquevillait en milliers de rides. Des bourrelets desséchés se formaient sous son menton. Ses yeux vifs se ternissaient.

La superbe poitrine s'affaissa puis se creusa. Les jambes et les bras, naguère si lisses et pleins, ne furent bientôt plus que des membres décharnés. Durant un long moment, la forme rabougrie d'une petite femme, incroyablement sénile, chancela sur le trône. Puis ce qu'il restait de chair et d'os tomba au sol en un mélange de filaments et d'esquilles qui, sous les yeux de Conan, se changea en une poussière cendreuse et incolore.

Un long soupir traversa le temple. L'atmosphère fut un instant obscurcie, comme traversée par deux ailes diaphanes. La démone était partie, et avec elle la menace immémoriale. L'endroit n'était plus qu'une vaste chambre abandonnée et poussiéreuse.

Désormais les statues reposeraient en paix. La Gorgone ayant fui cette dimension, les sorts qu'elle avait jetés ne tenaient plus, et les morts-vivants ne souffriraient plus de l'effroyable simulacre de vie. Conan revint sur ses pas, laissant derrière lui le trône vacant, le petit tas de cendre, et la statue brisée et décapitée de celui qui avait jadis été un farouche et joyeux guerrier zamorien.

– Demeurez près de nous, Conan! supplia Zillah de sa voix douce et voilée. Maintenant que nous sommes libérés de la malédiction, il y aura des charges glorieuses en Akhlat pour un homme tel que vous.

Le Cimmérien eut un sourire, sentant bien que cette voix contenait un souci plus personnel que celui du bon citoyen qui cherche à gagner un étranger valeureux à la cause de la reconstruction de la cité. Au regard inquisiteur et brûlant qu'il lui adressa, la jeune fille rougit de confusion.

Le seigneur Enosh joignit sa voix profonde aux prières de sa fille. La victoire de Conan avait insufflé la vigueur d'une nouvelle jeunesse au vieil homme. Il se tenait droit, et son pas, sa voix avaient une force toute neuve. Une nouvelle fois, il offrit à Conan richesse, honneur, position et un rôle de choix au sein de la cité renaissante. N'avait-il pas de plus insinué qu'il verrait d'un assez bon œil l'union du Cimmérien avec sa fille?

Mais celui-ci, se sachant peu fait pour la vie de notable paisible et respecté qu'on lui proposait, déclina toutes les offres. Les tournures courtoises ne viennent pas facilement à la bouche de celui qui a passé sa vie entre les champs de bataille, les tavernes et les bordels de toutes les villes du monde. Cependant, avec tout le tact que lui permettaient ses origines barbares, il rejeta les prières de ses hôtes.

– Non, mes amis, dit-il. Conan de Cimmérie n'est pas fait pour la paix. Très vite cette vie me pèserait, et lorsque l'ennui survient, je ne connais que peu de remèdes : m'enivrer, me battre ou enlever une fille. Je ferais un drôle de citoyen pour une ville qui a besoin de paix et de tranquillité afin de recouvrer sa grandeur!

– En ce cas où vas-tu diriger tes pas, ô Conan, maintenant que la barrière magique est levée? demanda Enosh.

Conan haussa les épaules, passa une main dans sa crinière noire, et eut un éclat de rire.

– Par Crom, beau doux seigneur, je n'en sais rien! Pour ma chance, les serviteurs de la déesse ont nourri et pansé le cheval de Vardanes. A ce que je vois, Akhlat ne possède que des ânes, et un gaillard comme moi n'aurait pas l'air très malin sur une telle monture, avec les pieds traînant dans la poussière!

» Je pense poursuivre ma route vers le sud-est. Quelque part par là se trouve la ville de Zamboula où je ne suis jamais allé. Il paraît que la chère y est bonne et que seules les gouttières n'y ont jamais vu couler le vin. Je me sens d'humeur à goûter aux douceurs de Zamboula.

– Mais tu ne vas pas nous quitter comme un mendiant! protesta Enosh. Nous te devons beaucoup. Nous t'offrons pour tes peines tout l'or et l'argent qu'il nous reste.

Conan secoua la tête.

– Garde ton trésor, shaykh. Akhlat n'est pas une

cité prospère, et elle aura besoin de cet argent lorsque les premières caravanes traverseront la Désolation Rouge. Et maintenant que mes outres sont pleines et mes fontes bourrées de vivres, je dois partir. Cette fois, je vais traverser sans peine le Shan-e-Sorkh.

Après un ultime et bref au revoir, il sauta en selle et quitta la vallée au petit galop. Ils restèrent longuement à le regarder s'éloigner; Enosh était altier et fier, mais Zillah versait des larmes. Bientôt le cavalier disparut à l'horizon.

Parvenu au sommet des dunes, Conan arrêta sa jument noire pour regarder une dernière fois Akhlat. Puis il s'engagea dans le désert. Peut-être avait-il été stupide de refuser leurs présents. Mais les sacs de Vardanes étaient pleins d'or; il les palpa et sourit. Pourquoi s'inquiéter d'une poignée de shekels à la façon d'un négociant adipeux? Cela fait du bien, une fois de temps en temps, d'être vertueux. Même à un Cimmérien!

Les Ombres de Zamboula

Conan se rend effectivement à Zamboula où, en une colossale débauche, il dilapide prestement sa petite fortune. Après une semaine de bâfrées et de libations, entre bordels et maisons de jeux, il se retrouve une fois de plus démuni.

1. Un tambour dans la nuit

– De grands dangers se cachent dans la maison d'Aram Baksh !

L'homme avait lancé la révélation d'une voix vibrante tout en refermant ses doigts grêles aux ongles noirs sur le bras musclé de Conan. C'était un personnage hâlé et noueux, à barbe noire éparse, un nomade à en juger par ses vêtements fatigués. Il semblait plus petit et minable que jamais auprès des sourcils sombres, de la poitrine ample et des membres puissants du géant cimmérien. Ils étaient arrêtés dans un coin du bazar des armuriers, et de chaque côté d'eux s'écoulait le flot bigarré et polyglotte des rues de Zamboula, les plus exotiques, cosmopolites, flamboyantes et bruyantes qui se pussent trouver.

Conan quitta du regard une ghanara aux lèvres

vermeilles, à l'œil provocateur, dont à chaque pas la jupe découvrait les cuisses brunes, et se remit à fixer son importun compagnon.

– Qu'entends-tu par danger? demanda-t-il.

L'homme du désert jeta avant de répondre un coup d'œil furtif par-dessus son épaule, puis il baissa la voix.

– Qui sait? Mais des voyageurs sont allés dormir chez Aram Baksh, et on ne les a plus jamais revus. Que sont-ils devenus? Il jure qu'ils se sont levés et remis en route – et il est vrai qu'aucun citoyen de la cité n'a jamais disparu de sa maison. Mais personne n'a jamais revu les voyageurs en question, et on dit que des objets et de l'équipement reconnus comme les leurs ont été vus dans les bazars. Si Aram ne les a pas vendus, après avoir disposé de leurs propriétaires, comment ces objets ont-ils pu échouer là?

– Je ne possède rien, grogna le Cimmérien en portant la main au fourreau de galuchat de son épée. J'ai même vendu mon cheval.

– Mais il n'y a pas que les riches étrangers pour disparaître de la maison d'Aram Baksh! souffla le Zuagir. Non, non, bien des pauvres venus du désert sont allés chez lui – parce que ses tarifs sont plus bas que ceux des autres tavernes –, et on ne les a jamais revus. Un jour, un chef de Zuagirs, dont le fils avait ainsi disparu, s'est plaint auprès du satrape, Jungir Khan, qui a fait fouiller la maison par ses soldats.

– Et ils ont trouvé une cave pleine de cadavres? demanda Conan par esprit de dérision.

– Non! Ils n'ont rien trouvé! Et ils ont chassé le chef en question de la cité! Par contre... (il frémit et se rapprocha de Conan) on a découvert autre chose! A l'orée du désert, après les dernières maisons, il y a un bosquet de palmiers, et au milieu de ce bosquet, il y a une fosse. Eh bien, dans cette fosse on a retrouvé des ossements humains calcinés. Et pas qu'une fois, mais souvent!

– Et ça prouve quoi? grogna le Cimmérien.

– Aram Baksh est un démon! Dans cette ville élevée par les Stygiens et gouvernée par les Hyrkaniens, où toutes les races se mêlent pour produire des métis de toutes les couleurs, qui peut dire qui est un homme et qui est un démon déguisé en homme? Aram Baksh est un démon sous l'apparence d'un homme! A la nuit, il retrouve sa vraie forme pour conduire ses hôtes dans le désert où ses semblables sont rassemblés.

– Et pourquoi ne s'attaquerait-il qu'aux étrangers? interrogea Conan, incrédule.

– Les habitants de la cité ne toléreraient pas qu'il supprime les leurs, mais peu leur importent les étrangers qui tombent entre ses mains. Tu viens du Ponant, Conan, et tu ne connais pas les mystères de ce vieux pays. Depuis le début des temps, les démons du désert adorent Yog, le seigneur des Maisons Vides; ils célèbrent ses mystères par le feu – le feu qui dévore des victimes humaines.

– Prends garde! Tu as dormi de nombreuses lunes sous les tentes des Zuagirs, et tu es notre frère. Ne mets jamais les pieds dans la maison d'Aram Baksh!

– Va-t'en! fit subitement Conan. Voici venir une patrouille. S'ils t'aperçoivent, tu pourrais bien te rappeler d'un cheval volé dans les écuries du satrape...

Le Zuagir sursauta et se tourna en tous sens. Puis il plongea entre une loge de marchand et un abreuvoir.

– Prends garde, mon frère! La maison d'Aram

Baksh est pleine de démons! ajouta-t-il encore avant de disparaître dans une étroite venelle.

Conan rajusta son large baudrier et retourna paisiblement le regard suspicieux des hommes d'armes qui passaient devant lui. Ils l'avaient remarqué car le Cimmérien dénotait même sur la foule mélangée qui emplissait les rues sinueuses de Zamboula. Ses yeux bleus, ses traits inhabituels le distinguaient du type oriental, et son épée droite n'était pas sans ajouter une note à la différence raciale.

Les hommes d'armes ne l'accostèrent pas et poursuivirent leur ronde à travers la foule qui s'ouvrait sur leur passage. Ces hommes étaient des Pélishtim trapus, au nez aquilin, avec une barbe bleu nuit qui descendait jusqu'à la cotte de mailles de leur poitrine; il s'agissait de mercenaires, engagés pour une fonction que les dirigeants turaniens considéraient indigne de leur rang, et détestés pour cette raison par la population métissée.

Conan leva les yeux vers le soleil de l'après-midi qui allait plonger derrière les toits plats des maisons bordant le bazar, et, palpant une nouvelle fois son baudrier, il prit la direction de la taverne d'Aram Baksh.

D'un pas vif, il progressait le long des rues chatoyantes où les tuniques loqueteuses des mendiants se frottaient aux khalats bordés d'hermine de riches marchands et au satin cousu de perles des courtisans. De gigantesques esclaves noirs déambulaient, coudoyaient des voyageurs à la barbe bleue venus des villes shémites, des nomades dépenaillés des déserts environnants, des marchands et des aventuriers originaires de toutes les contrées de l'Est.

La population indigène n'était pas moins hétérogène. Des siècles plus tôt, les armées de Stygie étaient venues se tailler un empire dans les déserts de l'est. Zamboula n'était alors qu'une petite ville commerçante, sise au centre d'un anneau d'oasis et habitée par les descendants de nomades. Les Stygiens en avaient fait une grande cité et s'y étaient établis avec leurs esclaves shémites et kushites. Les incessantes caravanes reliant le levant au couchant avaient contribué à sa prospérité et son métissage. Puis les conquérants turaniens avaient déferlé de l'est pour repousser les frontières de la Stygie et, depuis maintenant une génération, Zamboula, régie par un satrape turanien, était l'avant-poste occidental de Turan.

Quelque peu étourdi par la rumeur, le Cimmérien suivait les rues animées, croisant de temps en temps un groupe de cavaliers, les longilignes guerriers turaniens, avec leur visage de faucon, leurs épées courbes et leur harnachement cliquetant. La cohue s'écartait sur leur passage, car ils étaient les seigneurs de Zamboula. Mais dans l'ombre, de ténébreux Stygiens les considéraient lugubrement en songeant à leur gloire passée. La population hybride se souciait peu que le roi qui présidait à sa destinée résidât à Khémi la sombre ou Aghrapur l'étincelante. Jungir Khan gouvernait Zamboula, et l'on disait que Nafertari, la maîtresse du satrape, gouvernait Jungir Khan. Mais les gens n'en continuaient pas moins leur chemin, se chamaillant, s'aimant, marchandant, buvant ou jouant, ainsi que le faisait le petit peuple de Zamboula depuis que ses tours et minarets étaient sortis des sables du Kharamun.

Des lanternes de bronze ornées de dragons menaçants illuminèrent les rues avant que Conan eût atteint la maison d'Aram Baksh. La taverne était la dernière maison habitée de la rue qui courait vers l'ouest. Un grand jardin enclos de murs, où prospéraient les dattiers, la séparait de sa voisine orientale. A l'ouest de l'auberge, se trouvait un autre bosquet de palmiers sous lequel la rue devenue route s'en allait sinuer dans le désert. En face, de l'autre côté de la rue, se dressait une rangée de huttes abandonnées sur lesquelles les palmiers épars projetaient leurs ombres, et qu'habitaient chacals et chauves-souris. Tout en parcourant la rue, Conan se demandait pourquoi les mendiants, si nombreux à Zamboula, n'avaient pas élu domicile dans ces huttes. L'éclairage public ne s'étendait pas si loin du centre, et la seule lumière de la rue était un lumignon accroché au-dessus de la porte de la taverne. Il n'y avait que les étoiles, la fine poudre du chemin et le bruissement de la brise du désert dans les palmes.

La porte ne donnait pas directement sur la rue, mais dans une ruelle qui courait entre la taverne et la palmeraie. Conan tira impatiemment sur la corde qui pendait de la cloche, tout en martelant le teck du pommeau de son épée. Un judas s'ouvrit où apparut une face sombre.

– Ouvre, par Crom, intima Conan. Je dors ici ce soir. J'ai déjà payé ma chambre à Aram.

Le noir haussa le cou pour inspecter la rue derrière Conan; puis il ouvrit la porte sans faire de commentaire, et la referma dès que le Cimmérien fut entré. Le mur d'enceinte était d'une hauteur peu commune; mais Zamboula comptait de nombreux voleurs, et puis une maison située à l'orée du désert devait être en mesure de se défendre contre un raid nocturne de nomades. Conan traversa un jardin dont les arbres balançaient leurs grandes fleurs pâles sous la nue étoilée, puis pénétra dans la taverne. Assis à une table, un Stygien au crâne rasé à la manière des étudiants ruminait quelque sombre pensée. Dans un coin, plusieurs personnages indéfinissables se querellaient autour d'un jeu de dés.

Aram Baksh s'avança à pas feutrés vers le nouvel arrivant. C'était un homme corpulent avec une barbe noire qui lui descendait jusqu'à la poitrine, un long nez crochu et de petits yeux noirs toujours en mouvement.

– Vous désirez manger? s'enquit-il. Boire?

– J'ai mangé une pièce de bœuf et une miche de pain dans le *suk*, grogna Conan. Sers-moi un pot de vin de Ghazan – il me reste juste assez pour ça.

Et il jeta une pièce de bronze sur la planche inondée de vin qui tenait lieu de comptoir.

– Vous n'avez pas été heureux au jeu?

– Qu'est-ce que tu crois? Quand on démarre avec une malheureuse poignée d'argent... Je t'ai payé la chambre ce matin parce que je me doutais que je perdrais. Je voulais être certain d'avoir un toit pour la nuit. J'ai remarqué que personne ne dormait dans les rues de Zamboula. Même les mendiants se trouvent un galetas où ils se barricadent à la tombée du jour. La cité doit être infestée de voleurs particulièrement sanguinaires.

Conan vida sans se faire prier sa cruche de piquette, et sortit de la pièce à la suite d'Aram. Dans son dos, les joueurs levèrent la tête pour le considérer d'un air énigmatique. Ils ne dirent rien, mais le Stygien éclata de rire, d'un rire cynique et inhumain. Gênés, les autres baissèrent les yeux en évitant de se regarder. Les arts qu'étudie un clerc stygien ne sont pas destinés à lui faire partager les sentiments d'un être banal.

Conan suivit Aram le long d'un couloir éclairé de

lampes de bronze, et il remarqua avec agacement la démarche silencieuse de son hôte. Aram était chaussé de babouches de feutre, et le sol du couloir garni d'épais tapis turaniens; mais cela rehaussait le caractère furtif du personnage.

Au bout du couloir sinueux, Aram fit halte devant une porte en travers de laquelle était fixée une lourde barre de fer. Le tavernier l'ôta de ses supports et fit entrer le Cimmérien dans une pièce bien agencée dont les fenêtres, ainsi que Conan le remarqua aussitôt, étaient petites et fortement défendues par des barreaux de fer tors artistiquement dorés. La chambre était meublée de tapis, de tabourets sculptés et d'une couche basse à la manière orientale. Elle était bien plus luxueuse que ce que Conan aurait pu trouver dans le centre pour le même prix, détail qui l'avait séduit quand, ce matin-là, il avait découvert combien sa bourse était plate au terme de quelques jours de bamboche.

Aram, qui avait allumé une lampe de bronze, attirait maintenant l'attention de Conan sur les deux portes. Chacune était pourvue d'un lourd verrou.

– Vous allez dormir sur vos deux oreilles, Cimmérien, dit Aram avec un clin d'œil.

Conan émit un grognement et jeta son épée nue sur sa couche.

– Tes verrous sont solides; mais je dors toujours près de mon fer.

Aram ne répondit pas; il resta un moment immobile, tripotant sa barbe épaisse et considérant l'impressionnante lame. Puis il se retira silencieusement et referma la porte derrière lui. Conan poussa le verrou, traversa la pièce, ouvrit l'autre porte et passa le nez dehors. La chambre était située sur le côté de la maison qui longeait la route de l'Ouest.

La porte donnait sur une petite cour enclose de ses propres murs. Celui du fond, qui séparait la cour du reste du jardin, était haut et dépourvu de porte; en revanche, du côté de la route, il n'y avait qu'un muret percé d'un portillon sans verrou.

Conan resta un moment sur le pas de la porte, éclairé de dos par la lampe à huile, inspectant la route là où elle se perdait sous les palmiers. Les feuilles bruissaient sous la brise légère; au delà s'étendait l'aridité du désert. De l'autre côté, il apercevait des lueurs, et la rumeur de la ville lui parvenait assourdie. Ici, il n'y avait que la clarté des étoiles, le bruissement des palmes, et, de l'autre côté du muret, la poussière de la route et les cases désertes.

Les avertissements du Zuagir lui revenaient en tête; bizarrement, ils lui paraissaient maintenant moins fantastiques que dans la rue ensoleillée et passante. Il s'interrogea de nouveau sur le mystère de ces cases vides. Pourquoi les mendiants les boudaient-ils? Il rentra dans sa chambre, ferma la porte et la verrouilla.

La lampe se mit à trembloter, et Conan s'aperçut en jurant que l'huile de palme était presque épuisée. Il songea d'abord à appeler Aram, puis il haussa les épaules et souffla la petite flamme. Dans la nuit veloutée, il s'allongea tout habillé sur sa couche, la main instinctivement posée sur la garde de son épée. Le regard perdu vers les étoiles qui s'encadraient entre les barreaux de la fenêtre, les oreilles charmées par le bruissement des palmes, il s'endormit, vaguement conscient des rythmes d'un tambour qui résonnaient dans le désert – les sourds roulements d'une peau tendue frappée par une main noire...

2. Ombres dans la nuit

Ce fut le craquement d'une porte qui éveilla le Cimmérien. Il ne se réveilla pas comme le font les hommes civilisés, lents, vaseux et abrutis. Non, l'esprit clair, il identifia aussitôt le bruit qui venait d'interrompre son sommeil. Tendu, les yeux grands ouverts, il vit la porte extérieure s'ouvrir lentement. Sur le rectangle étoilé qui grandissait, se découpèrent une énorme masse sombre, une paire d'épaules formidables et une tête difforme.

Conan frissonna. Il avait soigneusement poussé le verrou de cette porte. Comment pouvait-elle s'ouvrir maintenant, sinon par quelque maléfice? Un être humain pouvait-il posséder une tête comme celle qui se dessinait devant ses yeux? Toutes les histoires qu'il avait entendues sous les tentes des Zuagirs, des histoires de diables et de goules, lui revinrent à l'esprit. Son corps se mouilla instantanément de sueur. A présent le monstre se glissait silencieusement dans la chambre, le buste ployé en avant et dansant d'un pied sur l'autre. Une odeur connue assaillit les narines du Cimmérien, mais il n'en fut pas rassuré car les légendes zuagirs représentaient ainsi l'odeur des démons.

Sans bruit, Conan ramena sous lui ses longues jambes; son épée dans la main droite, il frappa avec la vitesse et la violence du tigre. Pas même un démon n'aurait pu esquiver une attaque aussi fulgurante. Sa lame trancha chair et os, et la chose s'écroula avec une plainte étranglée. Conan s'agenouilla dans l'obscurité, l'épée dégoulinante de sang. Diable, bête ou homme, la créature gisait morte sur le sol. Il sentait la mort à la façon d'un animal sauvage. Par l'entrebâillement de la porte, il inspecta la cour qu'éclairaient les étoiles. Le portillon était ouvert, mais la cour était déserte.

Conan referma la porte sans la verrouiller. Tâtonnant dans le noir, il trouva la lampe et la ralluma. Il restait suffisamment d'huile pour une ou deux minutes. Une seconde plus tard, il était penché au-dessus du cadavre qui baignait dans une mare de sang.

Il s'agissait d'un Noir gigantesque, nu à l'exception d'un pagne. Sa main tenait toujours un gourdin noueux. Ses cheveux crépus étaient dressés en fuseaux verticaux grâce à des brindilles et de la boue séchée. C'est cette coiffure barbare qui avait donné à sa tête cette monstrueuse apparence dans le contre-jour. Conan retroussa les épaisses lèvres rouges et émit un grognement en découvrant les dents effilées.

Il comprenait maintenant le mystère des étrangers disparaissant de la maison d'Aram Baksh; tout s'éclairait – le grondement des tambours du côté du bosquet de palmiers, la fosse pleine d'os calcinés, cette fosse où une viande singulière avait rôti sous la nue étoilée, et autour de laquelle des créatures noires avaient apaisé une atroce fringale. Cet homme effondré sur le sol était un esclave cannibale de Darfar.

Ils étaient nombreux dans la cité. Le cannibalisme n'était pas ouvertement toléré à Zamboula. Mais Conan comprenait maintenant pourquoi ses habitants se claquemuraient ainsi pour la nuit, et pourquoi même les mendiants dédaignaient ruelles et cases abandonnées. Il grogna de nouveau en imaginant les ombres trapues parcourant les rues à la recherche de leurs proies humaines. Il se trouvait des hommes comme Aram Baksh pour leur ouvrir leur porte. L'aubergiste n'était pas un démon; il était pis que cela. Les esclaves de Darfar étaient des voleurs notoires; il ne faisait pas de doute qu'une bonne partie de leurs larcins finissait entre les mains d'Aram Baksh. En retour, celui-ci leur fournissait de la chair humaine.

Conan souffla la lampe, alla ouvrir la porte et passa la main sur les moulures extérieures. L'une d'entre elles était mobile et commandait le verrou. La chambre n'était qu'un piège. Mais cette fois, au lieu d'une créature vulnérable, c'était un tigre-sabre qu'on y avait trouvé.

Conan alla à l'autre porte, retira le verrou et exerça une forte poussée. Le panneau était inébranlable, et il se rappela le second verrou dont il était pourvu de l'autre côté. Aram ne prenait de risques ni avec ses victimes ni avec les hommes qui traitaient avec lui. Le Cimmérien boucla son baudrier et sortit en refermant la porte derrière lui. Il n'avait nulle intention de laisser traîner le règlement de ses comptes avec Aram Baksh. Il se demandait combien de pauvres diables avaient été assommés pendant leur sommeil et emportés à travers le bosquet de palmiers jusqu'au charnier.

Il s'arrêta dans la cour. Le tambour résonnait toujours, et une lueur rouge se devinait dans le lointain. Le cannibalisme était plus qu'un appétit pervers pour les hommes noirs de Darfar; cela faisait partie intégrante de leur abominable religion. Les noirs vautours étaient déjà rassemblés. Mais ce ne serait pas la chair de Conan qui ce soir-là remplirait leur ventre.

Pour atteindre Aram Baksh, il lui fallait franchir un des murs qui séparaient la petite cour du reste du jardin. Ils étaient élevés, sans doute destinés à maintenir à l'écart les anthropophages; mais Conan n'était pas de ces hommes des marécages; au temps de son adolescence, les falaises de son pays natal avaient trempé l'acier de ses muscles. Il se tenait au pied du mur quand une plainte retentit sous les arbres proches.

En un éclair, il fut accroupi près du portillon, le regard braqué sur la route poussiéreuse. Le cri était venu de l'ombre des cases. Il entendit une nouvelle plainte, étouffée comme sous le bâillon d'une main noire. En groupe compact, des silhouettes émergèrent de l'ombre pour emprunter la route en direction de l'ouest, trois immenses hommes noirs transportant un corps gracile qui se débattait furieusement. Conan distingua des jambes d'un blanc laiteux. Au même instant, d'un violent sursaut, le captif échappa aux brutes et partit en courant sur la route; c'était une jeune femme élancée, nue comme au premier jour. Conan eut le temps de bien fixer son image avant qu'elle entrât de nouveau dans l'ombre des cases. Les Noirs étaient sur ses talons, et un hurlement d'horreur vrilla bientôt la nuit.

Mis en fureur par cet épisode atroce, Conan bondit vers l'autre côté de la rue.

Ils ne s'aperçurent de sa présence que lorsqu'il fut sur eux. Deux des Noirs se retournèrent vers lui en levant leur massue. Mais ils avaient mal estimé la vitesse à laquelle il arrivait. L'un d'eux fut éventré avant même d'avoir pu abattre son arme et, voltant comme un chat, Conan évita le coup du second et le frappa de taille. La tête du Noir vola en l'air; dans un geyser de sang, le corps décapité fit trois pas chancelants en tentant de prendre le vide à bras-le-corps, puis s'effondra dans la poussière.

Le troisième cannibale recula avec un cri étranglé. Il jeta sa captive à terre et s'enfuit vers la ville, Conan sur ses talons. La peur lui donnait des ailes, mais avant d'avoir atteint la hutte la plus orientale, il sentit la mort peser sur son échine et se mit à mugir comme un bœuf qui entre à l'abattoir.

– Chien de l'enfer!

Conan plongea sa lame entre les épaules noires avec une telle violence qu'elle ressortit de plus de la moitié de sa longueur de l'autre côté. Le fuyard tomba face contre terre et Conan dégagea son épée.

Seule la brise dérangeait les feuilles. Conan secoua la tête comme un lion s'ébroue et, d'un grognement, exprima sa soif de sang non satisfaite. Mais aucune ombre noire ne sortait de la nuit et, au delà des cases, la route s'étirait, déserte. Il se retourna vivement en entendant un pas rapide, mais ce n'était que la fille qui se précipitait sur lui pour nouer désespérément les bras autour de son cou, affolée par l'horrible sort auquel elle venait d'échapper.

– Du calme, femme, grogna le guerrier. Tu es sauve. Comment t'ont-ils capturée?

Elle eut un sanglot inintelligible. Aram Baksh lui était sorti de l'esprit tandis qu'il étudiait la fille à la lueur des étoiles. Elle était de race blanche encore que très brune, de toute évidence le produit des innombrables croisements de Zamboula. Elle était de grande taille, mince et déliée, ainsi qu'il pouvait à loisir l'observer. Son regard farouche s'alluma à la vue de son buste splendide et de ses membres fins qui tremblaient encore de peur et d'épuisement. Il passa le bras autour de sa taille souple et dit d'un ton rassurant :

– Cesse de trembler, femme. Tu n'as plus rien à craindre.

L'étreinte parut quelque peu la rasséréner. Elle rejeta en arrière ses épaisses boucles noires et jeta un regard apeuré par-dessus son épaule, puis elle se pressa un peu plus contre le Cimmérien, comme si elle cherchait la sécurité dans ce contact.

– Ils m'ont capturée dans la rue, souffla-t-elle en frissonnant. Ils étaient cachés à l'ombre d'une arcade – comme de grands singes noirs! Que Set ait pitié de moi! Ils peupleront longtemps mes cauchemars!

– Que faisais-tu dans la rue à cette heure de la nuit? interrogea-t-il tout en s'émerveillant du satiné de sa peau.

De la main, elle releva ses cheveux, puis elle posa un regard vide sur la face du guerrier. Elle ne semblait pas consciente de ses caresses.

– Mon amant, dit-elle, mon amant me poursuivait. Il est devenu fou. Il voulait me tuer. Comme je m'enfuyais, j'ai été capturée par ces brutes.

– Une beauté comme la tienne rendrait fous bien des hommes, prononça Conan en passant les doigts dans sa chevelure luisante.

Elle secoua la tête, comme émergeant du sommeil. Elle ne tremblait plus, et sa voix était calme.

– Tout cela vient de la rancune d'un prêtre – Totrasmek, le grand prêtre de Hanuman, qui me veut à lui, le chien!

– Pourquoi l'insulter? railla Conan. Cette vieille hyène a meilleur goût que je ne le pensais.

Elle ignora le compliment détourné. Elle retrouvait rapidement son assurance.

– Mon amant est un... un jeune soldat turanien. Pour me punir, Totrasmek lui a fait prendre une drogue qui l'a rendu fou. Ce soir, il s'est saisi d'une épée et s'est précipité sur moi pour m'égorger, mais je me suis enfuie dans les rues. Les nègres m'ont sauté dessus et m'ont conduite à ce – *qu'est-ce que...*

Conan avait déjà réagi. Aussi silencieux qu'une

ombre, il attira la jeune femme à l'abri de la hutte la plus proche, sous le bercement des palmes. Ils restèrent tapis, figés et tendus, tandis que les voix qu'ils avaient tous les deux entendues s'approchaient. Un groupe de Noirs, neuf ou dix, arrivaient de la ville par la route. La fille saisit le bras de Conan et il sentit contre lui le tremblement de terreur de son corps gracile.

A présent ils parvenaient à entendre clairement les voix gutturales des hommes noirs.

– Nos frères sont déjà réunis autour du foyer, disait l'un d'eux. Nous n'avons pas eu de chance. J'espère qu'ils ont assez pour nous.

– Aram nous a promis un homme, marmonna un autre.

A ces mots, Conan fit le serment de s'occuper de l'aubergiste.

– Aram tient toujours parole, fit une troisième voix. Nous en avons pris beaucoup dans sa taverne. Il faut dire que nous le payons bien. Moi-même je lui ai donné dix balles de soie volées à mon maître. Et, par Set, elle était de première qualité!

Les Noirs passèrent, et peu à peu leurs voix s'amenuisèrent.

– Une chance pour nous que les cadavres se trouvent derrière ces cases, marmonna Conan. S'ils vont jeter un coup d'œil chez Aram, ils en trouveront un quatrième. Partons d'ici.

– Oui, dépêchons-nous! supplia la fille, de nouveau presque hystérique. Mon amant est en train d'errer dans les rues, tout seul. Les nègres pourraient lui tomber dessus!

– Quelle monstrueuse coutume! grogna Conan en se mettant en marche vers la cité, parallèlement à la route, mais sans quitter l'abri des cases. Pourquoi les citoyens n'exterminent-ils pas ces chiens noirs?

– Ce sont des esclaves de prix, chuchota la fille. Et puis ils sont si nombreux qu'ils pourraient se soulever si jamais on leur refusait la chair dont ils ont besoin. Les habitants de Zamboula n'ignorent pas leur maraude nocturne, et tous ont soin de se barricader, sauf lorsque arrive un événement imprévu, comme cela a été le cas pour moi cette nuit. Les Noirs font leur proie de tous ceux sur qui ils tombent, mais ils ne capturent généralement que des étrangers. Les gens de Zamboula se soucient peu des étrangers qui passent par leur cité.

» Des hommes comme Aram Baksh vendent ces étrangers aux Noirs. Il n'oserait jamais agir de cette façon avec un citoyen.

Conan cracha de dégoût. Un moment plus tard, ils regagnèrent la route qui devenait une rue, bordée toujours sur chaque côté par des maisons obscures. Se glisser dans l'ombre n'était pas dans la nature de Conan.

– Où allons-nous? demanda-t-il à la fille qui ne semblait pas gênée par le bras qu'il avait passé autour de sa taille.

– Chez moi, pour réveiller mes serviteurs. Je veux qu'ils partent à la recherche de mon ami. Je ne veux pas que la cité – les prêtres – ou quiconque apprennent qu'il est devenu fou. C'est un jeune officier, promis à un bel avenir. Si nous le retrouvons, peut-être pourrons-nous en extirper la folie.

– Si *nous* le retrouvons? Qu'est-ce qui te fait penser que j'ai l'intention de parcourir les rues à la recherche d'un cinglé?

Elle lui jeta un rapide coup d'œil et interpréta avec justesse l'éclat bleu de son regard. N'importe quelle femme aurait su y lire l'assurance qu'il la suivrait où qu'elle aille – au moins pendant quelque temps. Cependant, en femme qu'elle était, elle choisit de n'en rien montrer.

– Je t'en prie, commença-t-elle d'une voix où affleuraient les sanglots, je n'ai personne d'autre que toi pour m'aider. Tu t'es montré secourable...

– Ça va! grommela-t-il. D'accord! Comment s'appelle-t-il?

– Eh bien, Alafdhal. Et moi c'est Zabibi, je suis danseuse. J'ai souvent dansé pour le satrape, Jungir Khan, et sa maîtresse, Nafertari, et pour tous les seigneurs et les nobles dames de Zamboula. Totrasmek me désire et, parce que je me suis refusée à lui, il a fait de moi l'outil innocent de sa vengeance contre Alafdhal. Ignorante des profondeurs de sa haine et de sa ruse, j'ai demandé à Totrasmek un philtre d'amour. Il m'a remis une drogue à verser dans le vin de mon amant, en me jurant que lorsque Alafdhal l'aurait bu, il m'aimerait plus follement que jamais et accéderait au moindre de mes désirs. J'ai donc secrètement mélangé la potion à son vin. Mais sitôt qu'il a bu, Alafdhal a complètement perdu l'esprit, et les choses se sont passées comme je t'ai dit. Maudit soit Totrasmek, ce serpent hybride – ahh!

Elle saisit convulsivement le bras de Conan, et tous deux se figèrent. Ils venaient de pénétrer dans un quartier d'échoppes et de boutiques obscures et désertes car l'heure était tardive. Ils passaient devant l'entrée d'une ruelle où se tenait un homme, immobile et silencieux. Sa tête était baissée, mais Conan put remarquer l'étrange éclat de ses yeux qui les fixaient sans ciller. Il fut parcouru par un frisson, non pas par peur de l'épée que tenait l'inconnu, mais à cause de l'étrangeté inquiétante de sa posture et de son silence. Tout en lui suggérait la folie. Conan écarta la fille et dégaina son épée.

– Ne le tue pas! supplia-t-elle. Au nom de Set, ne le tue pas! Tu es fort – désarme-le!

– On va voir, grogna-t-il entre ses dents en refermant son poing gauche.

Il s'avança d'un pas prudent vers la ruelle. Avec un horrible rire grinçant, le Turanien chargea. En approchant, il leva son épée, faisant passer toute la puissance de son corps dans son coup. En un déluge d'étincelles bleues, Conan para. L'instant suivant, le dément se retrouva étalé, immobile dans la poussière, assommé par le formidable poing gauche du Cimmérien.

La fille s'élança.

– Oh, il n'est pas... il n'est pas...?

Conan se baissa prestement, retourna l'homme sur le flanc et le palpa rapidement.

– Il n'a pas grand-chose, grogna-t-il. Le nez en sang, mais c'est un signe de bonne santé après un coup de poing. Il ne va pas tarder à revenir à lui, et peut-être aura-t-il retrouvé ses esprits. En attendant, je vais lui lier les poignets avec son baudrier – voilà qui est fait. Bon, où veux-tu que je le transporte?

– Attends!

Elle s'agenouilla près de la silhouette inanimée et saisit ses mains entravées pour les inspecter fiévreusement. Puis, secouant la tête comme sous le coup d'une profonde déception, elle se releva. Elle s'approcha de Conan et posa ses mains fines sur l'ample poitrine du guerrier. Ses yeux sombres, tels des onyx, se levèrent vers lui.

– Tu es un homme! Aide-moi! Totrasmek doit mourir! Egorge-le pour moi!

– Pour ensuite passer à mon cou une corde turanienne?

– Mais non! (Les bras de la jeune femme, minces mais solides comme un acier souple, nouaient le cou de Conan. Son corps gracile vibrait contre le sien.) Les Hyrkaniens ne portent pas Totrasmek dans leur cœur. Les prêtres de Set le craignent. Ce n'est qu'un bâtard qui sait jouer sur les peurs et les superstitions des hommes. Mon dieu est Set, et les Turaniens adorent Erlik, mais Totrasmek, lui, sacrifie au culte de Hanuman le maudit! Les seigneurs turaniens craignent sa magie noire et son pouvoir sur les populations métissées, et ils le haïssent pour cela. Même Jungir Khan et sa favorite Nafertari le craignent et le haïssent. S'il était assassiné en pleine nuit dans son temple, personne ne chercherait très activement le coupable.

– Que fais-tu de ses pouvoirs magiques? grommela le Cimmérien.

– Tu es un guerrier, dit-elle. Risquer ta vie fait partie de ton métier.

– En échange de quelque chose.

– Tu seras récompensé! souffla-t-elle en se hissant sur la pointe des pieds pour plonger son regard dans celui de l'homme.

Le contact de ce corps vibrant alluma un brasier dans ses veines. Le parfum de son haleine l'enivrait. Mais, comme il refermait les bras autour de son corps souple, la jeune femme se déroba prestement et dit :

– Patience! Il faut d'abord que tu me serves.

– Quel est ton prix? articula-t-il péniblement.

– Prends mon amant sur ton dos, ordonna-t-elle.

Le Cimmérien se baissa et fit passer sans peine le corps du jeune homme sur son échine robuste. A cette minute, il lui semblait qu'il eût pu tout aussi facilement renverser d'un coup d'épaule le palais de

Jungir Khan. La fille murmura quelques mots tendres à l'oreille de l'homme inconscient, et il n'y avait nulle hypocrisie dans son attitude. Quel qu'il fût, l'arrangement qu'elle contracterait avec Conan n'aurait aucune incidence sur sa relation avec Alafdhal. Dans ce domaine, les femmes se montrent plus positives que les hommes.

– Suis-moi!

Elle partit d'un pas rapide, et Conan, nullement gêné par son fardeau, la suivit. Il gardait un œil méfiant sur les zones d'ombres des arcades, mais ne vit rien de suspect. Les hommes du Darfar étaient sans doute rassemblés autour de leur feu. La fille prit une rue étroite et s'arrêta bientôt pour frapper à une porte cintrée.

Presque instantanément un judas s'ouvrit dans le panneau supérieur, et une face noire apparut. La fille s'approcha pour chuchoter quelques mots. Aussitôt les pênes grincèrent et la porte s'ouvrit. Un géant noir s'encadra dans la douce lueur d'une lampe à huile. En un coup d'œil, Conan comprit qu'il n'était pas originaire du Darfar. Ses dents n'étaient pas aiguisées et ses cheveux crépus étaient coupés très courts. Il était natif du Wadaï.

Sur un mot de Zabibi, Conan déposa le corps inerte dans les bras du Noir qui alla l'allonger sur un divan de velours. Le jeune officier ne paraissait pas encore sur le point de se réveiller. Le coup qu'il avait reçu aurait pu assommer un bœuf. Zabibi resta un moment penchée au-dessus de lui en se tordant nerveusement les doigts. Puis elle se redressa et fit signe au Cimmérien.

La porte fut refermée sans bruit, les verrous cliquetèrent dans leur dos, et le judas sectionna la dernière lueur de la lampe. Dans la rue abandonnée à l'éclat des étoiles, Zabibi prit la main de Conan. La sienne trembla un peu.

– Tu ne vas pas me trahir?

Il secoua sa tête massive.

– Alors suis-moi jusqu'au temple de Hanuman, et puissent les dieux avoir pitié de nos âmes.

Ils progressaient comme des fantômes le long des rues silencieuses. Ils allaient en silence. Peut-être la fille songeait-elle à son bien-aimé qui gisait inerte sous les lampes de bronze, ou peut-être était-elle tenaillée par la peur de ce qui les attendait dans l'antre démoniaque de Hanuman. Le barbare, lui, ne pensait qu'à la femme qui marchait à ses côtés. Le parfum de sa chevelure faisait le siège de ses narines, son aura de sensualité avait investi son esprit, y interdisant toute autre pensée.

Tout à coup, ils perçurent le cliquetis de pieds chaussés d'airain et se réfugièrent dans l'ombre d'une arcade. Une patrouille de vigiles périshtis défila devant eux. Ils étaient quinze et marchaient en formation serrée, la pique à la main; ceux du dernier rang portaient leur large bouclier de bronze sur le dos afin de se protéger d'une éventuelle attaque par-derrière. Même ces hommes d'armes se méfiaient de la menace sournoise des cannibales.

Dès que le bruit de leurs sandales eut suffisamment décru à l'autre bout de la rue, Conan et la fille sortirent de leur cachette et reprirent leur marche. Quelques instants plus tard, ils aperçurent devant eux la forme ramassée d'un grand édifice.

Le temple de Hanuman se dressait solitaire au centre d'une vaste esplanade qui reposait silencieuse et déserte sous la voûte étoilée. Une enceinte de marbre entourait le bâtiment; cette muraille n'avait qu'une ouverture, juste en face du portique, sans portail ni barrière d'aucune sorte.

– Pourquoi les Noirs ne viennent-ils pas chercher leurs proies ici? marmonna Conan. Rien ne les empêcherait d'entrer dans le temple.

Il sentait le tremblement de Zabibi qui se pressait de plus en plus contre lui.

– Ils craignent Totrasmek, comme le craignent tous les habitants de Zamboula, et même Jungir Khan et Nafertari. Viens! Viens vite avant que mon courage ne se sauve comme de l'eau!

La peur de Zabibi était évidente, mais elle ne flanchait pas. Conan dégaina son épée et prit la tête. Ils pénétrèrent à l'intérieur de l'enceinte. Le guerrier connaissait les hideuses coutumes des prêtres orientaux, et il savait que le profanateur du temple de Hanuman pouvait s'attendre à rencontrer n'importe quelle apparition cauchemardesque. Il n'ignorait pas qu'il y avait de bonnes chances pour que ni lui ni la fille n'en ressortent vivants, mais il avait déjà trop souvent risqué sa vie pour s'attarder longuement sur ce genre de considération.

Ils étaient maintenant dans une cour pavée de marbre blanc qui luisait sous les toiles. Une brève volée de marches menaient au portique. Entre les énormes colonnes, les gigantesques portes de bronze étaient ouvertes ainsi qu'elles l'étaient depuis des siècles. A l'intérieur cependant, nul adorateur ne brûlait l'encens. Durant le jour, il se pouvait qu'hommes et femmes y vinssent timidement placer quelque offrande sur l'autel noir du dieu-singe. La nuit, les gens se gardaient du temple de Hanuman, comme le lièvre du repaire du serpent.

Les encensoirs baignaient l'intérieur d'une étrange et douce lueur qui créait une atmosphère irréelle. Contre le mur du fond, derrière l'autel de pierre noire, trônait le dieu, le regard fixé pour l'éternité sur l'entrée où pendant des siècles ses victimes lui étaient apparues, entravées par des guirlandes de roses. Une légère cannelure courait du perron jusqu'à l'autel; lorsque Conan la sentit du pied, il fit un bond de côté comme s'il venait de marcher sur un serpent. Ce sillon avait été creusé par les pieds traînants de la multitude qui était venue mourir en hurlant sur le sinistre autel.

Dans cette lumière incertaine, Hanuman n'était pas accroupi à la façon d'un singe, mais assis, jambes croisées, comme un homme, ce qui ne le rendait pas moins simiesque pour autant. Il était fait de marbre noir, mais ses yeux étaient des rubis aux feux aussi rougeoyants et luxurieux que la gueule des enfers. Ses grandes mains reposaient sur ses genoux, paumes vers le ciel, et ses doigts griffus semblaient sur le point de se refermer. Dans l'outrance grossière de ses attributs, dans son regard de satyre, était réfléchi l'abominable cynisme du culte dégénéré qui en faisait une divinité.

La fille contourna l'idole pour aller au mur du fond. Au passage, elle toucha de la hanche le genou de marbre; elle fit un bond de côté et frissonna violemment, comme frôlée par quelque reptile. Un espace de plusieurs pas séparait l'échine de l'idole du mur de marbre où courait une frise de feuilles d'or. Flanquant le dieu-singe de chaque côté, une porte d'ivoire interrompait le mur.

– Chacune de ces portes donne sur le bout d'un même couloir en forme d'épingle à cheveux, expliqua précipitamment Zabibi. J'y suis déjà allée une fois – une seule fois! (A ce souvenir terrifiant et obscène, ses épaules tressaillirent.) Ce couloir est courbe comme un fer à cheval, et chacune de ses extrémités aboutit ici. Les appartements de Totrasmek se trouvent à l'intérieur de la courbe, et donnent dans le couloir. Mais ce mur-ci recèle une porte secrète qui ouvre directement chez lui.

Et elle se mit à promener les mains sur la surface lisse où n'apparaissait nul joint. Conan se tenait à côté d'elle, surveillant les alentours l'épée à la main. Le silence, la solitude du temple, et son imagination qui se donnait libre cours quant à ce qu'il allait trouver au delà de ce mur, faisaient qu'il se sentait comme une bête sauvage qui vient de renifler un piège.

– Ah! s'écria la fille qui venait enfin de trouver le ressort caché.

Une trappe carrée s'ouvrit dans le mur.

Et Zabibi poussa un hurlement de terreur. Tout en courant à elle, Conan vit une grande main difforme la saisir par les cheveux et la tirer à travers le trou béant. Il survint à temps pour la retenir, mais la jambe nue de Zabibi glissa entre ses doigts. L'instant d'après, elle avait disparu, et le mur était redevenu aussi lisse qu'avant. Depuis l'autre côté, lui parvinrent les bruits assourdis d'une lutte, quelques cris, puis un rire horrible qui glaça le sang du guerrier.

3. L'étrangleur de Kosala

Avec un juron, le Cimmérien appliqua sur le mur un formidable coup du pommeau de son épée, faisant voler de petits éclats de marbre. Mais la porte secrète, sans doute verrouillée de l'autre côté, ne s'ouvrit pas. Conan se précipita alors vers une des portes d'ivoire.

Il leva son épée pour fracasser le panneau, mais, se ressaisissant, il tenta d'abord de l'ouvrir de la main gauche. La porte n'opposa aucune résistance et découvrit un long couloir incurvé que des encensoirs semblables à ceux du temple éclairaient parcimonieusement d'une lueur étrange. Un fort verrou d'or massif était monté sur le côté intérieur de la porte; Conan le toucha légèrement du bout des doigts. L'infime tiédeur du métal ne pouvait être détectée que par un homme aux facultés pareilles à celles d'un loup. On avait touché – et donc retiré – ce verrou quelques secondes plus tôt. L'affaire prenait de plus en plus l'aspect d'un guet-apens. Il aurait dû se douter que Totrasmek ne pouvait être dupe de l'arrivée d'intrus dans son temple.

S'engager dans le couloir serait certainement faire un pas de plus dans le piège que lui avait dressé le prêtre. Mais il n'hésita pas une seconde. Quelque part entre ces murs enténébrés, Zabibi était prisonnière, et, d'après ce qu'il savait des prêtres de Hanuman, Conan ne doutait pas qu'elle eût grand besoin d'aide. Il s'engagea donc dans le couloir, progressant comme une panthère, prêt à frapper à gauche comme à droite.

A main gauche se succédaient des portes cintrées en ivoire qu'il essayait tour à tour d'ouvrir. Toutes étaient verrouillées. Il avait fait environ vingt-cinq pas lorsque le couloir s'incurva violemment vers la gauche, concordant ainsi avec la description qu'en avait fait Zabibi. A l'intérieur de la courbe, une porte s'ouvrit sous la main de Conan.

Il découvrit une vaste pièce carrée, un peu mieux éclairée que le couloir. Les murs étaient de marbre blanc, le sol d'ivoire, et le plafond d'argent fretté. L'endroit était meublé de plusieurs divans de riche satin, de tabourets d'ivoire rehaussé d'or et d'une table ronde faite d'une matière dense et d'aspect métallique. Sur l'un des divans, un homme se vautrait, les yeux tournés vers la porte. Il éclata de rire en rencontrant le regard surpris de Conan.

L'inconnu était nu à l'exception d'un linge qui lui ceignait les reins, et de sandales dont les lanières lui enserraient les mollets. Il avait la peau brune, le cheveu noir, très court, et les yeux sombres et perpétuellement en mouvement. Son visage était large et arrogant. Son poitrail était énorme; au moindre de ses mouvements, les muscles de ses longs membres se gonflaient. L'assurance de posséder une force physique titanesque transparaissait dans tous ses gestes.

– Pourquoi n'entres-tu pas, barbare? lança-t-il d'un ton railleur en s'accompagnant d'un geste d'invitation exagéré.

Une lueur sinistre passa dans les yeux de Conan, mais il pénétra dans la pièce, l'épée prête à frapper.

– Par Set, qui es-tu? grogna-t-il.

– Je m'appelle Baal-Ptéor, répondit l'homme. Jadis, dans un autre pays, j'avais un autre nom. Mais celui-ci me plaît, et n'importe laquelle des filles qui sont entrées dans ce temple pourra te dire pourquoi Totrasmek m'a ainsi baptisé.

– Tu es son chien, hein? fit Conan. Maudite soit ta carcasse, Baal-Ptéor, où est la fille que tu as fait passer à travers le mur?

– Elle vient d'être reçue chez mon maître! s'esclaffa Baal-Ptéor. Ecoute un peu!

Un cri de femme, ténu et assourdi, retentit de l'autre côté d'une porte qui faisait face à celle par laquelle Conan était entré.

– Maudite soit ton âme!

Conan fit une enjambée en direction de cette porte, puis s'immobilisa. Baal-Ptéor riait, et son rire contenait une menace qui fit passer une brume rouge devant les yeux du Cimmérien.

Les jointures de sa main droite blanchies autour de la poignée de l'épée, il s'élança vers Baal-Ptéor. D'un geste vif, celui-ci lui jeta quelque chose – une sphère de cristal qui luisait sous l'étrange éclairage.

D'instinct, Conan voulut esquiver le projectile, mais, comme par miracle, la boule venait de s'arrêter en l'air, à quelques dizaines de centimètres de son visage. Elle resta un instant en sustentation, comme suspendue à d'invisibles filaments, à cinq pieds au-dessus du sol. Puis, sous le regard médusé de Conan, elle se mit à tourner de plus en plus vite sur elle-même. Et ce faisant, elle commença à grossir. Bientôt elle emplit la pièce, enveloppant peu à peu Conan, les meubles, les murs et le sourire de Baal-Ptéor. Le Cimmérien fut bientôt perdu au centre d'une brume bleuâtre, aveuglante. Des vents furieux sifflaient autour de lui, le bousculaient, essayaient de l'emporter dans leur tourbillon démentiel.

Avec un cri étranglé, il se jeta en arrière et trouva l'appui du mur. A ce contact, l'illusion s'évanouit. La sphère disparut comme bulle qui éclate. Conan se redressa, les pieds entourés d'un halo brumeux, et il vit Baal-Ptéor, vautré sur le divan et secoué d'un rire silencieux.

– Sale fils de chienne! s'écria-t-il en s'élançant pour frapper.

Mais la brume monta du sol, dissimulant la silhouette du géant. Tâtonnant dans le nuage qui l'aveuglait, Conan eut subitement l'impression déchirante qu'il se disloquait. Alors la pièce, la brume et le géant, tout s'évanouit. Il se retrouva tout seul, planté au milieu des roseaux d'un marécage, et un buffle lui fonçait dessus tête baissée. D'un bond, il s'écarta des cornes acérées et plongea sa lame derrière la patte du monstre, à travers côtes et cœur. Puis ce ne fut pas le buffle qui agonisait là, dans la boue, mais Baal-Ptéor. Avec un juron, Conan lui trancha la tête; alors, cette tête s'éleva dans les airs et vint planter des crocs de fauve dans sa gorge. Malgré sa formidable vigueur, il ne pouvait s'en défaire et commençait à étouffer; alors l'espace environnant fut ébranlé par un rugissement suivi d'un choc incommensurable, et Conan se retrouva dans la chambre avec Baal-Ptéor dont la tête était solidement rivée à ses deux épaules, et qui riait toujours silencieusement sur le divan.

– Une hallucination! souffla Conan.

Ce chien se jouait de lui comme d'une souris! Mais ces illusions de brumes et d'ombres ne pouvaient lui faire de mal. Il lui suffisait de bondir et de frapper, et Baal-Ptéor ne serait plus qu'un cadavre désarticulé, ainsi qu'une blatte que l'on écrase du talon. Cette fois il ne se laisserait pas abuser par des fantômes. Il se trompait.

Un feulement retentit dans son dos. En un éclair, il volta pour frapper la panthère qui, sur la table ronde, se ramassait pour lui bondir dessus. Sous le coup, l'apparition s'évanouit et la lame s'abattit avec fracas sur la surface adamantine. Conan comprit aussitôt que quelque chose n'allait pas : la lame adhérait à la table! Il s'y arc-bouta sauvagement, mais elle ne bougea pas d'un cheveu. Il ne s'agissait plus de mesmérisme. La table se comportait en aimant géant. Il agrippait la poignée de son arme à deux mains, quand une voix retentit près de son épaule. Se retournant, il vit que l'autre avait enfin quitté son divan.

Légèrement plus grand que Conan et beaucoup

plus lourd, Baal-Ptéor se dressait devant lui, image saisissante de développement musculaire. Ses bras puissants étaient plus longs que la normale, et ses grandes mains ne cessaient de s'ouvrir et se refermer en frémissant convulsivement. Conan relâcha la poignée de son épée pour considérer son ennemi à travers ses paupières mi-closes.

– Ta tête, Cimmérien! tonna Baal-Ptéor, de mes mains, je vais la faire tourner sur tes épaules comme un oiseau sait tordre son cou! C'est de cette façon que les enfants de Kosala sacrifient à Yajur. Car, barbare, tu as devant toi un étrangleur de Yota-Pong. Encore enfant, je fus choisi par les prêtres de Yajur. Tout au long de mon enfance et de mon adolescence, je me suis entraîné à l'art de donner la mort avec mes seules mains, car c'est ainsi seulement que s'accomplissent les sacrifices. Yajur aime le sang, et nous ne perdions pas une goutte de celui de nos victimes. Lorsque j'étais enfant, on me donnait des nouveau-nés à étouffer; jeune garçon, j'ai étranglé des fillettes; jeune homme, des femmes, des vieillards et des adolescents. Ce n'est que lorsque j'eus atteint l'âge d'homme que l'on me donna un homme robuste à immoler sur l'autel de Yota-Pong.

» Des années durant, j'ai offert des sacrifices à Yajur. Des centaines de gorges se sont brisées entre ces doigts. (Il les faisait jouer sous le regard courroucé du Cimmérien.) La raison pour laquelle je me suis enfui de Yota-Pong pour devenir le serviteur de Totrasmek ne te regarde pas. Dans un moment tu auras oublié toute curiosité. Les prêtres de Kosala, les étrangleurs de Yajur sont puissants, plus puissants que ne pourrait l'imaginer un mortel. Et j'étais le plus fort de tous. De mes mains, barbare, je vais briser ton cou!

Et, pareilles à deux cobras, les grandes mains se refermèrent sur la gorge de Conan. Celui-ci ne fit aucune tentative pour parer ou esquiver, mais ses propres mains volèrent vers le cou de taureau du Kosalien. Baal-Ptéor écarquilla ses yeux noirs lorsqu'il sentit les muscles épais qui protégeaient la gorge du barbare. Avec un rugissement, il fit appel à sa force inhumaine; un chaos de bosses et de ravines apparut le long de ses bras massifs. Il émit une plainte étranglée quand les doigts de Conan lui enserrèrent la gorge. Pendant un moment, ils restèrent figés comme des statues, tandis que sur leurs tempes les veines gonflaient en se violaçant. Les lèvres minces de Conan découvraient ses dents en un sinistre rictus. Dans les yeux écarquillés de Baal-Ptéor, l'éclat de l'angoisse succéda à celui de la surprise. Pareils à un bas-relief, les deux hommes ne bronchaient pas, à l'exception du gonflement des muscles de leurs bras et de leurs jambes; pourtant des forces défiant l'imagination s'affrontaient, des forces capables de déraciner un arbre ou de fracasser le crâne d'un taureau.

De l'air siffla brusquement entre les dents de Baal-Ptéor. Sa face vira au rouge brique. La peur inonda son regard. Les muscles de ses épaules et de ses bras semblaient sur le point de rompre, mais ceux qui gainaient le cou puissant du Cimmérien ne cédaient toujours pas; Baal-Ptéor avait l'impression de s'évertuer sur un treillage de fils d'acier. En revanche sa propre chair ne résistait plus aux doigts d'airain de Conan qui s'enfonçaient de plus en plus entre les muscles pour comprimer trachée et veines jugulaires.

Les deux statues s'animèrent subitement quand le Kosalien se mit à se tordre et se soulever dans l'espoir de se libérer. Il lâcha la gorge de Conan pour lui saisir les poignets et tenter de défaire l'étau inexorable.

Le Cimmérien le fit reculer jusqu'à ce que le creux de ses reins rencontrât l'arête de la table. Et il continua de le cambrer jusqu'à ce que sa colonne vertébrale fût sur le point de se briser.

Le rire sourd du Cimmérien était aussi impitoyable que l'anneau d'airain.

– Pauvre idiot! coassa-t-il. Tu n'avais jamais rencontré un homme de l'Ouest. Tu te crois fort parce que tu étais capable de tordre le cou à de pauvres civilisés aux muscles comme de la ficelle pourrie? Tu aurais dû t'en prendre à un taureau sauvage de Cimmérie. Moi, je l'ai fait, et je n'étais pas encore un homme – je m'y suis pris comme ça!

D'une furieuse impulsion, il tordit la tête de Baal-Ptéor dont les vertèbres se brisèrent comme du bois mort.

Il laissa tomber à terre le cadavre pesant, alla prendre à deux mains la poignée de son épée, et prit solidement son appui. Du sang s'écoulait des blessures que lui avaient faites au cou les ongles de Baal-Ptéor. Ses cheveux étaient mouillés et la sueur ruisselait sur son visage. Sa poitrine se soulevait douloureusement. En dépit du mépris qu'il avait affiché à l'égard de la force de Baal-Ptéor, il s'en était fallu de peu que celui-ci ne l'emporte. Sans attendre un temps pour reprendre son souffle, en une furieuse secousse, il sépara son épée de l'aimant qui la retenait.

Un instant plus tard, il avait poussé la porte d'où lui était parvenu le cri. Un long couloir rectiligne lui apparut, bordé de portes d'ivoire. Son autre extrémité était masquée par un lourd rideau de velours derrière lequel s'élevaient les accents infernaux d'une musique comme Conan n'en avait jamais entendu, pas même dans ses cauchemars. Elle fit se dresser ses cheveux. S'y mêlaient les halètements et les sanglots hystériques d'une femme. L'épée bien en main, il se glissa dans le couloir.

4. La danse des cobras

Lorsque Zabibi s'était senti happer à travers l'ouverture du mur, sa première pensée fut que son heure était venue. Instinctivement elle avait fermé les yeux dans l'attente du coup fatal. Au lieu de cela, elle fut jetée sans ménagement sur le marbre lisse du sol qui lui meurtrit hanche et genoux. Elle ouvrit alors les yeux et promena alentour un regard affolé; au même instant, un coup assourdi retentissait de l'autre côté du mur. Elle vit au-dessus d'elle un colosse à la peau brune, vêtu d'un linge autour des reins, et, à l'autre bout de la pièce où elle venait d'atterrir, un homme assis sur un divan, tournant le dos à une lourde tenture de velours. Ce personnage était gros et gras, avec des mains blanches et potelées, des yeux vipérins. Et elle eut la chair de poule, car cet homme était Totrasmek, prêtre de Hanuman, qui depuis des années tissait et tendait les rets de son pouvoir au-dessus de la cité de Zamboula.

– Le barbare cherche à s'ouvrir un passage à travers le mur, fit Totrasmek d'un ton railleur. Mais les verrous vont tenir bon.

Se retournant, la jeune femme vit qu'un pesant verrou d'or condamnait la porte secrète qui était parfaitement visible de ce côté-ci. Ce dispositif aurait résisté à la charge d'un éléphant.

– Va lui ouvrir une des portes, Baal-Ptéor,

ordonna Totrasmek. Et tue-le dans la chambre carrée, au bout du couloir.

Le Kosalien s'inclina et s'en fut par une porte latérale. Zabibi se releva en regardant le prêtre avec angoisse; celui-ci promenait un regard avide sur la magnifique silhouette de la fille. Ce n'est pas l'œillade insistante qui émut la danseuse de Zamboula, habituée à être nue, mais le cruel regard du prêtre, qui la fit trembler de tous ses membres.

– Eh bien, beauté, te voici revenue dans ma retraite, dit-il hypocritement. C'est un honneur inattendu. Tu avais paru prendre si peu de plaisir à la précédente visite que je n'osais espérer que tu reviendrais. J'ai toutefois fait tout ce qui est en mon pouvoir pour te faire vivre une expérience intéressante.

Une danseuse de Zamboula ne saurait rougir de confusion, mais le feu de la colère vint se mêler à la peur qui dilatait les yeux de Zabibi.

– Gros porc! Tu sais que je ne suis pas venue ici par amour pour toi.

– Non, bien sûr, s'esclaffa Totrasmek. Comme une insensée que tu es, tu as amené un barbare stupide, pour me trancher la gorge en pleine nuit. Pourquoi en veux-tu à ma vie?

– Tu le sais bien! s'écria-t-elle, sachant combien il eût été inutile de tenter de cacher ses sentiments.

– Tu songes à ton amant, n'est-ce pas? fit l'autre en riant. Le seul fait que tu sois ici me prouve qu'il a bien pris la drogue que je t'ai donnée. Eh quoi, ne me l'avais-tu pas demandée? Et ne t'ai-je pas fourni ce que tu voulais, par amour pour toi?

– Je t'avais demandé une drogue qui le ferait dormir paisiblement pendant quelques heures, dit-elle avec amertume. Et ton serviteur m'a apporté une potion qui l'a rendu fou! J'ai été bien bête de te faire confiance. J'aurais dû me douter que tes proclamations d'amitié n'étaient que mensonges destinés à dissimuler ta haine et tes rancœurs.

– Pourquoi tenais-tu tant à endormir ton amant? rétorqua-t-il. Afin de lui dérober la seule chose qu'il ne t'offrirait jamais, l'anneau qui porte la pierre appelée Etoile de Khorala, l'étoile jadis volée à la reine d'Ophir, qui donnerait son pesant d'or à qui la lui rendrait. Jamais il ne te l'aurait donné de son plein gré, car il sait qu'elle possède le pouvoir magique d'enchaîner les cœurs du sexe opposé. Tu voulais la lui prendre car tu craignais que ses mages ne découvrent la clé du charme et qu'il ne t'oublie et entreprenne la conquête des reines du monde. Tu l'aurais revendue à la reine d'Ophir qui n'ignore rien de son pouvoir et s'en serait servi pour me réduire en esclavage, ainsi qu'elle le fit jadis, avant qu'on ne lui vole sa bague.

– Et *toi*, pourquoi la voulais-tu? demanda Zabibi d'un ton maussade.

– Je sais ses pouvoirs. Elle accroîtrait la puissance de mon art.

– Eh bien, elle est en ta possession à présent!

– *Moi*, j'ai l'Etoile de Khorala? Non, tu te trompes.

– Pourquoi prends-tu la peine de mentir? fit-elle amèrement. Mon amant la portait au doigt quand il m'a poursuivie dans les rues. Il ne l'avait plus quand je l'ai retrouvé quelques heures plus tard. Ton serviteur devait guetter la maison; il la lui aura volée après que je lui eus échappé. Au diable cette maudite bague! Je veux mon amant entier et sain d'esprit. Tu as la bague; tu nous as punis tous les deux. Pourquoi ne lui rends-tu pas sa raison? Le peux-tu seulement?

– Je le pourrais, lui assura-t-il en se délectant de

sa détresse. (Il sortit un flacon de sa robe.) Ceci est le jus du lotus d'or. Il suffirait que ton bien-aimé en boive pour retrouver toute sa tête. Oui, je vais me montrer magnanime. Vous vous êtes bien souvent mis en travers de mes projets; il s'est constamment opposé à mes souhaits. Mais je vais faire preuve de générosité. Viens prendre ce flacon.

Elle considéra Totrasmek, brûlant d'envie de saisir la fiole, mais craignant que ce ne fût là quelque cruelle perfidie. Enfin, elle s'avança timidement, la main tendue, mais il éclata d'un rire sardonique et escamota le flacon. Comme ses lèvres s'ouvraient pour proférer quelque insulte, un instinct la fit lever les yeux. Du plafond gaufré tombaient quatre récipients couleur de jade. Elle fit un bond de côté un peu tardif, mais ils ne la touchèrent pas et se fracassèrent autour d'elle, formant les quatre coins d'un carré. Et elle se mit à hurler, et hurler encore. Car, sur chaque emplacement, au milieu des éclats de jade, se dressait la tête oblongue d'un cobra. L'un d'eux se détendit vers sa jambe nue. Le mouvement convulsif qu'elle fit pour lui échapper la porta à proximité d'un autre serpent, et une nouvelle fois elle dut bondir pour éviter la détente d'une gueule hideuse.

Elle se trouvait prise à l'intérieur d'un piège effroyable. Les quatre reptiles se détendaient vers son pied, sa cheville, son mollet, son genou, sa cuisse ou sa hanche, selon la partie de son corps voluptueux qui leur était la plus proche; et il lui était impossible de sortir du piège en passant entre eux, ou en sautant par-dessus. Elle ne pouvait que virevolter, sauter, se tordre pour esquiver leurs attaques, et, à chaque fois qu'elle évitait un serpent, son mouvement la rapprochait d'un autre, si bien qu'elle devait sans cesse se mouvoir à la vitesse de la lumière. Seule une danseuse de Zamboula pouvait survivre à ce monstrueux piège.

Elle n'était plus qu'un brouillard tant ses mouvements étaient vifs. Les crocs venimeux la manquaient de l'épaisseur d'un cheveu, mais ils ne l'atteignaient pas; ses pieds légers, ses membres alertes et ses yeux exercés se mesuraient à la fulgurante détente des monstres que son ennemi avait suscités du néant.

Quelque part, se mêlant au sifflement des serpents, une musique lancinante s'éleva; on eût dit une brise nocturne et maléfique s'engouffrant en sifflant dans les orbites creuses d'un crâne. La jeune femme réalisa que les cobras frappaient désormais selon le rythme de la sinistre mélopée. Elle dut, elle aussi, calquer ses mouvements, naguère désordonnés, sur la musique. Comparée à cette monstrueuse chorégraphie, la plus obscène tarantelle de Zamora eût semblé d'une décence pleine de retenue. Malade de honte et de terreur, Zabibi entendait l'atroce gaieté de son tourmenteur.

– Que te dit la danse des cobras, ma belle? s'esclaffait Totrasmek. Il y a des siècles, les vierges dansaient ainsi lors des sacrifices à Hanuman – mais jamais avec une grâce pareille à la tienne. Danse, ma fille, danse! Combien de temps sauras-tu échapper aux crocs venimeux? Quelques minutes? Quelques heures? Tu vas perdre tes forces. Tes pieds vifs et sûrs vont finir par trébucher, tes jambes vont s'amollir et tes hanches ralentir. Alors les crocs plongeront dans ta chair ivoirine...

Dans le dos de Totrasmek, la tenture fut agitée comme un courant d'air, et le mage poussa un cri. Ses yeux s'agrandirent, et ses mains se refermèrent convulsivement sur la longueur de métal brillant qui jaillit brusquement de sa poitrine.

La musique se tut. La fille virevoltait toujours, secouée d'incoercibles sanglots à l'idée de ce qui l'attendait. Alors, tout à coup, comme Totrasmek tombait de son divan, il n'y eut plus autour d'elle que quatre inoffensives traînées de fumée bleue.

Conan apparut, essuyant sa lame dans le rideau. Par un espace entre mur et tenture, il avait vu la jeune femme se contorsionner entre quatre spirales de fumée, mais il avait compris qu'elle les voyait tout autrement. Et il avait tué Totrasmek.

Zabibi se laissa glisser au sol, hors d'haleine. Puis, comme Conan venait à elle, elle parvint à se relever sur ses jambes tremblantes d'épuisement.

– Le flacon! haleta-t-elle. Le flacon!

Totrasmek l'avait toujours à la main. Elle l'arracha aux doigts raidis, puis se mit à fouiller frénétiquement les vêtements du mage.

– Mais que cherches-tu donc? interrogea Conan.

– Une bague. Il l'a volée à Alafdhal, sans doute, quand mon bien-aimé errait dans les rues. Par les diables de Set!

Elle venait de s'assurer que le bijou ne se trouvait pas sur la personne de Totrasmek. Elle se mit à aller et venir dans la pièce, arrachant les tentures, les couvertures du divan, renversant les potiches, les vases.

Enfin, elle s'immobilisa pour écarter de ses yeux une mèche de cheveux poissée de sueur.

– J'oubliais Baal-Ptéor!

– Il est parti pour les Enfers avec la nuque brisée, dit Conan.

Elle exprima la satisfaction que lui procurait la nouvelle, puis, un instant plus tard, poussa un juron sonore.

– Nous ne pouvons rester ici. Le jour se lève bientôt. Si jamais on nous trouve ici, près du cadavre, nous serons mis en pièces. Et les Turaniens ne pourront rien faire pour nous.

Elle alla déverrouiller la porte secrète. Quelques instants plus tard, ils s'éloignaient en hâte de la place silencieuse où se dressait l'antique temple de Hanuman.

Non loin de là, dans une rue sinueuse, Conan fit halte et posa sa main pesante sur l'épaule nue de sa compagne.

– Je te rappelle qu'il était question d'une récompense...

– Je n'ai pas oublié! (Elle se libéra de la poigne du Cimmérien.) Mais il nous faut d'abord aller auprès d'Alafdhal!

Quelques minutes plus tard, l'esclave noir leur ouvrit la porte d'entrée. Le jeune Turanien était toujours étendu sur le divan, bras et jambes entravés par de lourdes cordes de velours. Ses yeux étaient ouverts, des yeux de chien enragé. De l'écume s'était accumulée sur ses lèvres. Zabibi réprima un frisson.

– Ouvre ses mâchoires, demanda-t-elle.

Les doigts d'acier de Conan s'exécutèrent. Zabibi vida dans la gorge du dément le contenu du flacon à l'effet miraculeux. Alafdhal se calma aussitôt. Son regard perdit toute sa fureur; il regarda la jeune femme avec étonnement, mais parut la reconnaître. Puis il se laissa aller à un sommeil réparateur.

– A son réveil, il aura complètement retrouvé ses esprits, murmura-t-elle en adressant un signe à l'esclave silencieux.

En s'inclinant profondément, celui-ci lui remit une petite bourse de cuir, puis il lui posa sur les épaules une cape de soie. Un changement subtil s'était opéré dans ses manières lorsqu'elle fit signe à Conan de la suivre.

Sous une arcade qui donnait sur la rue, elle se tourna vers lui. Elle affichait une noblesse nouvelle.

– Je te dois la vérité, commença-t-elle. Je ne m'appelle pas Zabibi. Mon nom est Nafertari. Et Alafdhal n'est pas un modeste capitaine des gardes. Il s'agit de Jungir Khan, satrape de Zamboula.

Conan ne faisait pas de commentaire; sa face sombre et couturée restait de marbre.

– Si je t'ai menti, c'est que je n'osais dire la vérité à quiconque, reprit-elle. Je me trouvais seule avec Jungir Khan lorsqu'il a perdu la tête. En dehors de moi, personne n'était au courant. Si la nouvelle de la folie du satrape de Zamboula s'était répandue, ç'aurait été le soulèvement immédiat, ainsi que Totrasmek l'avait prévu, qui désirait notre chute.

» Tu comprendras maintenant qu'il ne faut pas songer à la récompense que tu espérais. La maîtresse du satrape n'est pas – ne peut pas être à toi. Mais je ne suis pas une ingrate. Voici une bourse pleine d'or. (Elle lui donna la bourse que lui avait remise l'esclave.) A présent, va-t-en, et lorsque le soleil sera levé, présente-toi au palais. Je vais demander à Jungir Khan de te faire capitaine de sa garde personnelle. Mais tu recevras secrètement tes ordres de moi. Ta première mission sera de conduire un détachement au temple de Hanuman, afin de chercher ostensiblement des indices sur l'assassin du prêtre; en fait, tu y chercheras l'Etoile de Khorala. Elle doit être cachée quelque part. Quand tu l'auras trouvée, tu me l'apporteras. Tu peux partir maintenant.

Toujours silencieux, il hocha la tête et s'en fut. La fille, suivant des yeux le balancement des larges épaules de Conan, s'aperçut avec agacement qu'il n'était ni triste ni irrité.

Après avoir tourné le coin de la rue, il jeta un coup d'œil en arrière, puis changea de direction et allongea le pas. Peu de temps après, il arriva dans le quartier où se tenait le marché aux chevaux. Là, il cogna à une porte jusqu'à ce qu'une tête barbue apparût à une fenêtre de l'étage.

– Je veux un cheval, annonça Conan. L'étalon le plus rapide que tu auras.

– Je n'ouvre pas à cette heure de la nuit, grogna le maquignon.

Conan fit tinter son or.

– Bougre d'idiot! Tu ne vois pas que je suis blanc et seul? Descends m'ouvrir avant que j'enfonce ta porte!

Monté sur un cheval bai, Conan se dirigeait maintenant vers la maison d'Aram Baksh.

Il quitta la route pour s'engager dans la ruelle qui séparait l'auberge de la palmeraie, mais il ne s'arrêta pas au portillon. Il alla jusqu'à l'angle nord-est de l'enceinte, longea le mur nord et fit halte à quelques pas de l'angle nord-ouest. Il attacha son cheval à un buisson ras qui poussait au pied de la muraille, et allait remonter en selle quand il entendit des voix.

Il retira son pied de l'étrier et courut jusqu'à l'angle du mur. Trois hommes marchaient sur la route en direction du bosquet de palmiers; à leur démarche chaloupée, il comprit que c'étaient des Noirs. Il les appela à voix basse. Ils s'arrêtèrent, puis se regroupèrent lorsqu'ils virent Conan courir à eux, l'épée au poing. A la lueur des étoiles, leurs yeux formaient des taches blanches. Leurs appétits brutaux se lisaient sur leurs visages d'ébène, mais ils n'ignoraient pas que leurs trois gourdins n'étaient pas de taille à lutter contre l'épée de l'inconnu.

– Où allez-vous? demanda Conan.

– Nous allons demander à nos frères d'éteindre le feu, fit une voix gutturale. Aram Baksh nous avait promis un homme, mais il a menti. Nous avons trouvé un de nos frères mort dans la chambre-piège. La faim ne sera pas apaisée cette nuit.

– Au contraire, fit Conan avec un sourire. Aram Baksh va vous livrer un homme. Vous voyez cette porte? (Il montrait une petite poterne située au milieu du mur ouest.) Attendez là. Aram Baksh va vous livrer un homme.

Il recula prudemment jusqu'à se trouver hors de portée des massues, puis il se retourna et disparut derrière l'angle nord-ouest de la muraille. Arrivé près de sa monture, il fit une pause pour s'assurer que les Noirs ne l'avaient pas suivi, puis, calmant l'étalon à voix basse, il se mit debout sur la selle. D'un rétablissement, il se hissa sur le faîte du mur et y resta un instant assis à califourchon afin d'inspecter les alentours. La taverne se dressait dans le coin sud-ouest de l'enceinte, le reste du terrain étant occupé par des bosquets et des plantations. L'endroit était désert. La taverne était sombre et silencieuse; fenêtres et portes devaient être solidement barrées et verrouillées.

Conan savait que la chambre d'Aram Baksh donnait sur un sentier bordé de cyprès qui menait au mur ouest. Telle une ombre, il se glissa entre les arbres jusqu'à la porte de cette chambre. Il y frappa légèrement.

– Qu'est-ce que c'est? fit une voix endormie.

– Aram Baksh! souffla Conan. Les Noirs sont en train de franchir le mur!

Presque instantanément la porte s'ouvrit. L'aubergiste s'y encadra, vêtu de sa chemise et la dague à la main. Il allongea le cou pour reconnaître la silhouette obscure qui lui faisait face.

– Qu'est-ce que... *toi*!

Les mains vengeresses de Conan étranglèrent son cri. Ils tombèrent à terre et Conan lui arracha la dague. La lame fine luisait. Bientôt le sang gicla. La bouche pleine de sang, Aram Baksh produisait d'hideux gargouillis. Conan le remit sur ses pieds. De nouveau la dague s'abattit; cette fois, la plus grande partie de la barbe bouclée de l'aubergiste tomba à terre.

Sans cesser de lui serrer la gorge – car un homme peut crier même avec la langue coupée –, Conan l'entraîna dans le sentier et jusqu'à la poterne du mur d'enceinte. D'une main, il retira le verrou et ouvrit. Tels des vautours, trois silhouettes sombres l'attendaient. Conan leur jeta l'aubergiste.

Un horrible cri sortit de la gorge inondée de sang d'Aram Baksh, mais il ne reçut nulle réponse de la taverne silencieuse. Les gens qui s'y trouvaient avaient l'habitude d'entendre des hurlements retentir alentour. L'aubergiste se débattait avec l'énergie du désespoir. Vainement. Conan songeait aux dizaines de pauvres diables sacrifiés à l'avidité de cet homme.

Les Noirs le traînèrent allégrement sur la route, en riant des sons inarticulés qu'il émettait. Comment auraient-ils pu reconnaître Aram Baksh en ce personnage à demi-nu et ensanglanté, avec sa barbe grotesque et ses borborygmes? Le bruit de la lutte sans espoir parvenait encore à Conan, debout près de la poterne, après que le petit groupe eut disparu sous le bosquet de palmiers.

Après avoir refermé la porte, le Cimmérien remonta à cheval et prit la direction de l'ouest, vers le désert, en décrivant une grande boucle pour éviter la sinistre ceinture de palmiers. Tout en chevauchant, il admirait une bague sur laquelle était enchâssée une pierre qui captait et emprisonnait la lueur des étoiles. Il la mirait en la tournant en tous sens. La bourse de pièces d'or tintait plaisamment au pommeau de sa selle, comme la promesse de richesses futures bien plus grandes encore.

– Je me demande bien quelle serait sa réaction si elle savait que je l'ai reconnue pour Nafertari et lui pour Jungir Khan à l'instant où je les ai vus, songeait-il. Je connaissais aussi l'Etoile de Khorala. Il y aura une scène réjouissante si jamais elle comprend que je l'ai prise au doigt de son amant au moment où je le ligotais avec sa ceinture. Mais avec l'avance que je suis en train de prendre, ils ne me rattraperont jamais.

Il se retourna pour jeter un dernier coup d'œil aux bosquets de palmiers où montait une lueur rougeoyante. Dans la nuit s'élevèrent des chants vibrant d'une exultation sauvage. S'y mêlait une autre voix, un hurlement incohérent, inarticulé. Cette clameur accompagna un moment Conan qui chevauchait vers le ponant sous les étoiles pâlissantes.

Le Diable d'airain

Quittant Zamboula, Conan, détenteur de l'Etoile de Khorala, chevauche en direction de l'ouest, vers les prairies de Shem. L'histoire ne rapporte pas s'il se rend auprès de la reine d'Ophir pour échanger la bague magique contre son poids en or, ou si le bijou lui est dérobé en chemin par quelque voleur ou quelque dame de petite vertu. En tout cas, son or, si échange il y eut, ne lui dure pas très longtemps. Il va faire une brève visite à sa Cimmérie natale où beaucoup de ses vieux amis sont morts, et dont le mode de vie est resté plus ennuyeux que jamais. Lorsqu'il entend dire que les Kozaki ont recouvré leur ancienne vigueur et qu'ils mènent la vie aussi dure que possible au roi Yezdigerd, Conan ceint son épée et remonte en selle pour aller harceler Turan.

Bien que l'homme du Nord arrive totalement démuni, il compte de vieilles connaissances et chez les Kosaki et au sein de la Fraternité Rouge de la mer de Vilayet. Bientôt, de considérables contingents appartenant à ces deux groupes de hors-la-loi opèrent sous ses ordres et s'en trouvent très bien.

1

Le pêcheur dégaina son coutelas. Son geste était tout machinal, car ce qu'il redoutait, un couteau n'aurait pu en venir à bout, pas même sa lame courbe au fil en dents de scie, capable d'éventrer un homme en un seul coup porté de bas en haut. Non, ce jour-là, dans la solitude qui pesait sur l'île de Xapur, ni homme ni bête sauvage ne menaçait le pêcheur.

Il avait gravi la falaise, s'était frayé un chemin à travers la jungle et se tenait maintenant devant les vestiges d'une cité oubliée. Des colonnes brisées formaient des taches laiteuses entre les arbres, des murs écroulés au tracé sinueux allaient se perdre dans l'ombre, de vastes dalles avaient été craquelées et soulevées par les racines.

L'homme était le représentant typique de sa race, ce peuple étrange dont les origines se perdaient à l'aube grise des temps, ce peuple qui semblait avoir occupé de toute éternité les grossières huttes de pêcheurs qui se dressaient sur la côte sud de la mer de Vilayet. Il était solidement constitué, avec de longs bras simiesques et une puissante poitrine, mais des hanches minces et de fines jambes torses. Sa face était large, le front bas et effacé, ses cheveux épais et emmêlés. Pour tout vêtement, il portait la ceinture de son coutelas et un bout de tissu autour de la taille.

Le fait qu'il se trouvât là le distinguait des siens, peuple sans curiosité. Les hommes mettaient rarement le pied sur Xapur. Inhabitée, elle n'était que l'une des myriades d'îles qui parsemaient la grande mer intérieure. On l'appelait Xapur, la Fortifiée, en raison de ses ruines, vestiges de quelque royaume préhistorique qui avait fleuri longtemps avant que les conquérants hyboriens ne déferlent sur le Sud. Personne ne savait qui avait rassemblé ces pierres, bien que de très vagues légendes, à demi intelligibles, suggérassent un très ancien lien de parenté entre les pêcheurs yuetshi et ce royaume insulaire.

Mais depuis mille ans, aucun Yuetshi n'avait saisi la portée de ces contes; on se les répétait comme autant de formules sans signification. En un siècle, pas un Yuetshi n'était venu à Xapur. La côte qui lui faisait face, marécage abandonné aux bêtes sauvages, était inhabitée. Le village des pêcheurs se trouvait à bonne distance dans le sud. La tempête avait emporté le frêle esquif de notre homme loin de ses lieux habituels de pêche, et, au milieu d'une nuit illuminée par l'orage, la mer l'avait jeté sur les imposantes falaises. A l'aube, le ciel était bleu et limpide. Le soleil levant faisait un diamant de chaque feuille chargée d'eau. L'homme venait d'escalader la falaise à laquelle il s'était accroché toute la nuit, parce que, au cours de la tempête, un épouvantable éclair, jailli des cieux noirs, était tombé sur l'île, déclenchant un écroulement cataclysmique qui, selon lui, ne pouvait provenir d'un simple arbre foudroyé.

Une morne curiosité l'avait mû; à présent, il se trouvait devant ce qui avait provoqué ce fracas, et un malaise animal l'habitait, l'impression d'un péril imminent.

Entre les arbres, s'élevait un édifice en forme de dôme, fait de blocs gigantesques de cette étrange pierre verte, dure comme fer, que l'on ne trouvait que sur les îles de la mer de Vilayet. Il semblait incroyable que des hommes eussent pu les tailler et les mettre en place. La foudre avait brisé comme verre la voûte du dôme.

Le pêcheur se hissa au sommet des ruines et ce qu'il découvrit à l'intérieur lui arracha un grognement de surprise. En bas, entouré de poussière et d'éclats de pierre verte, un homme gisait sur une dalle dorée. Il était vêtu d'une sorte de jupe et d'un justaucorps de galuchat. Sa chevelure noire, qui lui descendait aux épaules, était serrée sur ses tempes par un fin diadème d'or. Sur sa large poitrine reposait une dague étrange au pommeau incrusté de pierreries, à la lame large et recourbée. Elle ressemblait d'assez près au couteau du pêcheur, mais son fil n'était pas dentelé et elle était d'une facture infiniment meilleure.

Dès qu'il la vit, le pêcheur ne songea plus qu'à s'approprier cette arme. L'homme, bien sûr, était mort; sûrement depuis de nombreux siècles. Le pêcheur ne se demandait pas comment les anciens avaient su garder à ce corps l'apparence de la vie, sa chair pleine et lisse. Le cerveau épais du Yuetshi n'avait de place que pour son désir de posséder le couteau dont la lame étincelante s'ornait de délicates gravures en arabesques.

Il descendit à l'intérieur du dôme et alla prendre la dague sur la poitrine du gisant. Alors, il advint une chose singulière et terrible. Les mains musculeuses se serrèrent convulsivement, les paupières s'ouvrirent d'un coup, révélant de grands yeux sombres dont le magnétisme stupéfia le pêcheur. Notre homme recula, et la dague tomba à terre. Le mort s'assit, révélant au pêcheur sa taille impressionnante. Ses yeux plissés captivaient le Yuetshi qui n'y lisait ni amitié ni gratitude; il y voyait une flamme aussi étrangère et hostile que celle qui brûle dans le regard d'un tigre.

Tout à coup l'homme se leva. La cervelle épaisse du pêcheur n'avait pas de place pour la peur, du moins pour la peur qui pourrait saisir un homme face à une situation défiant les lois fondamentales de la nature. Quand les formidables mains se posèrent sur ses épaules, il frappa le géant de son coutelas dentelé. La lame se brisa sur le ventre de l'étranger comme sur une colonne de fer. Puis le cou épais du pêcheur se brisa comme une brindille de bois mort.

2

Jehungir Agha, seigneur de Khawarizm et gardien de la frontière côtière, relut une nouvelle fois le rouleau de parchemin frappé d'un sceau où figurait un paon. Il eut un rire sardonique et bref.

– Alors? fit son conseiller, Ghaznavi.

Jehungir haussa les épaules. C'était un homme de belle prestance qui avait l'orgueil impitoyable que confèrent naissance et réussite.

– Le roi perd patience, dit-il. De sa propre main, il se plaint amèrement de ce qu'il appelle mon incapacité à garder la frontière. Par Tarim, si je ne parviens pas à mettre en échec ces brigands des steppes, il se pourrait bien que Khawarizm hérite d'un nouveau seigneur.

Ghaznavi triturait pensivement sa barbe grisonnante. Yezdigerd, roi de Turan, était le plus puissant monarque du monde. En son palais, dans la grande ville portuaire d'Aghrapur, s'entassait le butin du pillage de maints empires. Ses flottes de galères de guerre aux voiles violettes avaient fait de la mer de Vilayet un lac hyrkanien. Les peuples à la peau foncée de Zamora lui payaient tribut, comme le faisaient les provinces orientales de Koth. Jusqu'à Shushan, les Shémites se soumettaient à son autorité. Ses armées dévastaient les confins de la Stygie au sud et les terres enneigées de l'Hyperborée au nord. Ses cavaliers portaient le fer et le feu vers l'ouest en Brythunie, en Ophir, en Corinthia, et même jusqu'aux confins de la Némédie. Sur son ordre, des armées entières avaient été écrasées sous les sabots de sa cavalerie, des villes fortes ravagées par les flammes. Sur les marchés aux esclaves d'Aghrapur, de Sultanapur, de Khawarizm, de Shapur et de Khorusun, on vendait des femmes pour trois malheureuses pièces d'argent – blondes Brythuniennes, rousses Stygiennes, brunes Zamoriennes, noires Kushites.

Cependant, tandis que ses rapides cavaliers repoussaient l'ennemi loin de ses territoires, sur sa frontière un adversaire audacieux lui tiraillait la barbe d'une main souillée de sang et de fumée.

Au sein des immenses steppes qui séparaient la mer de Vilayet des royaumes les plus orientaux de l'Hyborie, une nouvelle race était apparue au cours du dernier demi-siècle, une race formée à l'origine de criminels en fuite, d'esclaves évadés et de déserteurs. Leurs origines étaient aussi diverses que leurs crimes; certains étaient nés dans la steppe, d'autres avaient fui les royaumes du Ponant. On les appelait Kozaki, ce qui signifie vaurien.

Habitant l'immensité sauvage des steppes, avec pour seule loi leur code singulier, ils avaient fini par former un peuple capable de défier le puissant monarque. Ils razziaient sans cesse la frontière turanienne, se réfugiant dans les steppes lorsqu'ils essuyaient un revers; avec les pirates de Vilayet, hommes de même nature, ils mettaient la côte à sac, et attaquaient les navires marchands qui commerçaient entre les ports hyrkaniens.

– Comment écraser ces chiens? se demanda Jehungir. En les pourchassant jusque dans la steppe, je risquerais soit de me faire couper de mes arrières et détruire, soit de me faire semer et de voir la ville détruite en mon absence. Dernièrement, ils se sont montrés plus audacieux que jamais.

– Cela vient du nouveau chef qui s'est imposé parmi eux, dit Ghaznavi. Vous savez à qui je pense.

– Pardi! s'anima Jehungir. Ce diable de Conan. Il est encore plus sauvage que les Kozaki, ce qui ne l'empêche pas d'être aussi habile qu'un lion des montagnes.

– C'est plus le fait de son instinct animal que de son intelligence, remarqua le conseiller. Les Kozaki, eux au moins, sont les descendants d'hommes civilisés. Lui est un barbare. En nous assurant de lui, nous leur infligerions un coup décisif.

– Mais comment faire? Plus d'une fois, on l'a vu se tirer de mauvais pas qui pourtant semblaient devoir lui être fatals. Et puis, instinct ou intelligence, il a déjoué tous nos pièges.

– Pour chaque animal et chaque homme, il existe un piège efficace, affirma Ghaznavi. Lors des négociations avec les Kozaki au sujet de la rançon des prisonniers, j'ai bien observé cet homme. Il nourrit un goût très vif pour les femmes et les boissons fortes. Faites venir Octavia, votre captive.

Jehungir frappa dans ses mains. Un impassible eunuque kushite, personnage d'un noir d'ébène en pantalon de soie, s'inclina et sortit. Il revint bientôt, tenant par le poignet une grande et belle fille, dont la chevelure blonde, les yeux clairs et la peau d'albâtre prouvaient qu'elle était la pure représentante de sa race. Son étroite tunique de soie, resserrée à la taille, mettait en valeur sa magnifique silhouette. Ses beaux yeux jetaient des éclairs de ressentiment, et ses lèvres purpurines arboraient une moue, mais la captivité lui avait enseigné la soumission. Elle attendit debout, la tête inclinée, devant son maître, jusqu'à ce que celui-ci l'invitât du geste à s'asseoir près de lui sur le divan. Il regarda son conseiller d'un air interrogateur.

– Il nous faut entraîner Conan à l'écart des Kozaki, dit Ghaznavi. Ils campent en ce moment à l'embouchure de la Zaporoska. Comme vous le savez, il s'agit d'une région de marécages, une jungle humide où notre dernière expédition a été taillée en pièces par ces diables sans foi ni loi.

– Je ne suis pas près d'oublier ça, fit Jehungir avec une grimace.

– Il y a une île inhabitée non loin de la côte, poursuivit Ghaznavi. Elle a nom Xapur, la Fortifiée, du fait de très anciennes ruines qui s'y trouvent. Elle présente une particularité qui va servir parfaitement nos desseins. Elle est entourée d'une falaise abrupte de cent cinquante pieds de haut. Un singe ne saurait y grimper. Le seul endroit par lequel un homme peut passer pour gagner l'intérieur de l'île est un étroit sentier creusé dans la roche qui a l'apparence d'un escalier usé.

» Si nous parvenions à attirer Conan sur cette île, seul, il nous serait aisé de le traquer avec arcs et flèches, comme dans une battue au lion.

– Autant souhaiter la lune, fit Jehungir agacé. Allons-nous lui envoyer un messager lui demandant d'escalader la falaise et de nous attendre ?

– Tout juste ! (Remarquant la surprise de Jehungir, le conseiller poursuivit :) Nous allons demander à parlementer avec les Kozaki au sujet de nos prisonniers, à l'orée de la steppe près de fort Ghori.

Comme d'habitude, notre détachement établira son camp au pied du château. Ils se présenteront en nombre égal, et les discussions auront lieu dans l'habituel climat de défiance et de suspicion. Mais cette fois, comme par hasard, nous aurons avec nous votre belle captive. (Le conseiller la désigna du menton; Octavia se redressa et se mit à écouter avec une attention accrue.) Elle usera de tous ses atouts naturels pour attirer l'attention de Conan. Cela ne devrait pas poser de difficulté. Aux yeux de ce barbare, elle sera l'incarnation de la beauté toute pure. Sa silhouette ravissante, sa vitalité devraient lui faire plus d'effet que ne pourrait en produire aucune des beautés figées de votre sérail.

Octavia bondit, les poings serrés, les yeux fulminants, le corps tremblant de colère.

– Vous croyez pouvoir me forcer à aguicher ce barbare? explosa-t-elle. N'y comptez pas! Je n'ai rien des traînées qui font de l'œil à ce genre d'homme. Je suis fille d'un seigneur de Némédie, et je...

– Tu faisais partie de la noblesse avant que mes cavaliers ne t'enlèvent, rétorqua cyniquement Jehungir. A présent tu n'es qu'une esclave qui va faire ce qu'on lui demande.

– Sûrement pas!

– Détrompe-toi, repartit Jehungir avec une cruauté étudiée. Le plan de Ghaznavi me plaît. Continue, prince des conseillers, je t'écoute.

– Conan voudra probablement l'acheter. Evidemment, vous refuserez de la vendre ou de l'échanger contre des prisonniers hyrkaniens. Peut-être alors essaiera-t-il de l'enlever ou de nous la prendre par la force, mais je doute qu'il se risque à violer la trêve. De toute façon, nous serons prêts à faire face à toute tentative de sa part.

» Ensuite, peu de temps après la fin des pourparlers, avant qu'il n'ait eu le temps d'oublier cette femme, nous lui envoyons un messager l'accusant de l'avoir enlevée et demandant sa restitution. Il tuera peut-être le messager, mais il pensera qu'elle s'est évadée.

» Puis nous envoyons un espion – un pêcheur yuetshi fera l'affaire – au camp kozak, qui dira à Conan qu'Octavia se cache sur Xapur. Si je connais mon homme, il s'y rendra aussitôt.

– Mais rien ne nous assure qu'il ira seul, objecta Jehungir.

– Un homme emmène-t-il avec lui une bande de guerriers lorsqu'il se rend à un rendez-vous avec la dame de ses pensées? Il est très probable qu'il ira seul. Mais nous allons envisager l'autre possibilité. Nous ne l'attendrons pas sur l'île, où nous pourrions nous-mêmes être piégés, mais cachés au milieu des roseaux d'une avancée de terre marécageuse qui approche l'île à moins de mille mètres. S'il vient accompagné d'un fort parti, nous nous retirons pour mettre sur pied un autre plan. Par contre, s'il vient seul ou avec une poignée d'hommes, nous le tenons. Croyez-moi, il viendra, obsédé qu'il sera par le souvenir des sourires et des regards pleins de sous-entendus de votre charmante esclave.

– Jamais je ne m'abaisserai à cela! s'écria Octavia, furieuse de l'humiliation. Plutôt mourir!

– Pas question que tu meures, rétive beauté, railla Jehungir. En revanche tu vas être soumise à une expérience douloureuse et très humiliante.

Il frappa dans ses mains, et Octavia se recroquevilla. Cette fois, ce ne fut pas le Kushite qui entra, mais un Shémite de taille moyenne, solidement bâti, avec une courte barbe bleue et bouclée.

– Voici du travail pour toi, lui dit Jehungir.

Emmène cette idiote et amuse-toi un moment avec elle. Fais toutefois attention à ne pas l'abîmer.

Avec un grognement inarticulé, le Shémite saisit Octavia au poignet; lorsqu'elle sentit se refermer la poigne de fer, toute son agressivité disparut. Avec une pitoyable plainte, elle se libéra pour se jeter aux pieds de son maître et implorer son pardon avec force sanglots. D'un geste, Jehungir congédia le bourreau déçu, et dit à Ghaznavi :

– Si ton plan réussit, je te couvre d'or.

3

Au cœur de l'obscurité précédant l'aube, un bruit inhabituel dérangea la solitude des eaux brumeuses. Ce n'était ni un oiseau assoupi ni aucun animal s'éveillant, mais un être humain qui luttait pour se frayer un passage entre les épais roseaux.

C'était une femme grande et blonde dont la tunique boueuse moulait le corps splendide. Octavia s'était évadée pour de bon; chaque fibre de son corps tremblait encore au souvenir de cette captivité qu'elle n'avait pu endurer plus longtemps.

Déjà, l'assujettissement à Jehungir avait été pour elle une pénible épreuve; or, celui-ci, avec une animosité délibérée, l'avait donnée à un noble dont le nom, même à Khawarizm, était synonyme de dégénérescence.

Oui, la chair souple d'Octavia se hérissait à ce souvenir. Son désespoir l'avait soutenue quand elle s'était laissée glisser du haut du château de Jelal Khan le long d'une corde faite des lambeaux d'une tenture; un hasard favorable l'avait conduite jusqu'à un cheval au piquet. Elle avait chevauché toute la nuit pour aboutir au petit matin au bord d'un marais côtier. Tremblante d'horreur à l'idée d'être ramenée chez Jelal Khan et de vivre la destinée révoltante qu'il avait conçue pour elle, elle s'était engagée dans le marécage pour chercher une cachette qui lui permettrait d'échapper aux poursuivants probables. Alors que les herbes se faisaient plus rares et que l'eau lui arrivait à mi-cuisses, elle aperçut devant elle la masse sombre d'une île. Une large étendue d'eau l'en séparait, mais elle n'hésita pas et poursuivit sa marche jusqu'à ce que les vaguelettes lui battent la taille, puis se mit à nager avec une vigueur témoignant d'une endurance peu commune.

Comme elle approchait du but, elle vit que l'île était entourée de falaises à pic. Elle toucha enfin la roche mais ne trouva pas la moindre saillie émergée ou non qui eût pu la recevoir. Elle continua de nager en longeant la falaise; la fatigue de la nuit commençait de peser sur ses membres. Ses mains, qui palpaient la roche, y découvrirent tout à coup une dépression. Avec un soupir de soulagement, elle se hissa hors de l'eau et resta un moment accrochée, immobile, pâle déesse des eaux sous la lueur ténue des étoiles.

Elle venait de découvrir ce qui lui parut être des degrés creusés dans la falaise. Le corps plaqué au roc, elle commençait de monter, quand elle perçut un lointain bruit d'avirons. Scrutant la brume, elle crut distinguer une forme vague se dirigeant vers la pointe marécageuse qu'elle venait de quitter. Mais la distance était trop grande et la nuit encore trop noire; d'ailleurs le bruit avait cessé. Elle reprit son ascension. S'il s'agissait de ses poursuivants, la meilleure chose était de se cacher sur l'île. Elle savait que la plupart des îles de cette côte marécageuse étaient inhabitées. Celle-ci était peut-être un repaire de pirates, mais elle préférait encore cela à la bête immonde à laquelle elle venait d'échapper.

Tandis qu'elle gravissait la falaise, une pensée traversa son esprit. Elle se prit à comparer son ancien maître au chef kozak à qui – à son corps défendant – elle avait fait des grâces sous la tente où les seigneurs hyrkaniens parlementaient avec les nomades hors-la-loi. Le regard ardent de cet homme l'avait effrayée et humiliée, mais sa brusquerie élémentaire et sans équivoque le plaçait au-dessus de Jelal Khan, un monstre tel que seule une civilisation trop gavée peut en produire.

Elle parvint au sommet de la falaise et considéra timidement les ombres denses qui lui faisaient face. Les arbres poussaient tout près du vide, formant une masse compacte et ténébreuse. Quelque chose lui frôla la tête et elle se ramassa vivement tout en réalisant que ce n'était qu'une chauve-souris.

L'obscurité des sous-bois ne lui disait rien qui vaille, mais elle serra les dents et s'y engagea en s'efforçant de ne pas penser aux serpents qui devaient y grouiller. Ses pieds nus étaient silencieux sur la terre gorgée d'eau.

Les ténèbres se refermèrent sur elle. Au bout d'une douzaine de pas, la falaise et la mer avaient disparu. Quelques pas encore, et elle avait perdu tout sens de son orientation. Pas même une étoile n'était visible à travers l'inextricable végétation. Elle progressait à l'aveuglette, tantôt trébuchant dans une fondrière, tantôt heurtant de la tête une basse branche. Subitement, elle se figea.

Quelque part devant elle, s'éleva le rythme sourd d'un tambour. Elle prêta un moment l'oreille à ce bruit inattendu, puis subitement, tout près, elle sentit une présence. Bien qu'elle n'y vît rien, elle avait la certitude que quelque chose se tenait près d'elle dans les ténèbres.

Avec un cri étouffé, elle recula; mais quelque chose, que même dans sa panique elle reconnut pour un bras humain, se referma autour de sa taille. Elle se mit à hurler et se débattit avec toute la vigueur de sa jeunesse, mais son agresseur la souleva comme une enfant en faisant fi de sa résistance frénétique. Le silence avec lequel étaient reçues ses supplications ajoutait encore à sa terreur. Elle se sentit emportée à travers la nuit en direction de l'endroit où le tambour lointain résonnait toujours.

4

Tandis que l'aurore commençait d'ensanglanter la mer, une petite embarcation s'approchait des falaises. Son seul occupant était un personnage pittoresque. Un foulard écarlate était noué autour de sa tête; son ample saroual d'un rouge flamboyant était retenu par une large écharpe qui supportait également un cimeterre et son fourreau de galuchat. Ses bottes de cuir repoussé suggéraient plus le cavalier que le marin, mais il menait sa barque avec adresse. L'échancrure de sa chemise de soie blanche révélait les muscles massifs de son torse recuit par le soleil.

Ses bras puissants se gonflaient tandis qu'il tirait sur les avirons en un mouvement coulé, presque félin. Ses traits comme ses mouvements révélaient une ardente vitalité qui le plaçait au-dessus du commun; pourtant son expression n'était ni sauvage ni ombrageuse, encore que le feu, qui couvait dans ses yeux bleus, suggérât une violence facile à déchaîner. Cet homme n'était autre que Conan qui avait pénétré dans le camp des Kozaki sans autres biens que son épée et sa cervelle, et qui avait fait son chemin jusqu'à devenir leur chef.

Il rama jusqu'à l'escalier creusé dans la falaise et amarra l'embarcation à une saillie du rocher. Puis, sans hésiter, il se mit à gravir les marches usées. Il était sur le qui-vive, non pas qu'il suspectât consciemment quelque danger, mais parce que la vigilance faisait partie de sa nature.

Ce que Ghaznavi tenait pour une intuition animale ou quelque sixième sens n'était en fait que les facultés affinées à l'extrême de l'intelligence farouche du barbare. Ainsi, nul instinct n'avait averti Conan que des hommes le guettaient, dissimulés parmi les roseaux de la côte.

Tandis qu'il gravissait la falaise, un de ces hommes prit une profonde inspiration et leva son arc. Jehungir lui attrapa le poignet :

– Bougre d'idiot! Tu tiens à nous trahir? Ne vois-tu pas qu'il est hors de portée? Laissons-le gagner l'intérieur de l'île et chercher la fille. Nous allons rester un moment ici. Il a peut-être senti notre présence ou deviné le piège. Peut-être a-t-il dissimulé des hommes à lui quelque part. Dans une heure, si tout est calme, nous ramerons jusqu'à l'escalier et l'attendrons là. S'il tarde à reparaître, quelques-uns d'entre nous iront le traquer dans l'île. Mais je préférerais ne pas devoir en arriver là. Certains des nôtres périront s'il nous faut battre les fourrés à sa recherche. J'aimerais mieux le cribler de flèches, à bonne distance.

Cependant, le Kozak s'était engagé dans la forêt. Il progressait en silence sur ses bottes de cuir souple, et scrutait chaque zone d'ombre dans l'espoir de découvrir cette femme splendide aux cheveux fauves dont il n'avait cessé de rêver depuis qu'il l'avait vue sous la tente de Jehungir Agha. Eût-elle témoigné de la répugnance à son endroit, il ne l'en eût pas moins désirée. Mais ses sourires, les coups d'œil qu'elle lui avait lancés à la dérobée, avaient allumé son désir, et, avec toute la violence héritée de ses aïeux, il ne songeait plus qu'à posséder cette fille de la civilisation, avec sa peau laiteuse et ses cheveux de miel.

Il était déjà venu sur Xapur. Moins d'un mois plus tôt, il y avait secrètement rencontré un équipage de pirates. Il savait qu'il approchait d'un endroit d'où il pourrait apercevoir les mystérieuses ruines dont l'île tirait son nom, et il se demandait si la fille ne s'y cachait pas. C'est alors qu'il se figea comme foudroyé.

Devant lui, entre les arbres, s'élevait quelque chose qui défiait la raison. *Une imposante muraille vert sombre et, protégées par ce rempart, de hautes tours.*

Conan était paralysé, toutes facultés en cet état de flottement qui saisit quiconque se trouve confronté à pareille négation de son bon sens. Il ne doutait ni de ce qu'il voyait ni de son entendement, mais il y avait là une monstrueuse anomalie. Moins d'un mois plus tôt, seules des ruines se dressaient entre les arbres. Quelles mains humaines étaient capables de constituer en quelques semaines ces empilements titanesques? De plus, les forbans qui croisaient sans cesse en mer de Vilayet n'auraient pas manqué d'apprendre que de gigantesques travaux avaient été entrepris sur Xapur, et en auraient informé les Kozaki.

Cette chose ne s'expliquait pas, mais il n'y avait pas à en douter. Il se trouvait sur Xapur, et cette fantastique construction s'y trouvait également. Si dément et paradoxal que ce fût, tout cela n'en était pas moins bien réel.

Il fit demi-tour pour retraverser la jungle, dévaler les degrés de la falaise et regagner le campement à l'embouchure de la Zaporoska. En cet instant de panique irraisonnée, la seule perspective de séjourner si près de la mer intérieure lui répugnait. Il s'en irait, quitterait le camp, les steppes et mettrait des centaines de lieues entre lui et cet Orient mystérieux et bleuté où les primes lois de la nature pouvaient se trouver bafouées par il ne savait quelles diableries.

Pendant un instant, le destin des royaumes qui reposait sur ce barbare à l'accoutrement criard eut un vacillement incertain. Une bien petite chose fit s'incliner le fléau de la balance; un simple lambeau de soie pris dans une basse branche lui accrocha le regard. Il se pencha, les narines frémissantes, tendu de tout son être vers un stimulant diffus. Sur ce morceau de tissu, si ténu qu'il l'identifia moins à l'aide de son odorat que grâce à quelque obscure intuition, il reconnut le parfum entêtant d'une chair douce et ferme; celle de la femme qu'il avait vue sous la tente de Jehungir. Ainsi le pêcheur n'avait pas menti; elle se trouvait sur l'île! Alors, sur le sol meuble, il remarqua l'empreinte d'un pied nu, long et mince, d'un pied d'homme cependant, et plus profonde qu'il n'était normal. La conclusion allait de soi; l'homme qui avait laissé cette empreinte portait un fardeau; et que pouvait être ce fardeau sinon la fille que cherchait le Kozak?

Conan se retourna pour considérer les tours sombres d'un œil farouche. En lui, son désir de la femme blonde rivalisait avec sa fureur, violente, primordiale, envers celui qui l'avait capturée. Ses passions eurent raison de ses craintes, et, se ramassant à la façon d'une panthère en maraude, il se mit en route vers les remparts.

Lorsqu'il fut plus près, il vit que la muraille était faite de la même pierre verte que les ruines; et il trouva à ce spectacle un air familier, comme s'il avait déjà rêvé ou imaginé ces choses qu'il voyait pour la première fois. Murs et tours suivaient le tracé des ruines. On eût dit que les alignements d'éboulis avaient recouvré leur structure originelle.

Pas un bruit ne troublait le matin calme, tandis que Conan arrivait au pied de la muraille qui s'élevait à la verticale au-dessus de la végétation luxuriante. En ces régions méridionales de la mer intérieure, celle-ci était presque tropicale. Il ne vit âme qui vive sur les remparts; nul son ne lui parvenait de l'intérieur. Il avisa une porte massive, à peu de distance sur sa gauche, et n'avait aucune raison de croire qu'elle n'était ni fermée ni gardée. Mais il était persuadé que celle qu'il cherchait se trouvait quelque part à l'intérieur de ces murs, aussi prit-il un parti particulièrement téméraire.

Au-dessus de sa tête, des branches festonnées de lianes se lançaient vers les remparts. Tel un chat, il grimpa à un grand arbre et gagna l'extrémité d'une de ses maîtresses branches. Là, il se suspendit des deux mains dans le vide et commença de se balancer. A l'instant précis où l'oscillation le portait vers la muraille, il se laissa catapulter dans les airs pour atterrir sur le crénelage. Tapi entre deux créneaux, il découvrit les rues d'une ville.

La circonférence de l'enceinte n'était pas considérable, mais la quantité de bâtiments de pierre verte qu'elle refermait était surprenante. Edifiés selon les plans d'une architecture raffinée, ils comptaient trois ou quatre étages et avaient pour la plupart un toit plat en terrasse. Les rues convergeaient comme les rayons d'une roue sur une place octogonale au centre de laquelle trônait un édifice élevé dont les dômes et les tourelles dominaient toute la cité. Bien que le soleil fût déjà haut, Conan ne vit personne dans les rues ou aux fenêtres. Le silence qui y régnait eût pu être celui d'une ville morte et désertée. Un étroit escalier de pierre descendait du chemin de ronde, non loin de là; Conan l'emprunta.

Les premières maisons se dressaient si près du mur que, parvenu à mi-hauteur de l'escalier, il se trouva à longueur de bras d'une fenêtre et s'arrêta pour regarder à l'intérieur. L'ouverture était dépourvue de barreaux; les rideaux de soie étaient retenus par des cordons de satin. A l'intérieur de la pièce, des tentures de velours sombre cachaient les murs. Le sol était recouvert d'épais tapis sur lesquels étaient disposés des bancs d'ébène poli et un dais d'ivoire où s'amoncelaient de riches fourrures.

Conan allait reprendre sa descente lorsqu'il entendit quelqu'un approcher dans la rue en contrebas. Il sauta à l'intérieur de la maison et tira son cimeterre. Il resta un moment figé comme une statue; puis, comme tout restait silencieux, il se mit en route vers une porte cintrée. Alors, un rideau s'effaça, révélant une alcôve emplie de coussins d'où une fille aux cheveux sombres le contemplait de ses yeux lascifs.

Conan s'immobilisa, s'attendant à ce qu'elle poussât un hurlement. Mais elle se borna à étouffer un bâillement d'une main délicate, puis elle sortit de l'alcôve et vint s'appuyer négligemment au mur tendu de velours.

Elle était indubitablement de race blanche bien

que son teint fût très sombre. Sa chevelure coupée au carré était noire comme jais. Elle portait pour tout vêtement un soupçon de soie autour des hanches.

Elle était en train de lui dire quelque chose, mais il ne comprit pas cette langue et secoua la tête. Elle bâilla de nouveau, s'étira comme un jeune chat et, sans montrer de crainte ni de surprise, elle se mit à parler une autre langue que, cette fois, il comprenait. Il s'agissait d'un dialecte yuetshi étrangement archaïque.

– Cherches-tu quelqu'un? demanda-t-elle avec indifférence, comme si l'invasion de sa chambre par un inconnu en armes était la chose la plus commune qui fût.

– Qui es-tu? interrogea-t-il.

– Je m'appelle Yateli, dit-elle d'une voix languide. J'ai dû longuement festoyer la nuit dernière, je me sens si lasse. Et toi, qui es-tu?

– Mon nom est Conan, *hetman* des Kozaki, répondit-il sans la quitter des yeux.

Il pensait que son attitude était feinte, et s'attendait à ce qu'elle tentât de se sauver ou d'ameuter la maisonnée. Toutefois, bien qu'elle se trouvât à proximité d'une cordelière de velours dont elle aurait pu se servir pour appeler à l'aide, elle ne faisait aucun geste suspect.

– Conan, répéta-t-elle d'une voix ensommeillée. Tu n'es pas dagonien. Tu dois être un de nos mercenaires. As-tu tranché la tête à beaucoup de Yuetshi?

– Je ne combats pas ces rats d'eau! fit-il avec dédain.

– Mais ils sont terribles, souffla-t-elle. Je me souviens du temps où ils étaient nos esclaves. Mais ils se sont soulevés; ils mettaient le feu partout et tuaient tous ceux qu'ils capturaient. Seule la magie de Khosatral Khel a su les maintenir loin de nos murs. (Elle se tut; sur son visage, un air de surprise se mêla à son expression endormie.) J'avais oublié, reprit-elle dans un souffle. Ils *ont* escaladé les remparts la nuit dernière. Il y a eu des cris et des incendies, et les gens en appelaient vainement à Khosatral. (Elle secoua la tête, comme pour s'éclaircir les idées.) Mais non, ce n'est pas possible, murmura-t-elle, puisque je suis toujours vivante. Pourtant je me croyais morte. Oh, au diable tout cela!

Elle vint prendre Conan par la main et l'attira sur le dais. Désorienté, abasourdi, il se laissa faire. La fille lui souriait comme un enfant endormi; ses longs cils soyeux descendaient lentement sur ses yeux embrumés. Elle passa les doigts dans ses épaisses boucles noires, comme pour s'assurer de sa propre réalité.

– Ce n'était qu'un rêve, fit-elle en bâillant. Peut-être tout n'est-il qu'un rêve. Oui, en ce moment j'ai l'impression de rêver. Peu m'importe. Je voudrais me souvenir d'une chose – une chose que j'ai oubliée – il y a quelque chose que je ne comprends pas, mais j'ai tellement envie de dormir dès que j'essaie de réfléchir. Bon, ça ne fait rien.

– Que voulais-tu dire? interrogea-t-il, mal à l'aise. Tu as dit qu'ils ont escaladé les remparts la nuit dernière. De qui parlais-tu?

– Des Yuetshi. C'est du moins ce qu'il m'a semblé. Un nuage de fumée recouvrait tout, mais un diable nu et couvert de sang m'a saisie à la gorge et a plongé son poignard dans ma poitrine. Oh, j'ai eu si mal! Mais ce n'était qu'un rêve puisque, tiens regarde, il n'y a même pas de cicatrice. (Elle se mit à inspecter paresseusement sa poitrine satinée, puis elle se glissa sur les genoux de Conan et passa ses bras graciles autour de son cou.) Je n'arrive pas à me souvenir, souffla-t-elle en nichant sa tête sur le torse puissant du Cimmérien. Tout est obscur et flou. Mais cela n'a pas d'importance. Toi, tu n'es pas un rêve. Tu es fort. Jouissons de la vie pendant que nous le pouvons. Fais-moi l'amour!

Il prit la tête de la fille au creux de ses bras et embrassa ses lèvres rouges et pulpeuses.

– Tu es fort, répéta-t-elle d'une voix mourante. Fais-moi... l'amour... l'amour...

Le balbutiement s'éteignit; ses grands yeux sombres se fermèrent et leurs longs cils vinrent se poser sur ses joues voluptueuses. Et son corps souple se détendit dans les bras de Conan.

Il la considéra d'un air renfrogné. Elle semblait bien participer de ce climat d'illusion qui planait sur la ville, mais la ferme consistance de sa chair, le poids de son corps ne tardèrent pas à le convaincre qu'il avait dans les bras une fille bien vivante, et non pas une ombre sortie de quelque songe. Nullement rasséréné pour autant, il l'allongea en hâte sur les fourrures du dais. Son sommeil était trop profond pour être naturel. Il se dit qu'elle devait être assujettie à quelque drogue, peut-être le lotus noir de Xuthal.

C'est alors qu'il découvrit un nouveau sujet d'étonnement. Parmi les fourrures, il avisa une magnifique peau ocellée d'or. Il ne s'agissait pas d'une habile imitation, mais de la robe d'un animal. Et cet animal, Conan le savait, s'était éteint au moins mille ans plus tôt; c'était le grand léopard doré, figure proéminente des légendes hyboriennes, que les artistes anciens aimaient à peindre sur le marbre.

Tout en secouant la tête d'ahurissement, Conan

franchit la porte cintrée et se retrouva dans un couloir sinueux. Le silence régnait sur la maison, mais, provenant de l'extérieur, il perçut un bruit que son ouïe exercée identifia comme des pas montant l'escalier par lequel il s'était introduit dans la place. Un instant plus tard, il eut la stupéfaction d'entendre quelque chose atterrir avec un choc sourd mais pesant sur le sol de la pièce qu'il venait de quitter. Il partit précipitamment dans le couloir tortueux. Au bout de quelques pas, une forme couchée sur le sol l'arrêta.

Il s'agissait d'un homme. Seul son buste gisait dans le couloir; ses jambes disparaissaient dans l'obscurité d'un passage secret dont le panneau, réplique des lambris du mur, était rabattu. C'était un personnage mince et hâlé, uniquement vêtu d'une bande de soie lui ceignant les reins. Le crâne rasé, les traits cruels, il gisait comme si la mort l'avait frappé à l'instant où il sortait du panneau. Conan se pencha pour tenter de découvrir la cause de sa mort, mais il comprit qu'il était simplement plongé dans le même sommeil que la fille.

Mais pourquoi aurait-il choisi de s'assoupir en pareil endroit? Comme il retournait cette question, Conan entendit un bruit derrière lui. Quelque chose remontait le couloir dans sa direction. A l'autre bout, le couloir se terminait par une porte massive qui pouvait très bien être verrouillée. Conan écarta sans ménagement le corps inerte, passa prestement à travers l'ouverture et repoussa le panneau. Un cliquetis l'avertit que celui-ci s'était verrouillé de lui-même. Debout dans le noir, il entendit un pas traînant approcher de l'autre côté de la porte, et un frisson parcourut son échine. Ce n'était pas un pas humain ni celui d'une bête connue.

Il y eut un moment de silence, puis un faible

craquement de bois et de métal. Posant sa main sur le panneau, Conan le sentit se courber vers lui, comme si un poids énorme pesait dessus. Comme il faisait un geste vers son sabre, le panneau retrouva sa forme normale, et il entendit un étrange bruit de bouche qui fit se dresser ses cheveux. Le cimeterre au poing, il partit à reculons. Ses talons rencontrèrent des marches et il manqua de tomber à la renverse. Il se mit à descendre un étroit escalier.

Il avançait à tâtons, cherchant vainement quelque autre ouverture dans la paroi. A l'instant où il estima ne plus se trouver dans la maison, mais quelque part sous terre, les marches firent place à un tunnel horizontal.

5

Conan suivit à tâtons le tunnel noir et silencieux, craignant de tomber dans quelque fosse invisible; ses pieds finirent pourtant par buter contre une marche, et il remonta un escalier jusqu'à une porte sur laquelle ses doigts trouvèrent une poignée métallique. Il émergea dans la pénombre d'une salle de proportions gigantesques. Le long des parois de marbre, s'alignaient de formidables colonnes soutenant un plafond qui, à la fois opalescent et obscur, semblait un ciel nocturne nuageux et paraissait ainsi d'une hauteur inconcevable. Si une quelconque lumière filtrait du dehors, elle était curieusement altérée.

Dans ce demi-jour maussade, Conan s'avança sur les dalles nues et vertes. La grande salle était circulaire et percée d'un grand portail de bronze. A l'opposé, sur un dais adossé au mur auquel menaient de larges marches, se trouvait un trône de cuivre, et lorsque Conan vit ce qui y était lové, il fit un bond en arrière en levant son cimeterre.

Puis, comme la chose ne bougeait pas, il se risqua à gravir les degrés de verre pour l'observer de plus près. Il s'agissait d'un serpent gigantesque, apparemment taillé dans une substance semblable au jade. La moindre écaille était plus vraie que nature, et les couleurs iridescentes avaient été merveilleusement reproduites. La grande tête triangulaire était à demi-enfouie dans les plis du tronc, aussi ni les yeux ni les mâchoires n'étaient-ils visibles. Ce serpent représentait vraisemblablement un de ces sinistres monstres des marécages qui, dans les temps anciens, hantaient le littoral sud de la mer de Vilayet. Mais, ainsi que le léopard doré, cette espèce s'était éteinte des siècles plus tôt. Conan avait eu l'occasion d'en voir des miniatures grossières dans les cases où les Yuetshi adoraient leurs idoles, et le *Livre de Skelos* y faisait également allusion.

Il ne pouvait s'empêcher d'admirer le tronc écailleux, épais comme sa cuisse et de toute évidence très long; il avança le bras pour y poser la main. Alors son cœur faillit s'arrêter. Il avait bien senti sous sa paume la surface lisse et cassante du verre, du métal ou de la pierre, mais aussi la consistance souple, fibreuse d'une chose *vivante.* Il avait senti sous ses doigts la pulsation d'une vie ralentie, glacée.

Il enleva vivement sa main de la surface squameuse. Le cimeterre tremblant dans son poing, accablé d'horreur et de dégoût, il descendit à reculons les marches de verre, sans quitter des yeux, comme fasciné, la chose sinistre qui dormait sur le trône de cuivre. Elle ne bougeait pas.

Il atteignit le portail de bronze et entreprit de l'ouvrir, inondé de sueurs froides à l'idée de se trouver enfermé ici en compagnie de ce monstre visqueux. Un des vantaux céda sous sa poussée; il se glissa dehors et referma derrière lui.

Il se trouvait à présent dans une large galerie aux murs tendus de tapisseries, où la lumière avait la même qualité crépusculaire. Les objets lointains se fondaient dans la pénombre, et Conan ne pouvait chasser de son esprit des visions de reptiles se coulant, invisibles, dans l'obscurité. Dans ce demi-jour, la porte qui terminait la galerie paraissait à des lieues de là. Plus près, la tapisserie tombait de façon à suggérer une ouverture dans le mur. La soulevant précautionneusement, il découvrit un étroit escalier qui partait vers les hauteurs.

Alors qu'il hésitait à s'y engager, il reconnut, venant de la salle du trône, le pas traînant qu'il avait entendu quelques minutes plus tôt. L'avait-on suivi dans le tunnel? Laissant retomber la tapisserie derrière lui, il se précipita dans l'escalier.

Il émergea dans un couloir sinueux et prit la première porte qu'il rencontra. Il paraissait errer sans but; mais il avait deux objectifs : échapper à cette maison et ses mystères, et trouver la Némédienne qui, pensait-il, se trouvait prisonnière dans le palais, à moins que ce ne fût un temple, qui occupait le centre de la cité. Selon lui, ce grand édifice était la résidence du maître de la ville à qui, sans aucun doute, toute captive devait être amenée.

Il venait d'aboutir dans une pièce et non pas un couloir, et allait rebrousser chemin losqu'une voix lui parvint depuis l'autre côté d'un mur. La paroi ne comportait pas de porte, mais il y colla l'oreille et put entendre distinctement. Un frisson glacé lui parcourut l'échine. La langue était le némédien, mais cette voix n'avait rien d'humain. Elle comportait une terrifiante résonance, comme une cloche solitaire qui tinte à la minuit.

« Il n'y avait nulle vie dans les abysses, sauf celle qui m'habitait. Il n'y avait non plus de lumière, de mouvement ni de bruit. Seule la force contenue dans la vie me guidait et me poussait en mon voyage vers la surface, aveugle, insensible, inexorable que j'étais. A travers les siècles et les immuables strates des ténèbres, je montais et montais... »

Ensorcelé par ces accents, Conan s'était ramassé sur lui-même, oubliant toutes choses. Bientôt le pouvoir hypnotique induisit une singulière substitution dans ses perceptions, et les sons se muèrent en illusions de lumière. Conan n'avait plus conscience de la voix qui ne lui parvenait plus que comme une lointaine pulsation sonore. Emporté loin de son époque, il assistait à la transformation de l'être que les hommes nommaient Khosatral Khel, et qui avait des siècles auparavant émergé de la nuit des abysses pour se modeler dans la substance de l'univers matériel.

Mais la chair humaine était trop frêle, trop étroite pour supporter la terrible essence de Khosatral Khel. Aussi, il était apparu sous la forme et l'aspect d'un homme, mais sa chair, ses os, son sang n'étaient ni chair, ni os, ni sang. Il était devenu un blasphème contre la nature, car il portait à la vie, à la pensée et aux actes une substance primordiale qui avant lui n'avait jamais appartenu à un être animé.

Il s'était avancé à travers le monde pareil à un dieu, car nulle arme terrestre ne pouvait l'atteindre, et un siècle était pour lui comme une heure. Au terme de son errance, il était arrivé chez une peuplade primitive qui habitait l'île de Dagonie, et il lui avait plu de donner à cette race culture et civilisation. Avec son aide, ils avaient érigé la cité de Dagon où ils s'établirent pour l'adorer. Etranges et sinistres étaient ses serviteurs, venus d'obscures contrées de la planète que hantaient toujours de sordides survivances des temps anciens. Sa demeure à Dagon était reliée à toutes les autres maisons par des tunnels qu'empruntaient ses prêtres au crâne rasé pour capturer des victimes destinées au sacrifice.

Cependant, des siècles plus tard, un peuple farouche et brutal était apparu sur les rives du continent. Ils se nommaient eux-mêmes les Yuetshi. Les Dagoniens leur avaient livré une sanglante bataille, les avaient défaits et réduits en esclavage. Pendant presque une génération, les Yuetshi avaient fini sur les autels de Khosatral dont la magie les empêchait de réagir.

Un beau jour, l'ancien prêtre des Yuetshi, personnage singulier, lugubre, de race inconnue, s'était enfoncé dans la jungle. A son retour il brandissait un couteau d'une matière qui n'appartenait pas à la terre. Cet objet avait été taillé dans un météore, qui avait traversé les nues comme une flèche enflammée, et était tombé dans une vallée lointaine. Les esclaves s'étaient soulevés. Leurs lames courbes et dentées fauchaient les hommes de Dagon comme autant d'agnelets, et contre le couteau surnaturel, la magie de Khosatral restait sans effet. Tandis que le carnage allait bon train à travers la fumée qui emplissait les rues, l'acte ultime de ce sinistre drame s'était joué sous le dôme enténébré, au fond de la grande salle aux murs jaspés comme la peau d'un serpent.

Le prêtre yuetshi en était ressorti seul. Il n'avait pas tué son ennemi, car il tenait à brandir la possibilité de sa défaite au-dessus de la tête de ses propres sujets, facilement rebelles. Il avait laissé

Khosatral allongé sur le dais d'or; et le poignard magique, qui reposait maintenant sur sa poitrine, était le sortilège qui devait le maintenir inanimé jusqu'au jugement dernier.

Mais les années avaient passé et le prêtre était mort. Les tours de Dagon désertées s'étaient effondrées, son souvenir s'était perdu, et les Yuetshi, décimés par la peste, la famine et les guerres, achevaient de s'éteindre misérablement sur la côte.

Seul le dôme avait résisté à l'assaut du temps, jusqu'au jour où la foudre et la curiosité d'un pêcheur avaient levé le sortilège. Khosatral Khel était alors revenu à la vie. Il lui avait plu de reconstruire la ville telle qu'elle était avant sa chute. Usant des mystères de sa nécromancie, il avait relevé les tours orgueilleuses, et ramené à la vie le peuple qui n'était plus depuis des siècles que poussière.

Mais celui qui a goûté à la mort ne peut être que partiellement vivant. Dans les recoins sombres de leurs âmes, la mort restait tapie, invaincue. La nuit, le peuple de Dagon se levait, aimait, haïssait et festoyait, ne se souvenant de la chute de la cité et de leur massacre que sous la forme d'un rêve ténu; ils se mouvaient dans un brouillard plein d'illusions, et, s'ils avaient conscience de l'étrangeté de leur existence, ils n'en demandaient pas les raisons. A la venue du jour, ils retombaient en un profond sommeil pour ne se réveiller qu'à l'approche de la nuit, qui est sœur de la mort.

Cette terrible évocation déferlait en Conan, toujours accroupi près du mur. Sa raison vacillait. Toute certitude, tout bon sens avaient été balayés de son esprit où ne subsistait plus qu'un univers obscur parcouru de silhouettes encapuchonnées dont il ne pouvait rien arriver de bon. Couvrant la voix ensorcelante qui semblait un chant de triomphe sur l'ordre raisonné d'une planète, un bruit humain immobilisa l'esprit de Conan dans son voyage à travers les sphères de la folie. Il entendit les sanglots d'une femme.

Involontairement, il bondit sur ses pieds.

6

A bord de son bateau, Jehungir Agha commençait à perdre patience. Plus d'une heure venait de s'écouler, et Conan n'avait pas encore réapparu. Sans doute battait-il toujours l'île à la recherche de la fille qu'il y croyait cachée. Mais une autre supposition lui traversa l'esprit. Et si le *hetman* avait laissé des guerriers dans les environs et si ceux-ci, inquiets de cette longue absence, venaient aux nouvelles? Jehungir donna un ordre à ses rameurs; l'embarcation sortit des roseaux pour venir se ranger le long de l'escalier creusé dans la falaise.

Laissant une douzaine d'hommes à bord, il emmena avec lui le reste, dix robustes archers de Khawarizm vêtus de tuniques en fourrure de tigre. A la façon de chasseurs approchant de la tanière d'un lion, ils se glissèrent dans le sous-bois, une flèche engagée. La forêt était silencieuse, sauf lorsqu'une grande forme verte, qui pouvait être un perroquet, leur frôla la tête dans le battement sourd de ses larges ailes, avant de disparaître entre les arbres. Jehungir fit stopper ses hommes d'un geste brusque. A travers la verdure, ils aperçurent les grandes tours.

– Par Tarim! fit-il, les dents serrées. Les pirates ont reconstruit les ruines! C'est sûrement là qu'est

Conan. Il faut aller voir cela de plus près. Une ville fortifiée à si peu de distance du continent! En route!

Avec une prudence accrue, ils repartirent entre les arbres. Le jeu venait d'être changé; de poursuivants et chasseurs, ils étaient devenus espions.

Et tandis qu'ils se coulaient à travers le fouillis de verdure, l'homme qu'ils recherchaient affrontait un péril plus mortel que leurs flèches aiguës.

Conan réalisa en frissonnant que la voix s'était tue. Il se tenait roide comme une statue, le regard rivé au rideau où, il le savait, la culmination de l'horreur allait bientôt apparaître.

L'atmosphère de la pièce était sombre et brumeuse. Les cheveux de Conan se dressèrent lorsqu'il vit une tête et une paire d'épaules gigantesques sortir de la pénombre. Nul bruit de pas ne lui parvenait, mais, lorsque la grande forme fut plus proche, Conan reconnut une silhouette humaine. Elle portait des sandales, une jupe et, sur la hanche, un large fourreau de galuchat. Ses cheveux coupés au carré étaient maintenus en place par un cercle d'or. Conan considérait l'envergure des monstrueuses épaules, la profondeur du torse, les étagements de muscles. Dans le visage, dépourvu de faiblesse ou de pitié, les yeux étaient des billes de feu noir. Et Conan sut qu'il s'agissait de Khosatral Khel, l'ancien habitant des abysses, le dieu de Dagonie.

Aucune parole ne fut prononcée. Aucune parole n'était nécessaire. Khosatral étendit ses grands bras. Conan se baissa et son cimeterre siffla vers le ventre du géant. Puis il se jeta en arrière, n'en croyant pas ses yeux. Le fil acéré avait tinté comme sur une enclume, et rebondi sans entamer les chairs. Alors Khosatral se jeta en avant.

Il y eut une brève rencontre des deux corps, la

violente imbrication des bras et des jambes, puis Conan parvint à se dérober. Son sang se mit à couler aux endroits où les doigts d'acier avaient effleuré sa peau. Au cours de ce rapide contact, il venait de mesurer la monstruosité absolue de ce blasphème contre nature; nulle chair humaine n'avait jamais entamé la sienne, seul le *métal* avait su la meurtrir. Il comprit alors qu'il affrontait un corps d'airain vivant.

Dans le demi-jour, Khosatral se dressait au-dessus du guerrier. Une fois refermées, ces mains formidables ne se rouvriraient que lorsque le corps de l'homme se détendrait dans leur étau. Dans cette chambre enténébrée, on eût dit un dormeur se débattant contre quelque monstre de cauchemar.

Laissant tomber au sol son épée inutile, Conan souleva un banc pesant et le projeta de toutes ses forces. C'était un projectile si redoutable que bien peu d'hommes auraient pu seulement le soulever. Il se brisa en mille morceaux sur la poitrine de Khosatral. Le géant n'en fut même pas ébranlé. Sa face perdit quelque chose de son aspect humain, et, telle une machine de guerre, il s'avança.

En un effort désespéré, Conan arracha un pan entier de tapisserie et le jeta sur le géant. Pendant un instant, Khosatral se débattit, entravé et aveuglé par le lourd tissu qui résistait mieux à sa force que ne l'aurait fait de l'acier; profitant de ce répit, Conan ramassa son cimeterre et se précipita dans le couloir. Il se jeta dans la pièce suivante, claqua la porte et mit le verrou.

Il se retourna et se figea. Il lui sembla que tout son sang affluait vers sa tête. Recroquevillée sur un amoncellement de coussins de soie, le regard éperdu, il vit la femme pour laquelle il avait pris de si grands risques. Il avait presque oublié le monstre qui le talonnait quand un craquement furieux, derrière lui, le rappela à l'ordre. Il arracha la fille à sa prostration et bondit vers la porte opposée. La fille était trop désemparée pour l'aider ou lui résister. Un faible gémissement semblait la seule chose dont elle fût capable.

Conan ne perdit pas de temps avec la porte. D'un coup de son cimeterre, il actionna la clenche plus vite qu'il ne l'eût fait en manœuvrant la poignée. S'élançant dans un escalier, il eut le temps de voir la tête et les épaules de Khosatral qui s'ouvrait un passage en fracassant les épais panneaux avec autant de facilité que si la porte eût été de carton.

Conan montait l'escalier quatre à quatre, portant la fille sur son épaule aussi facilement que si elle avait été une enfant. Il n'avait pas la moindre idée de sa destination, mais les degrés le conduisirent à une salle circulaire et chapeautée d'un dôme. Khosatral était en train de gravir l'escalier, aussi silencieux et prompt qu'un courant d'air.

Les parois de la pièce, de même que la porte, étaient d'acier massif. Conan referma et mit en place les fortes barres dont la porte était pourvue. La pensée lui vint qu'il s'agissait de la chambre où Khosatral s'enfermait pour dormir à l'abri des monstres qu'il avait suscités des Enfers pour le servir.

A peine les barres étaient-elles en place que la porte massive fut ébranlée sous l'assaut du géant. Conan haussa les épaules. Sa route s'arrêtait là. La chambre ne possédait pas d'autre porte, et nulle fenêtre. L'air et l'étrange lumière embrumée provenaient d'interstices dans le dôme. Assez tranquille maintenant qu'il était aux abois, il se mit à inspecter le fil ébréché de son cimeterre. Il avait fait son possible pour s'en sortir; lorsque le géant enfoncerait cette dernière porte, il se battrait encore une fois avec son arme inutile, non pas parce qu'il en attendait la victoire, mais parce qu'il était dans sa nature de mourir en combattant. Pour le moment il n'avait à prendre aucun parti, et son calme n'était ni forcé ni affecté.

Le regard qu'il posa sur sa blonde compagne d'infortune était aussi admiratif et intense que s'il lui fût resté cent années à vivre. En entrant, il l'avait laissée tomber sans ménagement sur le sol pour aller verrouiller la porte; elle s'était mise à genoux et mettait machinalement de l'ordre dans le flot de ses boucles dorées et ses vêtements dépenaillés. Le regard farouche du Cimmérien brillait en détaillant son épaisse crinière de miel, ses grands yeux clairs, sa peau laiteuse, gonflée de vie, le bombement arrogant de ses seins et ses hanches splendides.

Elle laissa échapper un petit cri quand la porte fut ébranlée et qu'un des verrous céda.

Conan ne détourna pas les yeux de sa compagne. Il savait que la porte tiendrait encore un bref instant.

– On m'a dit que tu t'étais évadée, dit-il. Un pêcheur yuetshi m'a averti que tu te cachais ici. Quel est ton nom?

– Octavia, prononça-t-elle d'un ton mécanique. (Puis les paroles se bousculèrent : elle s'accrocha désespérément à lui.) Oh, Mitra! Dans quel cauchemar sommes-nous? Ces gens... ce peuple à la peau foncée... l'un d'eux m'a surprise dans la forêt... il m'a amenée ici... à ce... cette chose. Suis-je devenue folle? Est-ce un rêve?

Conan jeta un coup d'œil à la porte qui se cintrait vers l'intérieur comme sous les coups d'un bélier.

– Non, fit-il, ce n'est pas un rêve. Ce gond est en

train de céder. Bizarre qu'un monstre doive enfoncer une porte comme un simple mortel; mais après tout, sa force elle-même est une diablerie.

– Ne peux-tu le tuer? haletait-elle. Tu es fort.

Conan était trop honnête pour lui mentir.

– S'il était possible qu'un mortel le tue, il serait mort à l'heure qu'il est, répondit-il. J'ai cassé le fil de ma lame sur son ventre.

Les yeux d'Octavia se voilèrent.

– Alors tu vas mourir, je vais mourir. Oh, Mitra! (Elle s'était mise à hurler de panique, et Conan lui prit les mains par crainte qu'elle ne se mutilât.) Il m'a dit ce qu'il comptait me faire! hoquetait-elle. Tue-moi! Tue-moi avant qu'il n'enfonce la porte!

Conan la regarda et secoua la tête.

– Je vais faire mon possible, dit-il. Ce ne sera pas grand-chose, mais tu auras peut-être une chance de t'esquiver. Tu dévales l'escalier et tu cours jusqu'à la falaise. J'ai une barque amarrée au pied des marches. Si tu parviens à quitter le palais, tu pourras peut-être lui échapper. Toute la ville est endormie.

Elle se prit la tête entre les mains. Conan leva son cimeterre et alla se placer face à la porte. A le voir, rien ne montrait qu'il attendait une mort inévitable, sauf peut-être l'éclat fixe de son regard et son poing aux articulations blanchies qui enserrait plus fortement que d'ordinaire la poignée de son arme.

Les gonds venaient de rompre sous les terribles assauts du géant, et la porte, uniquement maintenue par ses pennes, était agitée de soubresauts déments. Les solides barres d'acier ployaient et menaçaient à tout moment de sortir de leurs gâches. Conan observait tout cela avec un mélange de fascination et de détachement, enviant au monstre sa force inhumaine.

Alors, sans raison apparente, les coups de butoir cessèrent. Dans ce silence soudain, Conan entendit de nouveaux bruits dans le lointain, comme un battement d'ailes, suivi d'une voix assourdie, pareille à la plainte d'une brise nocturne caressant les branches des arbres. Puis ce fut de nouveau le silence, mais l'air possédait une qualité nouvelle. Seules les facultés aiguës du barbare étaient en mesure de sentir cela; il savait, sans l'avoir vu ni entendu partir, que le maître de Dagon ne se trouvait plus de l'autre côté de la porte.

Il colla un œil à un début de fissure dans l'acier de la porte. Le palier était désert. Il enleva les verrous tordus et ouvrit prudemment la porte branlante. Khosatral n'était plus dans l'escalier mais, loin dans les profondeurs du bâtiment, Conan entendit claquer une porte de métal. Il ignorait si le géant leur préparait quelque nouvelle diablerie ou s'il avait été attiré au loin par cette voix assourdie, mais il ne se répandit pas en conjectures.

Il appela Octavia, et l'inflexion nouvelle que contenait sa voix la fit bondir sur ses pieds et venir à lui presque automatiquement.

– Que se passe-t-il? souffla-t-elle.

– Pas le temps de faire des commentaires! (Il lui prit le poignet.) Viens!

Le regard brûlant, la voix rauque, cette possibilité de passer à l'action venait de le transformer.

– Le poignard! marmonnait-il en entraînant précipitamment la fille dans l'escalier. Le poignard magique des Yuetshi! Il l'a laissé sous le dôme! Il faut que...

Sa voix mourut quand une image mentale bien nette s'imposa tout à coup à lui. Ce dôme était derrière la salle où se trouvait le trône de cuivre – il se mit à transpirer abondamment. Pour y parvenir, il fallait passer sur le dais du trône où était lové la chose abjecte.

Mais il n'hésita pas. A toute allure, ils descendirent l'escalier, traversèrent le vestibule, dévalèrent le second escalier et aboutirent dans l'immense galerie obscure, tendue de mystérieuses tapisseries. Ils n'avaient trouvé aucune trace du colosse. S'arrêtant devant le grand portail de bronze, Conan saisit Octavia par les épaules et la secoua vigoureusement.

– Ecoute-moi bien! Je vais entrer là et refermer derrière moi. Toi, tu restes ici à prêter l'oreille. Si tu entends approcher Khosatral, tu m'appelles. Si tu m'entends te crier de partir, tu t'enfuis comme si le diable était sur tes talons – ce qui sera le cas. Tu passes par cette porte là-bas, à l'autre bout. Moi, je ne pourrai plus t'aider. Je vais chercher le poignard des Yuetshi!

Octavia ouvrit la bouche. Sans lui laisser le temps de formuler ses protestations, il se glissa entre les vantaux massifs et poussa les verrous qui, il ne le remarqua pas, pouvaient être manœuvrés de l'extérieur. Ses yeux fouillèrent le demi-jour à la recherche du sinistre trône de cuivre; oui, le monstre écailleux l'emplissait toujours de ses répugnants anneaux. Conan remarqua alors derrière le trône la porte qui, il le savait, donnait sur le dôme. Mais pour l'atteindre, il lui fallait passer sur le dais, à quelques pas du monstre.

Un vent coulis glissant sur les dalles vertes eût fait plus de bruit que les pieds du Cimmérien. Le regard rivé au reptile endormi, il atteignit l'estrade et gravit les marches de verre. Le serpent n'avait pas bronché. Il atteignait maintenant la porte...

Les verrous du portail de bronze cliquetèrent, et Conan poussa un terrible juron lorsqu'il vit Octavia entrer. Elle promena le regard autour d'elle, non habituée encore à la pénombre. Conan, comme pétrifié, n'osait lui crier de prendre garde. Puis elle distingua sa silhouette et se mit à courir vers le dais en geignant :

– Je viens avec toi! J'ai peur de rester seule – Ah!

Elle poussa un cri perçant et porta les mains à son visage en voyant ce qui emplissait le trône. La tête triangulaire venait de sortir des replis de son corps et se dressait vers elle au bout d'un mètre de tronc luisant.

Puis, en un mouvement coulé, sans heurt, le monstre commença, anneau après anneau, à glisser du trône, son horrible gueule oscillant en direction de la fille tétanisée.

En un bond désespéré, Conan franchit l'espace qui le séparait du trône et abattit son cimeterre de toutes ses forces. Mais, si fulgurante était la vitesse du serpent, qu'il avait saisi l'homme au vol, l'entourant une demi-douzaine de fois dans ses anneaux. Sa lame s'abattit au hasard, entamant sans le trancher le tronc squameux, comme il s'effondrait lui-même sur le dais.

L'instant d'après, il se convulsait sur les degrés de verre, tandis que les anneaux l'entouraient, toujours plus nombreux à le tordre, à l'écraser, à le tuer enfin. Son bras droit était toujours libre, mais il manquait d'un appui qui lui eût permis d'assener un coup fatal. En grondant, les veines saillant sur ses tempes, le corps vibrant, il banda tous ses muscles et parvint à se mettre debout, soulevant presque tout le poids des treize mètres du monstre.

Pendant un instant, on eût dit qu'il dansait sur ses jambes écartées. Il sentait ses côtes s'enfoncer sur ses organes vitaux; un voile noir passa devant ses yeux. Alors son cimeterre s'abattit, tranchant écailles, chairs et vertèbres. Et là où il y avait eu un seul énorme corps convulsé, se tortillaient à présent deux horribles tronçons qui battaient l'air à la recherche de leur ennemi. Conan s'écarta en titubant de leurs coups aveugles. Il était parcouru de frissons et de nausées; du sang coulait de son nez. Il saisit Octavia et se mit à la secouer à lui faire perdre haleine.

– La prochaine fois que je te dis de rester quelque part, fit-il d'une voix rauque, tu y restes!

Il était trop mal en point pour prêter attention à sa réponse, si réponse il y eut. Il lui prit le poignet comme à une fillette fugueuse que l'on ramène à l'école, et lui fit contourner les hideux tronçons qui se contorsionnaient toujours sur le sol. Il crut entendre quelque part au loin des hommes qui criaient, mais ses oreilles bourdonnaient encore trop pour qu'il pût en être certain.

La porte s'ouvrit sans résistance. Si Khosatral avait placé là le serpent pour garder la seule chose qu'il craignît, c'est qu'il croyait cette précaution amplement suffisante. Conan s'était attendu à ce que quelque autre monstruosité lui fondît dessus à l'ouverture de la porte, mais, au sein des ténèbres, il ne distingua que la vague courbe de la voûte, et un bloc d'or à l'éclat terne, surmonté d'une lueur en demi-croissant.

Avec un soupir de satisfaction, il s'en empara et ne s'attarda pas à de plus amples explorations des lieux. Il fit demi-tour et retraversa en courant la salle du trône jusqu'à la grande galerie. Ainsi qu'il l'avait supposé, la porte du fond menait à l'air libre. Quelques minutes plus tard, il débouchait dans les rues silencieuses, mi-portant, mi-traînant sa compagne. Il n'y avait personne en vue, mais, provenant de l'autre côté de la muraille ouest, arrivèrent des hurlements et des plaintes qui terrorisèrent Octavia. Il la conduisit vers l'angle sud-ouest où, sans difficulté, il trouva un escalier de pierre qui menait au sommet des remparts. En chemin, dans la galerie, il s'était muni d'une solide corde à rideau dont il nouait maintenant l'extrémité autour de la taille d'Octavia. Lorsque celle-ci eut atteint le sol, il en fixa solidement l'autre bout à un créneau et se laissa glisser jusqu'à elle. Il n'existait qu'une façon de sortir de l'île – par l'escalier de la falaise. Ils en prirent la direction, en ayant soin de contourner l'endroit d'où leur étaient parvenues les clameurs.

Octavia semblait craindre la traversée de l'épaisse forêt. Le souffle court, elle se serrait contre son protecteur. Mais les sous-bois étaient silencieux à présent, et ils ne virent aucune ombre menaçante jusqu'au moment où ils sortirent de la verdure. Une silhouette se dressait au bord de la falaise.

Jehungir Agha avait échappé au funeste sort qui s'était abattu sur ses hommes quand un colosse d'airain avait jailli d'une porte de la ville pour les mettre en pièces. Voyant les épées de ses archers se briser sur lui, il avait compris que l'ennemi n'avait rien d'humain, et s'était enfui au plus profond des bois où il était resté caché jusqu'à ce que le bruit du carnage eût cessé. Puis il était retourné à la falaise où les nochers ne l'avaient pas attendu.

Ceux-ci avaient entendu au loin la clameur du carnage, puis après quelques minutes d'une attente angoissée, ils avaient vu en haut de la falaise un monstre maculé de sang lever ses bras gigantesques en signe de triomphe. Lorsque Jehungir atteignit la falaise, ils disparaissaient entre les roseaux, hors de portée de voix. Khosatral n'était plus là; il était retourné dans sa cité, à moins qu'il ne fouillât la forêt à la recherche de l'homme qui lui avait échappé au pied des remparts.

Jehungir s'apprêtait à descendre les marches pour s'en aller à bord du canot de Conan, quand il vit le *hetman* et la fille sortir des arbres. Ce qu'il venait de vivre lui avait glacé le sang, et presque fait perdre la raison, mais n'avait en rien modifié ses projets quant au chef kozak. A la vue de sa proie, il se sentit ragaillardi. Il fut étonné de voir la fille qu'il avait offerte à Jelal Khan, mais ne perdit pas de temps en vaines conjectures. Il leva son arc, amena l'empenne de la flèche contre sa joue et tira. Mais Conan se jeta au sol et le trait alla se ficher dans un tronc. Le Cimmérien éclata de rire.

– Maudit chien! railla-t-il. Tu ne peux pas m'avoir! Ce n'est pas le fer hyrkanien qui me fera mourir! Essaie encore, goret de Turan!

Mais Jehungir n'avait plus de flèches. Il tira son cimeterre et s'avança, confiant en son casque pointu et sa cotte de mailles serrées. Conan le rencontra à mi-chemin. Les lames courbes se heurtaient avec fracas, se séparaient, décrivaient de grands arcs de cercle brillants que l'œil ne parvenait à suivre. Octavia, qui regardait, ne vit pas le coup, mais elle entendit son impact. Jehungir s'affaissa, le flanc inondé de sang, à l'endroit où le fer du Cimmérien avait traversé jaseran et chairs jusqu'à la moelle épinière.

Mais le cri qu'elle poussa n'était pas dû à la mort de son ancien maître. Dans un fracas de branches brisées, Khosatral Khel fonçait sur eux. La fille sentit ses jambes se dérober et elle s'affaissa sur le gazon.

Enjambant le cadavre, Conan fit passer le cimeterre rougi dans sa main gauche et tira le grand poignard des Yuetshi. Khosatral Khel était déjà sur lui, les bras levés comme des massues. Mais, quand un rayon de soleil frappa la lame, le monstre recula brusquement.

Conan était déchaîné : il courut sur le fuyard et lui enfonça dans l'abdomen le poignard magique qui ne se brisa point. Le métal sombre du corps de Khosatral se laissait entailler comme chair humaine. Un fluide étrange giclait de la profonde blessure. Les bras du colosse battaient l'air, mais Conan, plus vif que les archers qui avaient péri sous leurs coups, évitait les terribles moulinets et frappait et frappait encore. Khosatral tournoyait et chancelait; ses plaintes étaient horribles à entendre, comme si le métal eût été capable de souffrances, comme si l'airain eût su pleurer et hurler sous les tourments.

Alors, il tourna le dos au Cimmérien et s'en fut vers la forêt. Il chancelait, écrasant des buissons, brisant des branches d'arbre. Conan, résolu à en finir, partit sur ses brisées. Les murs et les tours de Dagon étaient en vue lorsqu'il rattrapa le géant.

Alors celui-ci fit volte-face, essayant désespérément d'assener un coup fatal à son adversaire, mais Conan, rendu fou furieux, n'hésita pas. De même que la panthère foudroie l'élan en fin de traque, il plongea sous les coups de fléau et enfonça sa lame jusqu'à la garde à l'endroit où se serait trouvé un cœur humain.

Khosatral chancela et s'effondra. C'est sous la forme d'un homme qu'il chancela, mais il n'avait déjà plus apparence humaine lorsqu'il toucha le sol. Là où il y avait eu un visage d'homme, il n'y avait plus de visage du tout. Les membres de métal semblaient fondre... Conan, qui était venu se plaquer furieusement contre Khosatral vivant, s'écarta en blêmissant de Khosatral mort, car il venait d'assister à une atroce altération. Dans son agonie Khosatral Khel était redevenu la *chose* sortie des abysses des milliers d'années auparavant. Se voilant la face, Conan fit demi-tour pour fuir le théâtre de cet ignoble spectacle; et il s'aperçut soudain que les pinacles de Dagon ne rutilaient plus à travers les frondaisons. Ils s'étaient dispersés comme fumées – les remparts, les tours crénelées, les grands portails de bronze, les velours, les ors et les ivoires, les femmes à la chevelure sombre et les hommes au crâne rasé. A la disparition de l'intellect inhumain qui les avait ressuscités, ils étaient redevenus poussière. Seuls les tronçons des colonnes brisées dépassaient des murs écroulés, des dalles fendues et du dôme effondré. Conan redécouvrait les ruines de Xapur telles qu'il en avait conservé le souvenir.

Un court instant, le *hetman* ombrageux resta figé comme une statue. Il pressentait obscurément quelque chose de la tragédie cosmique de l'éphémère et changeante humanité, et des démons ténébreux qui la minaient. Puis, comme émergeant d'un rêve, il sursauta, jeta un dernier regard à la chose vautrée sur le sol, et partit en direction de la falaise et de la fille qui l'y attendait.

Tremblante de peur, elle scrutait le sous-bois et laissa échapper un petit cri de soulagement en apercevant son sauveur. Conan s'était libéré des monstrueuses visions qui l'avaient momentanément assailli; il avait recouvré son humeur nonchalante.

– Où est-il? fit-elle en frissonnant.

– Reparti pour l'enfer dont il était sorti, répondit-il avec entrain. Pourquoi n'as-tu pas dévalé les escaliers pour t'enfuir dans mon canot?

– Pas question de te..., commença-t-elle. (Puis, se ravisant et d'un ton maussade :) Je n'ai nulle part où aller. Les Hyrkaniens referaient de moi une esclave; quant aux pirates...

– Et les Kozaki? suggéra-t-il.

– Sont-ils meilleurs que les pirates? fit-elle avec mépris.

La façon dont elle était redevenue maîtresse d'elle-même après avoir enduré de si atroces épreuves ajouta à l'admiration de Conan. Son arrogance le divertissait.

– Tu semblais le penser au camp, près de Ghori, fit-il. Tu y étais prodigue de tes sourires.

Le dédain ourla ses lèvres incarnates.

– Tu penses que j'avais succombé à ton charme? Peux-tu imaginer que, de mon plein gré, je me serais abaissée à séduire un barbare buveur et ripailleur? Mon maître, dont voici le cadavre, m'y avait forcée.

– Ah? fit Conan, quelque peu dépité. (Puis, retrouvant tout son entrain, il éclata de rire.) Peu importe. Tu es mienne à présent. Embrasse-moi.

– Comment oses-tu..., commençait-elle furieusement lorsqu'elle se sentit arrachée du sol et plaquée contre le torse musclé du *hetman*.

Elle se débattit de toute la vigueur de sa jeunesse, mais l'homme riait à gorge déployée, enivré de la possession de cette splendide créature qui se trémoussait dans ses bras.

Il la maîtrisa sans peine et goûta le nectar de ses lèvres avec toute la passion immodérée qui était la sienne. Bientôt, les bras de la fille se refermèrent convulsivement sur sa nuque puissante. Enfin, son regard rieur plongé dans les yeux clairs d'Octavia, il demanda :

– Pourquoi le chef du Peuple Libre ne serait-il pas préférable à un chien civilisé de Turan?

Le corps embrasé par les baisers, elle écarta d'un

coup de tête ses mèches flamboyantes. Elle ne desserrait pas son étreinte.

– T'estimerais-tu l'égal d'un Agha ? fit-elle pour le provoquer.

Il se mit à rire et l'entraîna vers les escaliers.

– A toi de juger de cela, promit-il. Je vais brûler Khawarizm, et ce sera la torche qui t'éclairera jusqu'à ma tente.

Le Kriss

Que Conan ait tenu ou non sa promesse de brûler Khawarizm, il constitue, en combinant ses Kozaki et les pirates de Vilayet, une si formidable menace que le roi Yezdigerd rappelle pour le vaincre les armées des marches de son empire. Revenues en hâte des frontières, les forces de Turan parviennent, en un assaut massif, à disperser l'armée kozak. Certains survivants vont se perdre à l'est, dans l'étendue sauvage de l'Hyrkonie, d'autres s'enfuient vers le ponant pour se joindre aux Zuagirs du désert. A la tête d'un assez fort parti, Conan fait route vers le sud, à travers les cols des Ilbars, pour former la cavalerie légère de l'armée d'un des plus puissants rivaux de Yezdigerd, Kobad Shah, roi d'Iranistan.

1. Des lames dans la nuit

Sous l'arcade obscure, le géant cimmérien perçut un léger bruit de pas. Il se retourna vivement sur une haute silhouette qui lui bondissait dessus. Bien que la nuit emplît la ruelle, Conan vit un visage barbu et féroce, et le reflet de l'acier au bout d'une main levée. Il esquiva le coup; la lame déchira sa tunique et dévia de sa course sur la légère cotte de mailles qu'il portait dessous. Sans laisser le temps à l'assassin de recouvrer son équilibre, Conan lui saisit le bras et abattit sur sa nuque son poing massif. L'homme s'écroula sans un bruit.

Debout au-dessus de lui, Conan prêta l'oreille. Il entendit, venant du coin de la ruelle, un bruit de pas précipités et le cliquetis assourdi du métal. Ces bruits sinistres l'avertissaient que les rues nocturnes d'Anshan pouvaient être un piège mortel. Il hésita, tira à demi son cimeterre, puis haussa les épaules et partit vers l'autre bout de la venelle.

Il tourna dans une rue plus large et progressa un moment en passant au large des arcades qui ponctuaient les murs de leurs taches d'ombre. Une minute plus tard, il grattait doucement le bois d'une porte au-dessus de laquelle brûlait une lanterne de bronze. L'huis s'ouvrit presque aussitôt. Conan entra.

– Ferme la porte! ordonna-t-il.

Le puissant Shémite poussa le verrou et se retourna pour détailler son chef, tout en tripotant sa barbe bleue.

– Ta chemise est déchirée, Conan!

– Un homme a tenté de me poignarder. D'autres suivaient.

Les yeux fulminant de colère, le Shémite posa sa large main velue sur le poignard ilbarsi, une arme longue de trois pieds, qui pendait à sa hanche.

– Allons égorger ces chiens! rugit-il.

Conan secoua la tête. Bien qu'il fût beaucoup plus grand que le Shémite, il se mouvait avec la légèreté d'un chat. Son ample poitrine, son cou noueux et ses larges épaules témoignaient de sa vigueur, de sa rapidité et de son endurance.

– Il y a plus pressé, dit-il. Ces hommes sont des ennemis de Balash. Ils sont au courant de ma dispute de ce soir avec le roi.

– Tu t'es disputé avec le roi! gémit le Shémite. C'est ce qu'on appelle une mauvaise nouvelle. Que disait le roi?

Conan prit une carafe de vin dont il but la moitié.

– Oh, Kobad Shah est rongé de soupçons, expliqua-t-il. En ce moment, il en a après notre ami Balash. Les opposants à Balash ont, contre son avis, tenté d'empoisonner le roi; mais il faut reconnaître que Balash est une sacrée tête de mule. Il refuse de venir se rendre comme l'exige Kobad, prétendant que celui-ci a l'intention de lui embrocher la tête sur un pieu. C'est pourquoi Kobad m'a donné l'ordre de me rendre dans les Ilbars avec les Kozaki pour ramener Balash – entier si possible, ou seulement sa tête s'il fait des difficultés.

– Et alors?

– Alors j'ai refusé.

– Tu as osé? balbutia le Shémite, horrifié.

– Evidemment! Pour qui me prends-tu? J'ai raconté à Kobad comment Balash et sa tribu nous ont secourus quand nous nous sommes égarés en plein hiver dans les Ilbars, lors de notre voyage vers le sud après la grande défaite. Tout autre montagnard nous aurait supprimés. Mais cet idiot n'a rien voulu entendre. Il s'est mis à la ramener avec son droit divin, l'impudence des barbares de basse extraction, et j'en passe. Un mot de plus et je lui fourrais son turban impérial dans la gorge.

– Ne me dis pas que tu as *frappé* le roi? souffla le Shémite.

– Non. Mais ce n'était pas l'envie qui me manquait. Par Crom! je ne comprends pas comment des hommes civilisés comme vous peuvent ramper devant le premier trou du cul qui se trouve posé sur un fauteuil plein de pierreries, avec une coiffure ridicule sur la tête.

– Tout simplement parce que ces trous du cul peuvent d'un mot nous faire empaler ou écorcher vifs. Maintenant, il faut qu'on quitte l'Iranistan pour échapper à la colère du roi.

Conan vida la carafe et fit claquer ses lèvres.

– Ce n'est pas mon avis; il s'en remettra. Il sait bien que son armée n'est plus ce qu'elle était du temps de son grand-père, et que nous sommes la seule cavalerie légère sur laquelle il puisse compter. Mais il y a toujours le problème de notre ami Balash. J'ai bien envie de partir pour le nord, histoire de le prévenir.

– Tu irais seul, Conan?

– Pourquoi pas? Tu n'auras qu'à raconter que je récupère pendant deux ou trois jours d'une orgie sévère, jusqu'à ce que...

Conan s'interrompit. On venait de frapper légèrement à la porte. Il jeta un coup d'œil au Shémite, s'approcha de la porte et grogna :

– Qui est là?

– C'est moi, Nanaïa, fit une voix de femme.

Conan se retourna vers son compagnon.

– Tu connais une Nanaïa, toi, Tubal?

– Non. Méfions-nous.

– Laissez-moi entrer, faisait la voix.

– On va réfléchir, promit Conan.

A la lueur de la lampe, ses yeux brûlaient d'un bleu volcanique. Il tira son cimeterre et posa la main sur le verrou, tandis que Tubal, coutelas au poing, se plaçait de l'autre côté de la porte.

Conan fit sauter le verrou et ouvrit la porte à la volée. Une silhouette voilée s'avança sur le seuil pour reculer avec un petit cri à la vue des lames étincelantes. Mais le bout du cimeterre, suivant le mouvement, vint frôler le corps de l'inconnue.

– Entrez, madame, fit Conan en un iranistanien fortement accentué.

La femme s'avança. Conan claqua la porte et poussa le verrou.

– Tu es accompagnée?

– N-non, je suis venue seule...

Vif comme un cobra, le bras gauche du Cimmérien se détendit pour arracher le voile. La femme était grande et mince, ses cheveux noirs encadraient un visage jeune aux traits finement ciselés.

– Bon, Nanaïa, raconte-nous un peu de quoi il retourne, dit Conan.

– J'appartiens au sérail du roi...

Tubal laissa échapper un long sifflement.

– Alors là, on est bon.

– Continue, Nanaïa, dit Conan.

– Eh bien, je t'ai souvent observé à travers le store qui se trouve derrière le trône, lorsque tu étais en conférence avec le roi. Le roi aime à laisser ses femmes assister ainsi aux affaires royales. En temps normal, quand des questions importantes doivent être réglées, on nous chasse de cette galerie, mais ce soir Xathrita, l'eunuque, était ivre et a oublié de fermer la porte séparant la galerie des appartements des femmes. Je m'y suis glissée et j'ai assisté à ton différend avec le roi.

» Après ton départ, Kobad était furieux. Il a appelé Hakhamani pour lui ordonner de t'assassiner discrètement. Hakhamani devait maquiller cela en accident.

– Si je mets la main sur Hakhamani, je veillerai à le maquiller en accident, promit Conan. Mais pourquoi ces finasseries? Kobad n'a rien à envier à ses confrères lorsqu'il s'agit de raccourcir ou de rallonger les gens qui les gênent.

– Le roi entend garder tes Kozaki à son service. Si jamais ils apprenaient qu'il t'a fait tuer, ils se soulèveraient ou s'en iraient.

– Et pourquoi m'apportes-tu ces renseignements?

Elle le considéra de ses grands yeux sensuels.

– Dans le harem, je me meurs d'ennui. Avec ses centaines d'épouses, le roi n'a pas de temps à me consacrer. Je n'ai d'yeux que pour toi depuis le jour où tu es arrivé ici, et j'espère que tu vas me prendre avec toi. N'importe quoi est préférable à la monotonie de cette prison dorée, avec ses éternelles intrigues. Je suis la fille de Kujala, chef des Gwadiri. Nous sommes une tribu de pêcheurs et de marins qui vit loin dans le sud, du côté des Iles de Perles. Une fois, j'ai manœuvré mon bateau à travers un typhon, et cette vie indolente me rend folle.

– Comment as-tu fait pour sortir du palais?

– Une corde et une vieille fenêtre non gardée dont les barreaux ont disparu depuis longtemps... Mais ce n'est pas important. Veux-tu de moi?

– Renvoie-la, dit Tubal dans le dialecte des Kozaki, mélange de zaporoskan, d'hyrkanien et de quelques autres langues. Ou mieux, tranche-lui la gorge et enterre-la dans le jardin. Il nous laisserait peut-être partir sans rien tenter contre nous, mais il ne nous permettra jamais de filer en emmenant la fille. Qu'il apprenne que tu es parti avec une de ses concubines, et il retournera chaque caillou d'Iranistan pour te retrouver.

La fille ne comprenait évidemment pas ce qu'il disait, mais son ton menaçant la fit frémir.

Conan eut un sourire cruel.

– C'est tout le contraire. L'idée de fuir le pays la

queue entre les jambes me ferait mal au ventre. En revanche, si je peux emporter un trophée dans ce goût-là... Bref, puisque de toute façon il nous faut partir... (Il regarda Nanaïa.) Tu te doutes que l'allure sera rapide, le terrain difficile, et la compagnie moins courtoise que ce dont tu as l'habitude?

– Je m'en doute.

– De plus, ajouta-t-il en plissant les yeux, je suis le chef absolu, vu?

– Vu.

– Bien. Va réveiller nos frères, Tubal; nous partons dès qu'ils ont rassemblé leur barda et sellé leurs chevaux.

Marmonnant de sombres pressentiments, le Shémite passa dans la pièce voisine pour secouer un homme qui dormait sur un tas de couvertures.

– Réveille-toi, fils d'une longue lignée de bandits. On part vers le nord.

Hattusas, un Zamorien svelte et hâlé, s'assit sur sa couche en bâillant.

– Pour où? grogna-t-il.

– Pour Kushaf, dans les Ilbars, là où nous avons hiverné, et où le chien rebelle Balash va sans doute nous égorger tous.

Hattusas se leva en souriant.

– Tu ne portes pas le Kushafi dans ton cœur, mais il est l'ami juré de Conan.

Renfrogné, Tubal sortit dans la cour et passa la porte qui donnait sur la baraque voisine. Des plaintes et des jurons ne tardèrent pas à s'y élever.

Deux heures plus tard, les silhouettes sombres qui rôdaient autour de la maison de Conan se rencognèrent dans l'ombre, lorsque le portail des écuries s'ouvrit pour livrer passage à trois cents Libres Compagnons qui chevauchaient en double file, suivis de montures de rechange et de mules chargées de vivres et d'équipement. Ces hommes de toutes nationalités étaient les restes de la bande de Kozaki que Conan, abandonnant les steppes bordant la mer de Vilayet, avait conduits vers le sud, après la formidable bataille contre les armées du roi Yezdigerd de Turan qui avait brisé la confédération hors-la-loi. Ils étaient arrivés à Anshan dépenaillés et à demi morts de faim. A présent, ils étaient farauds dans leurs pantalons de soie, avec leur armement complet et leurs casques de cuivre enroulé à la façon d'Iranistan.

Cependant, au palais, le roi était prostré sur son trône. Le soupçon avait investi son esprit troublé au point qu'il se voyait des ennemis partout, dedans comme dehors. Pendant un temps il avait compté sur l'aide de Conan, le chef de la cavalerie mercenaire. Ce sauvage venu du nord était peut-être dépourvu des manières onctueuses de la cour, mais il semblait bien posséder son propre code de l'honneur barbare. Et voilà qu'il venait tout bonnement de refuser l'ordre d'aller arrêter le traître Balash...

Le regard du roi erra sur un rideau qui masquait une alcôve; il se dit que le vent devait se lever, car la tenture bougeait légèrement. Puis il regarda la fenêtre aux barreaux d'or, et son sang se glaça. Le léger rideau de la fenêtre pendait, immobile. Pourtant, il n'avait pas rêvé, celui de l'alcôve venait de bouger...

Bien qu'il fût petit et gras, Kobad Shah ne manquait pas de courage physique. Il bondit et arracha la tenture; un poignard tenu par une main brune le frappa à la poitrine. Il poussa un cri et tomba à la renverse, entraînant avec lui son agresseur. L'homme grondait comme une bête sauvage, ses yeux dilatés brillaient d'un éclat insane. Son arme mettait en pièces la robe du roi, découvrant la chemise de mailles d'acier qui avait arrêté son premier coup.

Dehors, un grand cri fit écho aux appels à l'aide du roi. Des bruits de bottes résonnaient dans le couloir. Kobad Shah avait saisi l'autre à la gorge et au poignet, mais les muscles de l'inconnu semblaient des câbles d'acier. Tandis qu'ils roulaient sur le sol, la pointe du poignard, glissant sur les mailles du jaseran, entaillait un bras, une main, une cuisse. Puis, comme l'agresseur soulevait le souverain épuisé, le saisissait à la gorge et levait une nouvelle fois son arme, il y eut une lueur bleutée. Le meurtrier s'affaissa, le crâne fendu jusqu'aux dents.

– Votre majesté! Sire!

C'était Gotarza, capitaine de la garde royale, livide sous sa longue barbe noire. Tandis que Kobad Shah allait s'effondrer sur un divan, il se mit à déchirer dans un rideau de longues bandes de tissu afin de panser les blessures de son roi.

– Regarde! fit Kobad, le bras tendu, la main tremblante et le visage blême. Le poignard! Par Asura, le poignard!

L'arme reposait, luisante, dans la main du mort – une arme curieuse, avec une lame sinueuse en forme de flamme. Gotarza ouvrit de grands yeux et jura sous sa barbe.

– Le kriss! haletait Kobad Shah. Le roi de Vendhya et le roi de Turan ont été frappés par la même arme!

– La marque de Ceux Qui Se Cachent, balbutia Gotarza en considérant d'un air mal à l'aise l'odieux symbole de ce terrible culte.

Le bruit avait réveillé tout le palais. Des hommes couraient dans les galeries en vociférant.

– Ferme la porte! s'écria le roi. Que l'on n'admette personne hormis le majordome du palais!

– Mais il faut faire venir un médecin, votre majesté, protesta Gotarza. Ces blessures ne sont pas dangereuses en elles-mêmes, mais cette lame était peut-être empoisonnée.

– Non, je ne veux personne! Qui m'assure que ce médecin ne sera pas au service de mes ennemis? Asura! Les Yezmites ont scellé mon destin! (L'épreuve avait ébranlé le courage du roi.) Qui est capable de combattre le fer dans le noir, le serpent sous son pied et le poison dans sa coupe? Il y aurait bien ce barbare, Conan – mais non, pas même lui n'est digne de confiance, maintenant qu'il a défié mes ordres... Fais entrer le majordome, Gotarza. (Quand l'officier eut ouvert au gros homme, le roi reprit :) Quelles nouvelles, Bardiya?

– Oh, sire, que s'est-il passé?

– Peu importe ce qu'il m'est arrivé. Je vois à tes yeux que tu as appris du nouveau. Alors?

– Les Kozaki ont quitté la cité. Ils sont partis vers le nord, conduits par Conan qui a dit au garde de la porte nord qu'ils allaient s'assurer de Balash suivant vos ordres.

– Parfait. Peut-être se sera-t-il repenti de ses insolences. Quoi d'autre?

– Hakhamani a intercepté Conan comme il rentrait chez lui. Mais Conan est parvenu à s'enfuir après avoir tué un de ses hommes.

– Ce n'est pas plus mal. Tu vas décommander Hakhamani jusqu'à ce que nous en sachions plus sur l'expédition de Conan. Rien d'autre?

– Une de vos épouses, Nanaïa, fille de Kujala, s'est enfuie du palais. Nous avons retrouvé la corde qui lui a servi à...

Kobad Shah poussa un rugissement.

– Elle a dû partir avec Conan! La coïncidence serait trop énorme! Et il doit être en cheville avec Ceux Qui Se Cachent! Sinon pourquoi m'auraient-ils frappé juste après que je me sois querellé avec lui? En sortant d'ici, il a dû aller tout droit chez le Yezmite qui m'a poignardé. Gotarza, tu vas poursuivre les Kozaki et me rapporter la tête de Conan, et tu en réponds de la tienne! Prends au moins cinq cents hommes, car le barbare est habile et redoutable.

Tandis que Gotarza sortait précipitamment, le roi gémit :

– A présent, Bardiya, va chercher des sangsues. Mes veines sont en feu. Gotarza disait juste; cette lame a dû m'inoculer un venin.

Trois jours après son départ précipité d'Anshan, Conan se trouvait assis jambes croisées au bord de la piste, à l'endroit où elle quittait la ligne des crêtes pour plonger vers la vallée où était le village de Kushaf.

– Je suis prêt à me dresser entre toi et la mort, disait-il à l'homme qui lui faisait face, comme tu l'as fait pour moi au moment où tes loups de la montagne s'apprêtaient à nous massacrer.

L'homme tirait pensivement sur sa barbe tachée de macules violettes. Large et puissant, les cheveux grisonnants, il portait un large ceinturon hérissé de fourreaux de dagues et de poignards. Il avait nom Balash et était le chef de la tribu des Kushafi et le suzerain de Kushaf et des villages environnants. Mais il s'exprimait avec modestie :

– Les dieux sont avec toi, Conan! Mais quel homme peut dépasser l'endroit où il tombe?

– Un homme a le choix entre combattre et fuir, mais il ne doit pas rester perché sur son caillou à attendre qu'on vienne le cueillir comme la pomme dans son arbre. Si tu tiens à prendre le risque de faire la paix avec le roi, tu peux te rendre à Anshan...

– J'ai bien trop d'ennemis à la cour. Là-bas, le roi écouterait leurs mensonges et me suspendrait dans une cage d'acier pour nourrir les milans. Non, je n'y vais pas !

– En ce cas, il te faut emmener ton peuple sur de nouvelles terres. Il ne manque pas d'endroits dans ces collines où même le roi ne pourrait te suivre.

Le regard de Balash descendit la pente rocailleuse pour se poser sur le groupe de tours en pisé qui s'élevaient au-dessus du mur d'enceinte. Ses narines minces se gonflèrent, et dans ses yeux passa un feu sombre pareil à celui de l'aigle qui surveille son aire.

– Non, par Asura ! Mon clan occupe Kushaf depuis le temps de Bahram. Que le roi règne à Anshan; ici, je suis chez moi !

– Et bientôt, le roi régnera tout pareil sur Kushaf, railla Tubal qui était accroupi derrière Conan, en compagnie de Hattusas le Zamorien.

Balash tourna son regard dans la direction opposée, vers l'est, là où la piste disparaissait entre les parois rocheuses. Sur les sommets, le vent gonflait des pans de tissu blanc, vêtements des archers qui gardaient jour et nuit le défilé.

– Qu'il y vienne, dit Balash. Nous tenons toutes les gorges.

– Il aura avec lui dix mille hommes en armure et des catapultes, dit Conan. Il brûlera Kushaf et ramènera ta tête à Anshan.

– Arrivera ce qui arrivera, fit sentencieusement Balash.

Conan réprima un accès de colère face au fatalisme de ce peuple. Sa nature énergique se dressait contre cette philosophie de l'inertie. Cependant, conscient qu'il n'y pouvait rien changer, il ne dit rien et se mit à contempler le Ponant où le soleil allait disparaître derrière les plateaux venteux.

Balash éluda le problème d'un geste de la main, et dit :

– Conan, il y a quelque chose que je désire te montrer. En bas, dans une hutte abandonnée, gît un homme tel que l'on n'en a jamais vu à Kushaf. Même dans la mort, il y a en lui quelque chose d'étrange et de maléfique. Selon moi, il n'a rien d'un homme normal et tout du démon. Viens voir.

Tout en montrant le chemin jusqu'à la cahute, il expliqua :

– Mes guerriers l'ont trouvé au pied d'une falaise, comme s'il était tombé ou avait été précipité du sommet. Ils l'ont ramené ici, mais il est mort en cours de route après avoir marmonné quelques paroles en une langue étrange. Mes hommes le tiennent non sans raison pour un démon.

» A une longue journée de marche, vers le sud, dans des montagnes si désertiques que même une chèvre ne pourrait y survivre, se trouve un pays que nous appelons le Drujistan.

– Le Drujistan! fit Conan en écho. Une contrée de démons, hein?

– Sûr! Une région d'éperons de roche noire et de gorges arides qu'évitent les sages. Elle paraît inhabitée, et pourtant des hommes y vivent – des hommes ou des démons. Il arrive qu'un homme se fasse tuer ou bien qu'une femme ou un enfant soit enlevé sur une piste écartée, et nous savons que c'est par eux. Nous avons à plusieurs reprises suivi et observé des silhouettes dans la nuit, mais toujours leur piste s'est arrêtée au pied d'une paroi lisse et verticale que seul un démon saurait franchir. De temps en temps des roulements de tambour se répercutent dans les défilés. Un bruit à glacer le sang des plus braves. Les vieilles légendes affirment que dans ces montagnes, il y a des milliers d'années, Ura, le roi-goule, construisit la cité magique de Yanaidar, et que les fantômes d'Ura et de ses hideux sujets hantent toujours les ruines. Il y a aussi une légende qui prétend qu'il y a mille ans, un chef des montagnards ilbarsi s'est établi dans ces ruines et a entrepris de les reconstruire pour faire de la cité sa forteresse; mais en une nuit, il aurait disparu avec tous les siens, et on ne les aurait jamais revus.

Ils arrivaient devant la cabane; Balash ouvrit la porte branlante. Un instant plus tard, les cinq hommes étaient courbés au-dessus d'un corps gisant sur la terre battue.

Cet homme avait une silhouette et une figure inhabituelle; il était trapu, avec une face large, carrée et plate, couleur de cuivre sombre, et des yeux en amande – à n'en pas douter un fils du Khitaï. Derrière sa tête, ses cheveux noirs étaient collés par des caillots de sang, et sa position peu naturelle révélait de multiples fractures.

– N'a-t-il pas l'air d'un esprit malin? demanda Balash.

– Ce n'est pas un démon, qu'il ait été malin ou pas, répondit Conan. Il est originaire du Khitaï, un pays qui se trouve loin dans l'est de l'Hyrkanie, au-delà de montagnes, de déserts et de jungles si vastes qu'on pourrait facilement y perdre une douzaine d'Iranistan. J'ai traversé cette contrée à cheval lorsque je servais le roi de Turan. Mais quant à ce qu'il faisait ici, je n'en sais rien...

Tout à coup son regard s'alluma, et il arracha la

tunique ensanglantée du cadavre, révélant une chemise de laine maculée. Tubal, qui regardait par-dessus l'épaule du Cimmérien, émit un grognement sonore. Sur cette chemise, brodée d'un fil si écarlate qu'il eût pu au premier abord passer pour du sang, un curieux emblème était représenté : un poing tenant un poignard à la lame sinueuse.

– Le kriss! souffla Balash en s'écartant de ce symbole de mort et de destruction.

Tous les regards se portèrent sur Conan qui, les yeux posés sur le sinistre emblème, tentait de mettre en ordre les vagues associations que cela évoquait en lui, les souvenirs ténus d'un culte maléfique très ancien qui utilisait ce symbole. Enfin, il se tourna vers Hattusas :

– Du temps où je brigandais en Zamora, j'ai entendu parler d'une secte appelée les Yezmites, qui utilisait cette marque. Toi qui es zamorien, en sais-tu plus long?

Hattusas haussa les épaules.

– Il y a de nombreux cultes qui plongent leurs racines dans la nuit des temps, aux jours d'avant le cataclysme. Ceux qui gouvernent ont souvent cru les avoir abolis, mais bien souvent ils sont réapparus. Ceux Qui Se Cachent, appelés aussi les fils de Yezm, sont de ceux-là, mais je serais incapable de t'en dire plus. Je ne me suis jamais mêlé à ce genre de chose.

Conan s'adressa alors à Balash :

– Tes hommes peuvent-ils me conduire à l'endroit où ils ont trouvé cet homme?

– Oui. Mais il s'agit d'un endroit maudit, la gorge des Fantômes, sur la frontière de Drujistan, et...

– Parfait. Que tout le monde aille dormir. Nous partons à l'aube.

– Pour Anshan? demanda Balash.

– Non. Pour le Drujistan.
– Alors tu penses que...?
– Je ne pense rien – encore.
– Est-ce que nous y allons tous? s'enquit Tubal. Les chevaux sont rompus.
– Non, que les hommes et les chevaux se reposent. Toi et Hattusas m'accompagnerez, ainsi qu'un des Kushafi de Balash pour nous guider. Codrus commande en mon absence, et s'il y a des problèmes parce qu'un de mes chiens a posé ses pattes sur une femme kushafi, dis-lui de ma part qu'il lui enfonce le crâne.

2. Le pays noir

L'aube rosissait l'horizon chaotique quand le guide de Conan fit halte. En avant, le terrain inégal se brisait sur un profond canyon. Au delà, s'élevaient en rangs serrés des falaises dentelées, ravinées, amas sauvages et inaccessibles de roche noire.
– Ici commence le Drujistan, annonça le Kushafi. De l'autre côté de cette gorge, la gorge des Fantômes, s'étend le pays de l'horreur et de la mort. Je ne vais pas plus loin.
Conan hocha la tête; il devinait une piste qui sinuait le long de la pente accidentée vers le fond du canyon. Il s'agissait du prolongement à peine discernable de la très vieille route qu'ils venaient de suivre sur des lieues; il semblait cependant qu'elle avait été souvent empruntée ces derniers temps.
Conan jeta un coup d'œil autour de lui. Se trouvaient à ses côtés Tubal, Hattusas, le guide et Nanaïa. Elle avait insisté pour venir car, avait-elle prétendu, elle craignait d'être séparée de Conan au

milieu de ces farouches étrangers dont elle ne comprenait pas la langue. Elle s'était révélée bon compagnon de voyage, robuste et avare de ses plaintes, bien que d'humeur impétueuse et changeante.

– Comme vous le voyez, dit le Kushafi, la piste connaît du passage. C'est par là que vont et viennent les démons des montagnes noires. Mais les hommes qui s'y risquent, ne reviennent jamais.

– Quel démon aurait besoin d'une route? fit Tubal en scrutant la piste. Ils ont des ailes pour voler, comme les vampires!

– Quand ils revêtent forme humaine, ils marchent comme les hommes, rétorqua le Kushafi. (Il montra la corniche sur laquelle serpentait le chemin.) C'est au pied de cette pente que nous avons trouvé l'homme. Ses frères-démons se seront sans doute querellés avec lui et l'auront jeté dans le vide.

– Sans doute son pied aura glissé, et il sera tombé, voilà tout, grogna Conan. Le Khitaï du désert n'est pas habitué à marcher dans la montagne. Il passe sa vie en selle, et ses jambes en sont tordues et affaiblies. Rien d'étonnant à ce qu'il trébuche sur une piste étroite.

– Si c'était un homme, peut-être, dit le Kushafi. Mais... par Asura!

Tous, à l'exception de Conan, avaient sursauté; le Kushafi, les yeux affolés, saisit son arc. Du sud, par-dessus la montagne, leur arrivait un roulement incroyable, un rugissement strident que répercutaient les défilés.

– La voix des démons! gémit le Kushafi en tiraillant sur ses rênes si bien que sa monture encensait et se cabrait tour à tour. Au nom d'Asura, allons-nous-en! C'est folie que de rester ici!

– Retourne à ton village si tu as peur, lui dit Conan. Moi, je continue.

En vérité, cette manifestation surnaturelle impressionnait tout autant le Cimmérien; mais il ne voulait pas le montrer à ses compagnons.

– Sans tes hommes? C'est de la folie! Fais au moins venir tes Kozaki.

Conan plissa les yeux à la manière d'un loup en chasse.

– Non, pas cette fois. Il vaut mieux être peu nombreux pour faire une reconnaissance. Oui, je crois bien que je vais aller faire un tour sur cette terre des démons; une forteresse en pleine montagne ferait mon affaire. (Il se tourna vers Nanaïa.) Il vaudrait mieux que tu rentres.

Elle se mit à pleurer.

– Ne me renvoie pas, Conan! Les féroces montagnards vont me violer.

Il parcourut du regard sa longue silhouette découplée.

– Ceux qui s'y risqueraient ne seraient pas au bout de leurs peines. Bon, tu restes, mais je t'aurai prévenue.

Le guide fit volter son cheval et piqua des deux.

– Balash te pleurera! cria-t-il par-dessus son épaule. On sera triste à Kushaf! Aaaïe! aaahia!

Le fracas des sabots sur la roche couvrit les lamentations de Kushafi. Il atteignit bientôt le sommet et disparut.

– C'est ça! cours! cours! avait braillé Tubal. Tes démons, on va les étriller et les ramener à Kushaf par la queue!

Mais il s'était tu dès que l'autre avait été hors de portée de voix. Conan s'adressa à Hattusas :

– As-tu déjà entendu un tel son?

Le mince Zamorien hocha la tête.

– Oui, dans les montagnes des adorateurs du démon.

Conan leva ses rênes sans faire de commentaire. Il lui était également arrivé d'entendre le chant des cornes de dix pieds emplir les monts nus et oubliés de Pathénie sous l'action des prêtres au crâne rasé d'Erlik.

Tubal renâcla comme un rhinocéros. Il n'avait jamais, lui, entendu ces cornes de bronze; il lança sa monture de façon à devancer Hattusas et venir chevaucher aux côtés de Conan. Ils descendaient la pente abrupte dans la lumière violette de l'aube. Tubal dit d'un ton brusque :

– A présent que nous avons été envoyés dans cette contrée maudite par ces traîtres kushafi qui vont sûrement revenir en douce pour nous égorger pendant notre sommeil, quels sont tes projets?

Il faisait penser à un vieux mâtin grognant après son maître qui flatte un autre chien. Conan, pour dissimuler son sourire, baissa la tête et cracha.

– Ce soir, nous camperons au fond du canyon. Les chevaux seront trop fatigués pour se risquer dans ces ravins. Demain nous partirons en exploration.

» Selon moi, Ceux Qui Se Cachent ont un avant-poste quelque part de l'autre côté de cette gorge. Les collines alentour ne sont guère habitées. Kushaf, le village le plus proche, est à une pénible journée de cheval. Les clans nomades ne s'aventurent pas par ici par crainte des Kushafi, et les hommes de Balash sont trop superstitieux pour franchir la gorge. Ceux Qui Se Cachent, là-bas, peuvent aller et venir sans se faire voir. Je ne sais pas exactement ce que nous allons faire; nos destinées reposent sur les genoux des dieux.

Arrivant au fond du canyon, ils s'aperçurent que la piste en traversait le lit asséché et caillouteux pour s'engager dans une gorge plus étroite et profonde encore qui s'ouvrait vers le sud. La paroi sud du canyon était plus élevée et abrupte que l'autre qu'ils venaient de descendre. Elle se dressait en un impressionnant rempart de roche noire, interrompue de proche en proche par l'ouverture d'étroits ravins. Conan et ses compagnons suivirent la piste jusqu'au premier coude de la gorge secondaire. Ils virent que ce coude n'était que le premier d'une succession. Ce ravin se convulsait comme la trace d'un serpent, et la nuit déjà y régnait.

– Demain, nous continuerons par là, dit Conan.

Les autres acquiescèrent silencieusement. Ils rebroussèrent chemin jusqu'au canyon principal où subsistait encore quelque lumière. Le fracas des sabots sur le grès leur semblait assourdissant dans l'austère silence des lieux.

Un peu plus loin à l'ouest, un autre ravin, plus étroit, s'ouvrait sur le canyon. Son sol rocailleux ne présentait nulle trace de piste, et il se rétrécissait si rapidement que Conan pensa qu'il se terminait en cul-de-sac.

A mi-chemin entre ces deux gorges, non loin de la paroi nord, une minuscule source jaillissait dans un bassin naturel. Derrière, sous le surplomb de la falaise, s'enfonçait une niche où croissait une herbe rare. Ils y attachèrent les chevaux fourbus, s'établirent près de la source et mangèrent de la viande séchée. Ils n'allumèrent pas de feu, de crainte d'être repérés par des yeux hostiles.

Conan établit deux tours de garde qu'il plaça en deux endroits. Tubal se posta à l'ouest du campement, près de l'entrée du ravin le plus étroit, tandis que Hattusas alla monter la garde à proximité du ravin oriental. Tout parti hostile descendant ou remontant le canyon, ou bien y débouchant par l'un des deux ravins, rencontrerait ainsi l'une ou l'autre de ces sentinelles vigilantes.

La nuit ne tarda pas à investir le canyon; elle semblait descendre par vagues les noirs escarpements et sourdre de la gueule des ravins. Les étoiles s'allumèrent, blanches, froides et impersonnelles. Les intrus étaient comme écrasés au pied des formidables dentelures de la montagne. Conan s'endormit en se demandant à quels sinistres spectacles elle avait assisté depuis la nuit des temps.

S'il se frottait depuis des années à la civilisation, ses sens aigus de barbare n'en avaient été nullement émoussés. Comme Tubal s'approchait pour lui poser la main sur l'épaule, il se réveilla et bondit, l'épée au poing, avant même que le Shémite ne l'eût touché.

– Qu'y a-t-il?

Tubal s'accroupit; ses épaules gigantesques formaient une tache sombre dans les ténèbres. Plus haut, sous le surplomb de la falaise, les chevaux piaffaient nerveusement. Conan sut qu'il y avait du danger dans l'air, avant même que Tubal n'eût parlé.

– Hattusas est mort, et la fille a disparu! La mort nous guette dans le noir!

– *Quoi?*

– Hattusas gît près de l'entrée du ravin, égorgé. J'ai entendu un caillou rouler du côté du ravin oriental, j'y ai couru sans prendre le temps de te réveiller, et là, je suis tombé sur Hattusas qui baignait dans son sang. Il a dû mourir vite et silencieusement. Je n'ai vu personne. Pas le moindre bruit dans le gouffre. Alors, en revenant te chercher, je me suis aperçu que la fille avait disparu. Les diables des collines ont tué et enlevé l'autre sans faire un bruit. J'ai l'impression que la mort rôde toujours dans les parages. C'est vraiment la gorge des Fantômes!

Conan s'appuya silencieusement sur un genou et fouilla la nuit du regard. Que le Zamorien aguerri ait été tué et que Nanaïa ait été enlevée sans le moindre bruit de lutte lui paraissait un mystère diabolique.

– Qui peut combattre des diables, Conan? Prenons les chevaux et partons...

– Chut!

Quelque part un pied nu foulait la roche. Conan se leva, tous ses sens en éveil. On se déplaçait là-bas dans l'ombre. De vagues silhouettes se détachaient maintenant sur la paroi noire; elles s'avançaient. De la main gauche, Conan tira son poignard. Silencieux et farouche comme un loup traqué, Tubal s'accroupit, son couteau ilbarsi au poing.

La colonne entraperçue s'approchait lentement en se déployant. Conan et le Shémite reculèrent de quelques pas pour s'adosser à la falaise et éviter ainsi l'encerclement.

L'attaque eut lieu brusquement; des pieds nus battirent légèrement la roche, l'acier découvrit son éclat terne. Conan ne distinguait pas grand-chose de ses assaillants. Il frappait et parait autant au toucher et à l'instinct qu'à vue.

Il tua le premier qui vint à portée de sa lame. Découvrant qu'après tout l'ennemi était fait de chair et de sang, Tubal poussa un rugissement sonore et eut un accès d'insane férocité. Les tournoiements de son pesant coutelas de trois pieds semaient la mort. Côte à côte, le dos à la paroi, les deux compagnons n'avaient pas à craindre une attaque de flanc ou par-derrière.

L'acier rencontrait l'acier et des étincelles bleutées en jaillissaient. S'éleva l'horrible fracas de la boucherie, des lames tranchant chair et os. Des hommes hurlaient, ou faisaient entendre des gargouillements de gorge tranchée. La mêlée se pressait contre la muraille de grès. L'action était trop vive, trop aveugle et acharnée pour permettre une pensée soutenue. Mais l'avantage se trouvait du côté des deux compagnons. Ils y voyaient aussi bien que leurs adversaires; homme contre homme, ils étaient plus robustes; et puis ils avaient la certitude que leur fer ne pouvait rencontrer que l'ennemi. Les autres étaient handicapés par leur nombre, et la possibilité de frapper un ami devait tempérer leur ardeur.

Conan se baissa pour esquiver une lame avant même que de l'avoir vue arriver. Son contre-coup, défléchi par une cotte de mailles, porta sur une cuisse nue, et son adversaire s'écroula. Comme le Cimmérien en venait aux prises avec un autre, celui qui était à terre se traîna jusqu'à lui et le frappa d'un coup de dague, mais le jaseran d'acier arrêta la lame; Conan, de la main gauche, ficha son poignard dans la gorge de l'homme.

Puis l'assaut se termina. Les attaquants se fondaient comme fantômes dans l'obscurité qui commençait à se faire moins intense. L'arête orientale du canyon s'ornait d'un léger feston d'argent qui trahissait le lever de la lune.

Tubal, la barbe mouillée d'une écume sanglante, donnait de la voix comme un loup furieux et poursuivait les silhouettes qui détalaient. Il trébucha sur un cadavre et se mit à le frapper sauvagement avant de réaliser qu'il s'agissait d'un mort.

Alors Conan le saisit par le bras. Le puissant Cimmérien manqua de se faire entraîner par son ami qui encensait comme un taureau entravé.

– Calme-toi, idiot! intima Conan. Tu veux te jeter dans une embuscade?

Tubal se laissa retomber en une farouche circonspection. Ensemble, les deux hommes se glissèrent à la suite des formes vagues qui disparaissaient dans l'entrée du ravin oriental. Parvenus à ce point, les poursuivants firent halte pour étudier prudemment les profondeurs du défilé. Quelque part au loin, un caillou roula sur la roche. Conan était tendu comme une panthère.

– Ces chiens détalent toujours, marmonna Tubal. On les suit?

Conan secoua la tête. Nanaïa captive, il ne pouvait se permettre de risquer sa vie en une course folle dans ces ténèbres où chaque pas pouvait receler un piège mortel. Ils reprirent le chemin du campement où l'odeur du sang frais avait achevé d'affoler les chevaux.

– Dès que la lune sera assez haute pour éclairer le canyon, objecta Tubal, ils vont nous tirer à l'arc depuis le ravin.

– Nous prenons le risque, grogna Conan. Peut-être sont-ils mauvais tireurs?

Ils se tapirent à l'ombre du surplomb, pendant que le clair de lune spectral emplissait le canyon, donnant forme aux blocs rocheux, aux cailloux et à la falaise. Pas un bruit ne rompait la tranquillité oppressante de l'endroit. Enfin, dès que la lumière fut suffisante, Conan alla inspecter les quatre morts laissés par les attaquants. Tandis qu'il passait de l'un à l'autre, Tubal s'écria :

– Des adorateurs du démon! Des Sabatéens!

– Pas étonnant qu'ils se déplacent comme des chats, marmonna Conan.

En Shem, il avait appris à connaître la redoutable duplicité des fidèles de ce très ancien et abominable culte, qui adoraient le Paon d'Or sous les dômes enténébrés de Sabatéa la maudite.

– Que peuvent-ils bien faire ici? se demanda-t-il. Leur patrie est le Shem. Voyons cela... ha!

Il venait d'échancrer le manteau d'un des cadavres. Sur le justaucorps qui couvrait la large poitrine du Sabatéen, apparaissait l'emblème du poing tenant le poignard à lame sinueuse. Tubal alla déchirer la tunique des trois autres morts. Chaque torse arborait le poing brandissant un kriss.

– Quel est ce culte de Ceux Qui Se Cachent, capable de faire venir des hommes du Shem et du Khitaï qui se trouvent à des centaines de lieues d'ici?

– C'est bien ce que j'ai l'intention de découvrir, répondit Conan.

Ils étaient accroupis en silence à l'ombre des falaises. Tubal se leva et dit :

– Que fait-on?

Conan tendit le bras.

– Nous pourrions suivre cette piste.

Tubal essuya et rengaina sa lame, tandis que Conan s'enroulait autour de la taille une solide corde terminée par un grappin à trois pattes. Au temps où il brigandait, un tel cordage lui avait rendu bien des services. La lune avait encore monté, et un fil d'argent parcourait le milieu du ravin.

Ils s'approchèrent de son embouchure. Pas une corde d'arc ne vibra; aucun javelot ne siffla dans l'air nocturne; nulle ombre furtive ne bougeait dans le demi-jour. Des taches de sang parsemaient le sol rocheux; les Sabatéens avaient dû emporter de vilaines blessures.

Ils s'engagèrent dans le ravin; ils allaient à pied car Conan pensait que l'ennemi faisait de même. Et puis la gorge était si étroite et accidentée qu'un cavalier y eût été désavantagé dans un engagement.

A chaque coude, ils s'attendaient à une embuscade, mais les traces de sang continuaient, moins nombreuses maintenant mais suffisantes pour marquer la piste.

Conan allongea le pas dans l'espoir de rattraper l'ennemi. Bien qu'il eût une bonne avance, ses blessures et sa prisonnière devaient le ralentir. Nanaïa devait être en vie, sinon ils auraient trouvé son cadavre.

Pendant un moment, le ravin monta en se rétrécissant, puis s'élargit et redescendit. Il y eut un coude puis on déboucha dans un nouveau canyon orienté est-ouest dont la largeur n'excédait pas quelques centaines de pieds. Les traces de sang le traversaient jusqu'à la paroi sud et, là, s'arrêtaient.

– Ces chiens de Kushafi ne mentaient pas, grogna Tubal. La piste s'arrête au pied d'une falaise que seul un oiseau pourrait franchir.

Conan fit halte, perplexe. Ils avaient laissé derrière eux l'antique route de la gorge des Fantômes, mais il n'y avait pas à douter que ce chemin fût celui par lequel les Sabatéens étaient venus. Il leva les yeux vers la falaise verticale et lisse qui s'élevait de plusieurs centaines de pieds. Lisse, à l'exception d'une corniche de deux pas de large sur quatre ou cinq de long, qui saillait à cinq mètres du sol. Il allait la dédaigner quand il avisa, à mi-hauteur, une tache sombre sur la roche.

Il déroula sa corde et projeta le grappin vers la corniche. Après s'être assuré que le fer était solidement ancré dans le roc, il s'éleva le long du câble mince avec l'aisance du commun des mortels sur une échelle. Il vit que la tache était bien, comme il le pensait, du sang séché; elle avait pu être laissée par un blessé se hissant ou se faisant hisser jusqu'à la corniche.

En bas, Tubal se haussait du col, allant nerveusement de long en large, comme pour s'assurer que la saillie ne grouillait pas d'invisibles assassins. Mais la langue de pierre était déserte lorsque Conan en franchit le rebord.

La première chose qu'il vit fut un lourd anneau de bronze scellé dans la muraille et invisible d'en bas. Le métal en était poli par l'usage. Les marques de sang, abondantes sur le rebord de la corniche, la traversaient jusqu'à la paroi. Conan remarqua alors, à hauteur de poitrine sur cette paroi, des empreintes de doigts sanglants. Après avoir étudié les infimes fissures de la roche, il apposa la main sur l'empreinte et exerça une poussée. Une portion de la paroi s'effaça doucement vers l'intérieur. Il plongea le regard dans un tunnel exigu dont les profondeurs étaient faiblement éclairées par le clair de lune.

Prudent comme un léopard en approche, il y pénétra. Il entendit alors le cri angoissé de Tubal à la vue duquel il avait paru se fondre dans la roche. Conan ressortit la tête et les épaules pour exhorter son ami au silence, puis il reprit ses investigations.

Ce tunnel était court; son autre extrémité, éclairée par la lune, s'ouvrait sur une fissure. Cette faille continuait en ligne droite sur une trentaine de mètres, puis tournait abruptement. La porte par laquelle Conan venait d'entrer était une dalle irrégulière montée sur de forts gonds de bronze. Elle se logeait parfaitement dans l'ouverture, et sa forme irrégulière conférait au joint l'aspect de fissures naturelles du rocher.

Une échelle de cuir grossier était enroulée à l'entrée du tunnel. Conan la transporta sur la corniche, l'assura à l'anneau de bronze et la laissa tomber à l'intention de Tubal. Puis, tandis que celui-ci l'escaladait avec fougue, il remonta sa propre corde et la réenroula autour de sa taille.

Tubal, lorsqu'il comprit le mystère de la piste aveugle, se mit à proférer de curieux jurons shémites.

– Mais pourquoi cette porte n'était-elle pas verrouillée de l'intérieur? demanda-t-il.

– Il est probable que des hommes y vont et viennent constamment, et puis il peut arriver qu'un homme pressé veuille entrer rapidement sans avoir à héler un portier. D'ailleurs, elle avait peu de chances d'être découverte; sans ces traces de sang, nous serions passés à côté sans rien remarquer.

Tubal était d'avis de foncer sans perdre de temps dans la faille, mais Conan était devenu plus pondéré. Il n'avait pas vu trace d'une sentinelle, mais il ne pensait pas qu'un peuple dissimulant avec tant d'ingéniosité l'entrée de son territoire la laisserait sans surveillance.

Il lova l'échelle de corde et la remit à sa place. Puis il referma la porte, plongeant ainsi cette extrémité du tunnel dans l'obscurité, ordonna au réticent Tubal de l'attendre, et se dirigea vers la faille.

A des centaines de mètres au-dessus de sa tête, les crêtes de la crevasse dentelaient une fine bande de ciel étoilé. Le clair de lune s'y glissait suffisamment pour les yeux de chat du barbare.

Il n'avait pas encore atteint le coude lorsqu'un bruit de pas lui parvint. Il venait à peine de se jeter derrière une avancée rocheuse, quand la sentinelle survint. L'homme avait la démarche tranquille de celui qui accomplit une tache de routine. C'était un Khitaï trapu, la face comme un masque de cuivre. Il marchait en chaloupant comme le cavalier qu'il était, traînant derrière lui un javelot.

Il dépassait la cachette de Conan, quand, averti par quelque instinct, il pivota et brandit son arme. Mais déjà le Cimmérien, d'une détente de ses muscles d'acier, était sur lui. Son cimeterre s'abattit, et le Khitaï s'écroula comme un bœuf, le crâne fendu comme un melon trop mûr.

Conan se figea, le temps d'inspecter le passage. Comme il n'entendait aucun bruit suspect, il émit un léger sifflement. Tubal vint aussitôt le rejoindre. Il eut un grognement à la vue du cadavre.

Conan se baissa pour retrousser la lèvre supérieure du Khitaï, découvrant ses canines limées en pointes acérées.

– Encore un fils d'Erlik, le dieu jaune de la mort. Qui sait s'il y en a d'autres dans ce défilé? Cachons-le là, derrière ces rochers.

Au delà du virage, l'étroite faille était déserte jusqu'au détour suivant. Au fur et à mesure qu'ils progressaient, Conan était de plus en plus certain que le Khitaï était la seule sentinelle postée dans le défilé.

Le ciel commençait à pâlir lorsque enfin ils débouchèrent en terrain ouvert. Ici la faille faisait place à un chaos de roches brisées, grand espace découvert d'où partaient une douzaine de petites gorges, telles les ramifications d'un fleuve à son delta. Dans la lumière spectrale précédant l'aube, pitons et tourelles de roche noire semblaient autant de fantômes.

Après avoir longuement serpenté entre ces sinistres sentinelles, les deux compagnons aboutirent sur un petit plateau de roche lisse qui s'étendait jusqu'au pied d'une falaise, à trois cents pas de là. La piste qu'ils avaient suivie, érodée par maints passages, traversait le plateau puis sinuait à l'assaut de la falaise par des rampes taillées dans le roc. Mais rien ne trahissait ce qui pouvait se trouver au sommet. La paroi s'étirait sur la gauche et sur la droite, flanquée de pitons à demi écroulés.

– Que fait-on, Conan?

Dans cette lumière grise, le Shémite semblait un esprit de la montagne surpris par le jour loin de sa caverne.

– Je pense qu'il faut approcher pour... Ecoute!

A travers les collines se répercuta l'assourdissant grondement qu'ils avaient entendu la veille, mais il était cette fois beaucoup plus proche.

– Tu crois qu'on nous a aperçus? demanda Tubal en tripotant la poignée de son coutelas.

Conan haussa les épaules.

– Qu'on nous ait aperçus ou non, il convient que nous-mêmes jetions un coup d'œil avant de monter là-haut. Viens par là.

Il montrait un rocher désolé qui s'élevait comme une tour au-dessus de ses semblables de moindre importance. Les deux hommes le gravirent prestement, en ayant soin d'en garder la masse entre eux et la falaise. Le sommet du rocher était plus élevé que celle-ci. Couchés à l'abri d'un éperon, ils dardèrent le regard à travers la brume rosâtre de l'aube.

– Par Ptéor! jura Tubal.

De là-haut, la falaise se révélait être le bord d'une

gigantesque mesa qui dominait de cent vingt à cent cinquante mètres le terrain environnant. Ses bords à pic paraissaient impossibles à escalader, hormis la piste qui y avait été découpée. A l'est, au nord et à l'ouest, elle était ceinturée de pitons désagrégés qui parsemaient le fond du canyon dont la largeur variait de trois cents pas à un quart de lieue. Au sud, le plateau était adossé à une gigantesque montagne dont les pics lugubres dominaient le reste du massif.

Mais les deux hommes s'intéressaient à tout autre chose qu'à la configuration géographique de l'endroit. Conan avait pensé qu'au bout de la piste sanglante, il trouverait un rendez-vous de quelque sorte, des tentes de cuir, une caverne, ou même un village en pisé perché sur le flanc d'une colline. Au lieu de cela, il découvrait une ville dont les dômes et les tourelles luisaient dans le petit matin comme quelque cité magique arrachée à une terre de légende et plantée dans ce paysage désolé.

– La ville des démons! gémit Tubal. Tout cela est enchantement et sorcellerie!

Et il se mit à claquer ses doigts pour tenir à l'écart les esprits maléfiques.

La mesa était ovale et mesurait une demi-lieue du nord au sud et un peu moins d'un quart de lieue d'est en ouest. La cité, située sur son extrémité sud, se découpait sur le fond de la sombre montagne. Un imposant édifice dont le dôme violet était rehaussé d'or dominait les maisons de pierre au toit plat et les bouquets d'arbres.

Dans les veines de Conan, le sang cimmérien réagissait violemment à l'aspect insolite de ce paysage d'escarpements noirs, sinistres, au milieu duquel nichaient des masses de verdure et des constructions aux couleurs chatoyantes. Cela suscitait en lui de sombres pressentiments. L'éclat même de ce dôme violacé et or avait quelque chose d'un mauvais augure. Les dentelures de roc noir constituaient après tout l'écrin qui convenait à cette ville. On eût dit quelque antique cité, pleine de mystères démoniaques, se dressant dans toute sa maléfique splendeur au milieu de la décadence et des ruines.

– C'est sûrement la forteresse de Ceux Qui Se Cachent, fit Conan. Qui aurait imaginé qu'une telle ville se trouvait dans un pays aussi désertique?

– On ne va tout de même pas s'en prendre à toute une ville? grommela Tubal.

Conan redevint silencieux et se mit à étudier le paysage. La ville n'était pas aussi importante qu'elle lui était apparue au premier coup d'œil. Elle était compacte, mais non fortifiée; un parapet qui suivait le rebord du plateau était son seul rempart. Les maisons à deux ou trois étages étaient entourées d'étonnants bosquets et jardins – étonnants car le plateau paraissait n'être constitué que d'un seul bloc rocheux, dépourvu de terre arable. Il prit une décision et dit :

– Tubal, tu vas retourner à notre campement dans la gorge des Fantômes, prendre les chevaux et gagner Kushaf. Tu vas dire à Balash que j'ai besoin de toutes ses épées, et ramener avec toi Kozaki et Kushafi. Vous vous établirez dans ces défilés en attendant un signal de moi ou la nouvelle de ma mort.

– Que Ptéor dévore Balash! Que comptes-tu faire?

– Je vais m'introduire dans la ville.

– Tu es cinglé!

– N'aie aucune inquiétude, ami. C'est le seul moyen de récupérer Nanaïa vivante. Par la suite nous pourrons songer à attaquer la ville. Si je m'en tire, je te retrouve ici; sinon, toi et Balash vous n'aurez qu'à agir à votre idée.

– Pourquoi t'intéresses-tu à ce repaire de démons?

Les yeux de Conan s'amincirent.

– Je veux en faire le centre d'un empire. Nous ne pouvons rester en Iranistan, ni retourner en Turan. Entre mes mains, qui sait ce qu'il serait possible de faire de cet endroit imprenable? A présent, mets-toi en route.

– Balash ne me porte pas dans son cœur. Il va me cracher à la tête, je vais le tuer et ses chiens m'égorgeront.

– Il ne va rien faire de ce genre.

– Il ne voudra pas venir.

– A mon appel, il traverserait les enfers.

– Ses hommes alors ne viendront pas; ils craignent les démons.

– Ils viendront quand tu leur diras que ces démons ne sont que des hommes.

Tubal se tirailla un moment la barbe, puis finit par formuler sa vraie objection à laisser Conan seul.

– Le goret qui règne sur cette ville va t'écorcher vif!

– Non, je vais jouer de ruse. Je vais me prétendre un hors-la-loi fuyant la colère du roi et cherchant un sanctuaire.

Tubal baissa pavillon. Sans cesser de grommeler dans sa barbe, il descendit du piton et se perdit bientôt dans le défilé. Dès qu'il fut hors de vue, Conan descendit à son tour et prit la direction de la falaise.

3. Ceux Qui Se Cachent

Conan atteignit le pied de la falaise et commença de gravir le chemin escarpé, sans avoir vu âme qui vive. La piste sinuait interminablement en une succession de rampes que de bas et larges murets séparaient du vide. Cela ne semblait pas avoir été l'œuvre des montagnards ilbarsi; c'était un travail très ancien et qui paraissait aussi solide que la montagne elle-même.

Sur les derniers dix mètres, la rampe faisait place à une volée de marches très abruptes, creusées dans le roc. Toujours personne pour barrer le chemin à Conan. Il suivit une ligne de fortifications basses qui longeait le rebord de la mesa, et arriva enfin en vue de sept hommes accroupis autour d'un jeu.

Au bruit du gravier sous les bottes de Conan, ils bondirent tous les sept. Il s'agissait de Zuagirs, des Shémites du désert, guerriers minces, au nez busqué, qui portaient sur la tête de légères kaffias et à la taille dagues et cimeterres. Ils se saisirent des javelots qu'ils avaient posés près d'eux, et prirent la position du tir.

Conan ne fit montre d'aucune surprise. Il s'arrêta pour les considérer tranquillement. Les Zuagirs, aussi désorientés que des chats sauvages à l'accul, se contentaient de lui retourner son regard.

– Conan! s'exclama enfin le plus grand, l'œil enflammé par la crainte et le soupçon. Que fais-tu ici?

Conan les toisa un à un et répondit :

– Je cherche votre maître.

Cela ne parut pas les rasséréner. Ils se concertèrent à voix basse, sans cesser de balancer leurs javelots d'avant en arrière, comme pour ajuster le tir. Puis la voix du plus grand s'éleva de nouveau :

– Vous caquetez comme des poules! dit-il à ses camarades. La chose est claire : nous étions en train de jouer, et nous ne l'avons pas entendu venir. Nous avons manqué à notre devoir. Si on l'apprend, nous serons punis. Il n'y a qu'à le tuer et le jeter du haut de la falaise.

– C'est ça, approuva Conan. Ne vous gênez pas. Et quand votre maître demandera : « Où est donc Conan qui m'apportait d'importantes nouvelles? », vous lui direz : « Vous voyez, vous ne nous aviez pas avertis à son sujet, alors nous l'avons tué, et que cela vous serve de leçon! »

L'ironie les cingla. L'un d'eux gronda :

– Embrochons-le. Personne n'en saura rien.

– Non! Si nous ne le descendons pas au premier jet, il sera sur nous comme le loup sur les agneaux.

– On n'a qu'à se saisir de lui et lui couper la gorge! suggéra le plus jeune.

Les autres lui jetèrent un regard meurtrier, et il recula, honteux.

– Allez-y, coupez-moi la gorge, grinça Conan en portant ostensiblement la main à son cimeterre. Il se pourrait même que l'un de vous s'en tire pour aller en faire le récit!

– Les couteaux ne font pas de bruit, fit encore le jeunot.

Il fut récompensé d'un pied de javelot dans l'abdomen qui le plia en deux, le souffle coupé. Ayant épanché un peu de leur hargne sur leur maladroit camarade, les Zuagirs se calmèrent. Le plus grand demanda à Conan :

– Tu es attendu?

– Autrement serais-je venu? L'agneau pose-t-il la tête sans qu'on l'en ait prié entre les mâchoires du lion?

– L'agneau! lança le Zuagir. Disons plutôt le loup gris aux crocs ensanglantés.

– Si du sang a été répandu, c'est celui d'imbéciles qui ont désobéi à leur maître. La nuit dernière, dans la gorge des Fantômes...

– Par Hanuman! Est-ce bien toi que ces idiots de Sabatéens ont attaqué? Ils ont raconté qu'ils avaient tué un marchand vendhyen et ses valets.

Cela expliquait la négligence des sentinelles! Pour quelque raison les Sabatéens avaient menti sur l'issue du combat, et les gardiens de la route n'avaient pas été mis en garde contre d'éventuels poursuivants.

– Aucun d'entre vous n'en était? demanda Conan.

– Est-ce que nous boitons? Est-ce que nous perdons notre sang? Est-ce que la fatigue et les blessures nous arrachent des plaintes? Que non, nous n'avons pas combattu Conan!

– Alors ayez donc la sagesse de ne pas commettre la même erreur qu'eux. Avez-vous l'intention de me conduire auprès de celui qui m'attend, ou bien préférez-vous jeter des excréments dans sa barbe en méprisant ses ordres?

– Aux dieux ne plaise! s'écria le grand Zuagir. Nous n'avons reçu aucun ordre te concernant. Mais si tu mens, notre maître te fera mourir; si tu dis la vérité, on ne pourra nous blâmer. Dépose tes armes, et nous te conduisons auprès de lui.

Conan posa ses armes sur le sol. En temps normal, il eût combattu jusqu'à la mort plutôt que de se laisser désarmer, mais là, il pariait sur un énorme enjeu. Le chef redressa le jeune Zuagir d'un coup de pied dans l'arrière-train, lui commanda de surveiller l'escalier comme si sa vie en dépendait, puis il aboya ses ordres aux autres.

Ils vinrent entourer le Cimmérien désarmé; celui-ci sentait que l'envie les démangeait de lui planter un couteau dans le dos. Mais il venait de semer le doute dans leur esprit primitif, aussi n'osaient-ils pas frapper.

Ils partirent sur la large route qui menait à la ville. L'air de rien, Conan demanda :

– Les Sabatéens sont arrivés en ville juste avant le lever du jour?

– Ouais! lui répondit-on avec brusquerie.

– Ils n'allaient pas vite, poursuivit Conan, comme pour lui. Ils transportaient leurs blessés, et puis ils avaient la fille, leur prisonnière, à traîner.

– Eh bien, pour ce qui est de la fille..., commença un homme.

Le chef lui aboya l'ordre de la fermer et jeta un sinistre coup d'œil à Conan.

– Ne lui répondez pas. S'il se moque de vous, ne dites rien. Un serpent est moins rusé. Si nous bavardons avec lui, il va nous endormir avant qu'on atteigne Yanaidar.

Conan nota que le nom de la cité concordait avec la légende que lui avait dite Balash.

– Pourquoi vous défiez-vous de moi? fit-il. Ne suis-je pas venu à vous les mains ouvertes?

– C'est ça! s'esclaffa sans joie le Zuagir. Un jour, je t'ai vu te présenter mains ouvertes aux maîtres hyrkaniens de Khorusun, mais lorsque tu as refermé tes mains, dans les rues le sang a coulé à flots. Non, Conan, je te connais depuis longtemps, depuis l'époque où tu menais tes brigands sur les steppes de Turan. Je suis peut-être moins rusé que toi, mais je sais retenir ma langue. Tes belles paroles ne m'aveuglent pas. Je ne parlerai pas, et si un de mes hommes te répond, je lui enfonce le crâne.

– Il me semblait te connaître, dit Conan. Tu es Antar, fils de Hadi. Tu étais un valeureux combattant.

A cette louange, la face du Zuagir s'éclaira. Puis il se ressaisit, se renfrogna, adressa un juron à un de ses hommes, trop débonnaire à son goût, et prit d'un pas martial les devants du cortège.

Conan allait avec l'allure de celui qu'entoure une garde d'honneur, et ce maintien ne laissait pas d'impressionner les Zuagirs. Arrivés aux premières maisons, ils avaient le javelot à l'épaule au lieu de le braquer, comme au départ, sur le Cimmérien.

A l'approche de Yanaidar, les plantations révélèrent leur secret. On avait empli de terre, laborieusement apportée de vallées lointaines, les maintes cuvettes qui parsemaient le plateau. Un système élaboré de canaux d'irrigation partant de quelque réserve naturelle proche du centre de la ville parcourait les jardins. Abrité par un anneau montagneux, le plateau devait jouir d'un climat remarquablement clément pour cette altitude.

Après avoir longé de vastes vergers, la route pénétra dans la cité proprement dite. De part et d'autre de la large rue pavée, se succédaient des maisons de pierre au toit en terrasse, chacune adossée à une parcelle de verdure. A l'autre bout de la rue, commençait une petite plaine ravinée, séparant la cité de la montagne. La mesa était comme une immense corniche jaillie de la pente abrupte.

Des hommes qui travaillaient dans les jardins ou flânaient dans la rue regardaient passer les Zuagirs et leur prisonnier. Conan reconnaissait des Iranistaniens, des Hyrkaniens, des Shémites, et même quelques Vendhyens et deux ou trois Noirs kushites. Mais pas un Ilbarsi; de toute évidence, cette population cosmopolite n'avait aucun rapport avec les montagnards indigènes.

La rue s'élargit sur un souk terminé au sud par un mur qui entourait le palais et son magnifique dôme.

Nul garde devant le portail massif, sinon un Noir habillé de couleurs vives qui s'inclina profondément et ouvrit les lourds vantaux. Conan et son escorte entrèrent dans une vaste cour pavée de dalles de couleur, au centre de laquelle bruissait une fontaine entourée de pigeons. A l'est et à l'ouest, la cour était close de murs intérieurs pardessus lesquels on apercevait encore le feuillage d'autres jardins. Conan remarqua une tour élancée, aussi haute que le dôme, dont les parois carrelées brillaient au soleil.

Les Zuagirs traversèrent la cour jusqu'au portique du palais où semblait les attendre une escouade d'une trentaine d'Hyrkaniens, resplendissant avec leurs casques d'acier argenté, leurs plumets, leurs tuniques brodées, leurs boucliers en cuir de rhinocéros et leurs cimeterres rehaussés d'or. Leur capitaine, un homme au visage de rapace, conversa brièvement avec Antar, fils de Hadi. A leurs façons, Conan comprit qu'aucun amour n'était gaspillé entre les deux hommes.

Ensuite, le capitaine, que les autres appelaient Zahak, fit un geste de sa fine main jaunâtre, et Conan se trouva aussitôt entouré d'une douzaine d'Hyrkaniens étincelants qui l'escortèrent le long des larges degrés de marbre et sous le portique dont les portes étaient ouvertes. Les Zuagirs, l'air mécontent, leur emboîtèrent le pas.

Ils traversèrent de spacieuses galeries faiblement

éclairées dont les voûtes gaufrées supportaient des brûleurs d'encens. De part et d'autre, des tentures masquaient de secrètes alcôves. D'impalpables menaces semblaient tapies au long de ces somptueuses et sombres galeries.

Ils arrivaient maintenant dans une vaste antichambre et se dirigeaient vers une porte de bronze à double vantail. Elle était flanquée de deux plantons en tenue chamarrée qui conservèrent une impassibilité de statue tandis que les Hyrkaniens et leur prisonnier – ou leur hôte – franchissaient le seuil pour entrer dans une salle semi-circulaire. Là, des tentures couvraient tous les murs, masquant toute ouverture possible, hormis celle qu'ils venaient d'emprunter. Des lampes de métal jaune pendaient de l'immense voûte gaufrée d'or et d'ébène.

Face au grand portail, se trouvait un dais de marbre sur lequel, sous un ciel de velours, était posée une grande chaise, ouvragée et tarabiscotée en manière de trône. Au milieu des coussins de satin qui la parsemaient, une silhouette mince, vêtue d'une robe cousue de perles, y était assise. Sur son turban rose luisait une broche d'or qui représentait un poing brandissant une lame sinueuse. Le personnage avait le visage ovale, légèrement hâlé, et prolongé d'une barbiche pointue. Conan se dit qu'il devait être originaire de l'Orient, de la Vendhya ou du Kosala. Ses yeux sombres fixaient un morceau de cristal taillé, posé devant lui sur un piédestal; l'objet, de la taille d'un poing, avait une forme sphérique mais présentait des facettes, comme une pierre précieuse. Il brillait avec une intensité qui ne devait rien aux lampes de la salle du trône, comme si quelque feu mystique couvait dans ses profondeurs.

De chaque côté du trône, se tenait un géant kushite. Les deux colosses, statues de basalte noir, étaient nus à l'exception de sandales, et d'un linge autour des reins; ils tenaient chacun un tulwar de bataille à large lame.

– Qui est-ce? fit l'homme en hyrkanien et d'une voix molle.

– Conan le Cimmérien, seigneur! annonça Zahak d'un air important.

Les yeux sombres s'allumèrent, intéressés, puis se plissèrent, soupçonneux.

– Comment a-t-il pu venir à Yanaidar sans se faire annoncer?

– Les chiens zuagirs qui gardent l'escalier disent qu'il s'est présenté à eux en jurant que le magus des fils de Yezm l'avait demandé.

A ce titre, Conan se raidit et se mit à fixer la face ovale avec une intensité accrue. Mais il ne dit rien. Il y avait un temps pour le silence comme il y en avait un pour les discours audacieux. La suite des événements dépendait de ce qu'allait dire le magus. Peut-être allait-il décider qu'il n'était qu'un imposteur, et le condamner. Mais Conan s'en remettait à l'idée qu'aucun souverain ne le ferait tuer sans d'abord essayer d'en apprendre plus sur son compte, et au fait que bien peu de souverains ont entièrement confiance en leur entourage.

Au bout d'un moment, le magus déclara :

– Telle est la règle de Yanaidar : nul n'a le droit de monter l'escalier sans avoir fait le signal afin d'avertir les gardiens. S'il ne connaît pas le signal, il doit s'entretenir avec le gardien de la porte. Conan n'a pas été annoncé. Il n'a pas appelé le gardien de la porte. A-t-il fait le signal, au bas de l'escalier?

Antar, mouillé de sueur, jeta un coup d'œil venimeux à Conan et répondit d'une voix pleine d'appréhension :

– Le garde de la crevasse ne nous a pas alertés. Bien que nous fussions aussi vigilants que l'aigle, Conan était déjà en haut de l'escalier quand nous l'avons vu. C'est un magicien qui peut se rendre invisible selon son gré. Nous avons su qu'il disait la vérité en prétendant que vous l'aviez demandé, sinon il n'aurait pu trouver la voie secrète...

La transpiration emperlait le front étroit du Zuagir. Le personnage qui se trouvait sur le trône paraissait ne pas l'entendre. Zahak gifla sauvagement Antar.

– Chien! tu te tais tant que le magus n'a pas demandé à t'entendre!

La barbe inondée de sang, Antar jeta un regard meurtrier à l'Hyrkanien, mais il ne dit rien.

– Emmène les Zuagirs, dit le magus avec un geste fatigué. Qu'ils restent sous surveillance jusqu'à nouvel ordre. Même si un homme est attendu, les gardes ne doivent pas se laisser surprendre. Conan ne connaissait pas le signal, et il a néanmoins gravi l'escalier sans encombre. S'ils avaient été vigilants, pas même Conan n'y serait parvenu. Il n'a rien d'un enchanteur. Tu peux aller. Je vais m'entretenir seul à seul avec lui.

Zahak s'inclina et s'en fut, accompagné de ses guerriers chamarrés qui serraient de près les Zuagirs. Ceux-ci, en passant près de Conan, lui adressèrent un regard chargé de haine. La petite troupe passa entre les deux files de gardes dressés de part et d'autre de la porte, et sortit.

Le magus s'adressa en iranistanien à Conan :

– Parle librement. Ces hommes noirs n'entendent pas cette langue.

Avant de répondre, Conan poussa un divan face

au dais, et s'y installa confortablement, les pieds posés sur un tabouret recouvert de velours. Le magus ne parut pas s'étonner que son visiteur s'assît sans qu'il l'en eût prié. Ses premières paroles révélèrent qu'il avait souvent eu à faire avec ceux du Ponant et qu'il avait adopté quelque chose de leurs manières directes.

– Je ne t'ai jamais mandé.

– Non, bien sûr. Mais j'avais le choix entre mentir à ces idiots, ou les massacrer.

– Que viens-tu chercher ici?

– Que vient-on chercher dans un repaire de hors-la-loi?

– On pourrait y venir en tant qu'espion.

Conan éclata d'un rire sonore.

– Et pour qui?

– Qui t'a indiqué la route?

– J'ai suivi les vautours; ils me conduisent toujours à mon objectif.

– Pardi! tu les as si bien gavés. Qu'en est-il du Khitaï qui gardait la faille?

– Mort; il n'a pas voulu entendre raison.

– Il serait plus juste de dire que les vautours te suivent, commenta le magus. Pourquoi ne m'as-tu pas averti de ta venue?

– Par qui l'aurais-je pu? La nuit dernière, dans la gorge des Fantômes, les tiens sont tombés sur mes compagnons, en ont égorgé un, enlevé un autre. Le quatrième a pris peur et s'est enfui. C'est pourquoi je suis venu seul, dès que la lune s'est levée.

– Ces hommes sont des Sabatéens dont le rôle est de surveiller la gorge des Fantômes. Ils ignoraient que tu me cherchais. Ils sont arrivés ici au lever du jour, l'un mourant, les autres blessés pour la plupart. Ils ont juré avoir tué un riche marchand et ses valets. De toute évidence, ils ont craint d'avouer qu'ils avaient fui en te laissant la vie. Ils vont payer pour ce mensonge. Mais tu ne m'as pas encore dit la raison de ta venue.

– Je suis venu me réfugier. Le roi d'Iranistan et moi sommes brouillés.

Le magus haussa les épaules.

– Je sais cela. Kobad Shah n'est pas près de t'inquiéter, s'il voulut jamais le faire. Il a été blessé par un de nos agents. En revanche, le détachement qu'il a envoyé à tes trousses est toujours sur ta piste.

Conan sentit courir au long de son échine le frisson glacé que lui valait toujours l'évidence d'une sorcellerie.

– Crom! Comment peux-tu avoir des nouvelles aussi fraîches?

Le magus, d'un imperceptible mouvement du menton, désigna le bloc de cristal.

– Ce n'est qu'un jouet, mais non sans utilité. Nous avons jalousement gardé notre secret. Par conséquent, si tu connais l'existence de Yanaidar et de la route qui y conduit, c'est qu'un membre de la Fraternité t'en a instruit. Est-ce le Tigre qui t'envoie?

Conan sentit le piège.

– Je ne connais aucun Tigre, répondit-il. Je n'ai pas besoin que l'on me confie des secrets; je les évente par moi-même. Je suis venu ici parce que je dois me cacher. Je suis en disgrâce à Anshan; quant aux Turaniens, ils m'empaleraient avec joie s'ils me capturaient.

Le magus dit quelque chose en stygien. Conan, sachant qu'il n'avait pas sans raison changé de langue, feignit de ne pas comprendre.

Puis le magus s'adressa à un de ses cerbères noirs qui prit à sa ceinture un marteau d'argent et alla en frapper un gong suspendu près d'une tenture. L'écho ne s'était pas encore éteint lorsque la grande porte de bronze s'entrouvrit suffisamment pour laisser passer un homme mince en robe de soie – un Stygien à en juger par sa tête rasée – qui vint se prosterner devant le dais. Le magus l'appela Khaza et le questionna dans la langue qu'il venait de tester sur Conan. Khaza répondit dans le même vocable.

– Connais-tu cet homme ? demanda le magus.

– Oui, seigneur.

– Nos espions le mentionnent-ils dans leurs rapports ?

– Oui, seigneur. La dernière dépêche venant d'Anshan y faisait allusion. Le soir où votre serviteur a tenté d'assassiner le roi, cet homme, environ une heure avant, a eu un entretien secret avec le souverain. Après avoir quitté en hâte le palais, il s'est enfui de la cité avec ses trois cents cavaliers. La dernière fois qu'on l'a vu, il chevauchait sur la route de Kushaf. Il était poursuivi par des cavaliers d'Anshan, mais j'ignore si ceux-ci ont abandonné la chasse ou s'ils le cherchent toujours.

– Tu peux te retirer.

Khaza s'inclina et s'en fut. Le magus resta un moment silencieux, puis il leva la tête et dit :

– Je pense que tu dis la vérité. Fuyant Anshan, tu as gagné Kushaf où nul ami du roi ne serait le bienvenu. Ton inimitié pour les Turaniens est bien connue. Nous avons besoin d'un homme tel que toi. Mais je ne peux rien te dire de plus avant que le Tigre ne te rencontre. Il n'est pas à Yanaidar pour l'instant, mais il arrivera demain à l'aube. En attendant, j'aimerais que tu me dises comment tu as appris l'existence de notre cité et de notre société.

Conan eut un haussement d'épaules.

– J'entends les secrets que chante la brise dans les branches mortes des tamaris, et les histoires que se chuchotent les nomades autour des feux de tourbe.

– Et tu connais notre but? Nos ambitions?

Allant à l'aveuglette, Conan se bornait à des réponses ambiguës.

– Je sais quel nom vous vous donnez.

– Sais-tu ce que signifie mon titre? demanda le magus.

– Magus des fils de Yezm – magicien en chef des Yezmites. En Turan on dit que les Yezmites étaient une race pré-catastrophique qui vivait sur les bords de la mer de Vilayet et sacrifiait à d'étranges rites où se mêlaient sorcellerie et cannibalisme, avant la venue des Hyrkaniens qui en effacèrent les derniers vestiges.

– C'est ce que l'on dit, fit le magus d'un ton méprisant. Mais leurs descendants habitent toujours dans les collines de Shem.

– Je n'en suis pas surpris, dit Conan. J'ai entendu des histoires sur leur compte, mais jusqu'à présent je n'y voyais rien de plus que des légendes.

– Pardi! Le monde les qualifie de légendes. Pourtant, depuis le commencement des temps, jamais le feu de Yezm ne s'est complètement éteint, bien que pendant des siècles il ait couvé comme braises rougeoyantes. La société de Ceux Qui Se Cachent est le plus ancien de tous les cultes. Il se trouve derrière la religion de Mitra, d'Ishtar et d'Asura. Il ne s'arrête à aucune différence de race ou de croyance. Dans l'ancien temps, ses diverses branches s'étendaient sur toute la terre, du Grondar jusqu'en Valusia. Des hommes de toutes contrées et de toutes races appartiennent ou ont appartenu à la société de Ceux Qui Se Cachent. Jadis, les Yezmites ne formaient qu'une seule de ces branches, bien que les prêtres du culte fussent choisis parmi eux.

» Au lendemain de la catastrophe, le culte s'est reconstitué. En Stygie, en Achéron, en Koth, en Zamora se trouvaient des fidèles, enveloppés de mystère et seulement à demi suspectés par les races au sein desquelles ils vivaient. Mais, au fil des millénaires, ces groupes, du fait de leur isolement, se sont séparés; chacune de ces branches a suivi alors sa propre voie, perdant peu à peu de sa vigueur à cause du manque d'unité.

» Jadis, Ceux Qui Se Cachent faisaient basculer des empires. Ils ne menaient pas les armées au combat, mais utilisaient le poison et le feu, et le kriss qui frappe dans l'ombre. Leurs émissaires vêtus du manteau écarlate allaient porter la mort selon le bon plaisir du magus des fils de Yezm, et des monarques mouraient à Luxur, Python, Kuthchémes et Dagon.

» Et je suis le descendant de celui qui était magus de Yezm au temps de Tuthamon, celui qui était craint du monde entier! (Une lueur fanatique alluma les yeux sombres du magus.) Durant toute ma jeunesse, j'ai rêvé de la grandeur passée de ce culte auquel j'avais été initié dès le plus jeune âge. Les richesses que me procuraient les mines situées sur mes terres firent de ce rêve une réalité. Virata de Kosala devint le magus des fils de Yezm, premier à porter ce titre depuis cinq siècles.

» La foi de Ceux Qui Se Cachent est vaste et profonde comme la mer; elle réunit des hommes appartenant à des sectes opposées. J'ai rassemblé les branches divergentes du culte : les Zugites, les Jhilites, les Erlikites, les Yezudites. Mes émissaires sont partis à travers le monde à la recherche des membres de la très ancienne société, et ils les ont retrouvés parmi la foule de villes surpeuplées, au milieu de montagnes désolées, dans le silence de plateaux désertiques. Lentement, sûrement, mes fidèles ont crû en nombre, car si j'ai réuni les différentes branches du culte, j'ai également trouvé de nouvelles recrues parmi les esprits hardis ou éperdus d'une foule de races et de sectes. Tous ne font qu'un devant le feu de Yezm; je compte parmi mes fidèles, des adorateurs de Gullah, Set et Mitra, de Derketo, Ishtar et Yun.

» Il y a dix ans, accompagné de mes fidèles, je suis venu dans cette ville qui n'était alors que ruines inconnues des montagnards dont les légendes leur faisaient éviter cette contrée. Les constructions n'étaient qu'éboulis, les canaux étaient pleins de décombres, et les plantations étaient devenues une jungle dégénérée. Il fallut six années pour tout reconstruire. La plus grande partie de ma fortune y fut engloutie, car on dut apporter les matériaux dans le plus grand secret, tâche pénible et dangereuse. Nous avons tout fait venir d'Iranistan, par une ancienne piste caravanière qui arrive du Sud, et par une rampe qui se trouvait sur la face occidentale du plateau et que j'ai depuis détruite. Enfin vint le jour où je pus contempler Yanaidar telle qu'elle avait été.

» Viens voir!

Le magus s'était levé. Il fit signe à Conan de le suivre. Les géants noirs l'encadrèrent tandis qu'il allait à une alcôve masquée par une tenture. Conan leur emboîta le pas. Le fond de l'alcôve s'ouvrait sur un balcon surplombant un jardin enclos d'un mur de cinq mètres de haut. Cette muraille était presque entièrement dissimulée par d'épais buissons. Une fragrance exotique montait des arbres, des massifs et des fleurs; des fontaines argentées bruissaient doucement. Conan vit des femmes évoluer entre les arbres, de minces jeunes filles, pour la plupart vendhyennes, iranistaniennes et shémites, vêtues de soies vaporeuses et de velours rehaussés de pierres précieuses. Des hommes, qui paraissaient drogués, étaient allongés au pied des arbres sur de soyeux coussins. Une douce musique semblait venir de nulle part.

– Ceci est le jardin du paradis, tel que l'utilisaient les magi de l'ancien temps, expliqua Virata en repartant vers son trône. Ceux qui me servent bien peuvent boire le jus du lotus violet. Ainsi drogués, ils s'éveillent en ce jardin, servis par les plus belles femmes qui soient, et ils croient véritablement goûter aux délices promis à ceux qui meurent au service du magus. (Il eut un fin sourire.) Je te montre cela car, contrairement à eux, je ne te ferai pas « goûter au paradis ». Tu n'es pas à ce point idiot que je puisse te duper si facilement. La connaissance de ce secret ne peut en rien te nuire. Si le Tigre ne t'agrée pas, cette connaissance mourra en même temps que toi, dans le cas contraire, tu n'as rien appris de plus que ce que doit de toute façon savoir un fils de la montagne.

» Tu peux monter très haut dans mon empire. Je vais devenir aussi puissant que mon ancêtre. Mes préparatifs ont duré six années; puis j'ai commencé à frapper. Au cours des derniers quatre ans, mes disciples se sont mis en route, armés de leur dague empoisonnée, ainsi qu'ils le faisaient jadis, ne connaissant d'autre loi que ma volonté, incorruptibles, invincibles, préférant la mort à la vie.

– Et votre ambition ultime?

– Ne l'as-tu point devinée?

Le magus avait presque chuchoté ces mots, les yeux agrandis et vides.

– Si, bien sûr, grommela Conan. Mais j'aimerais l'entendre de votre bouche.

– Je serai le maître du monde! Siégeant ici, à Yanaidar, je tiendrai ses rênes! Les rois sur leur trône ne seront que des pantins au bout de mes ficelles. Ceux qui me désobéiront mourront. Bientôt il n'y en aura plus un seul pour oser désobéir. Le pouvoir sera tout à moi. Le pouvoir! Par Yajur! Connais-tu plus grande chose?

En lui-même, Conan juxtaposait les prévisions du magus au rôle de ce mystérieux Tigre qui devait décider de son destin. En définitive, l'autorité de Virata ne semblait pas suprême.

– Où est Nanaïa? demanda Conan. Après avoir assassiné mon lieutenant, Hattusas, tes Sabatéens l'ont emmenée.

Virata eut une expression de surprise quelque peu surfaite.

– Je ne vois pas à qui tu fais allusion. Ils n'ont rapporté aucun prisonnier.

Conan était certain que l'autre mentait, mais il eût été inutile pour le moment d'insister. Il se figurait diverses raisons pour lesquelles Virata pouvait prétendre ne rien savoir de la fille, et toutes étaient inquiétantes.

Le magus adressa un geste au Noir qui alla une nouvelle fois frapper le gong. De nouveau Khaza parut et s'inclina.

– Khaza va te conduire à tes appartements, dit Virata. On t'y apportera à boire et à manger. Tu n'es pas prisonnier; personne ne va te surveiller. Mais je dois te demander de ne pas quitter tes appartements sans escorte. Mes hommes se méfient des étrangers, et tant que tu n'es pas initié...

Il interrompit sa phrase sur un silence plein de sous-entendus.

4. Le chant des épées

Conan suivit l'impassible Stygien. Ils ressortirent par le grand portail de bronze, longèrent des alignements de gardes chamarrés et s'engagèrent dans un étroit couloir qui partait de la galerie. Khaza entra enfin dans une chambre au plafond voûté en ivoire et bois de santal. Il n'y avait pas de fenêtre; air et lumière entraient par des ouvertures du dôme. Les murs étaient tendus de riches tapisseries; le sol était recouvert de tapis et de coussins.

Khaza se prosterna et, sans un mot, sortit en refermant derrière lui la porte de teck. Conan se laissa tomber sur un divan de velours. De sa vie pleine d'aventures sanglantes et périlleuses, c'était bien là la situation la plus bizarre où il se fût trouvé. Il se mit à penser sombrement au destin de Nanaïa.

Un bruit de pas lui arriva du couloir. Khaza entra suivi d'un immense Noir qui portait des plats chargés de mets et un pot de vin. Avant que Khaza eût refermé, Conan aperçut la pointe d'un casque dépassant de la tenture qui fermait une alcôve de l'autre côté du couloir. Ainsi Virata avait menti en affirmant qu'il ne serait pas surveillé, mais là-dessus Conan ne s'était fait aucune illusion.

– Du vin de Kyros, seigneur, et les mets les plus délectables, annonça le Stygien. Une jeune fille belle comme l'aurore va vous être envoyée pour votre plaisir.

– Bien, grogna Conan.

Khaza fit signe à l'esclave de poser les plats. Il

goûta lui-même chaque mets et but une longue gorgée de vin avant de sortir. Conan, aussi vigilant qu'un loup pris au piège, remarqua que le Stygien goûtait le vin en dernier et titubait légèrement en quittant la chambre. Dès que la porte se referma, il alla humer le contenu du cruchon. Intimement mêlé au bouquet du vin, si ténu que seul son odorat de barbare eût pu le déceler, il reconnut un parfum aromatique. Il s'agissait de l'extrait du lotus violet, originaire des marais du Sud de la Stygie, et capable de provoquer, selon la quantité, un profond sommeil de courte ou de longue durée. Le goûteur s'était dépêché de sortir avant de s'écrouler. Conan se demanda si Virata avait l'intention de l'envoyer au jardin du paradis.

Après avoir vérifié que les aliments n'avaient pas été également drogués, il se mit à manger avec entrain.

Il venait à peine de finir et considérait avidement le plateau comme s'il espérait y trouver encore quelque chose à se mettre sous la dent, quand la porte s'ouvrit de nouveau. Une silhouette gracile se glissa à l'intérieur, une fille qui portait un saroual de soie vaporeuse, une ceinture incrustée de pierreries et, sur les seins, deux cônes de métal jaune.

– Qui es-tu? grogna Conan.

La jeune fille eut un mouvement de recul, pâlissant sous son hâle.

– Oh, seigneur, ne me fais pas de mal! Je n'ai rien fait!

La peur agrandissait ses yeux sombres; ses paroles se chevauchaient, et elle battait l'air de ses doigts.

– Qui a parlé de te faire du mal? Je t'ai demandé qui tu étais.

– Je... je m'appelle Parusati.

– Comment as-tu abouti ici?

– Ils m'ont enlevée, seigneur, Ceux Qui Se Cachent, une nuit que je me promenais dans le jardin de mon père à Ayodhya. Par des chemins détournés, ils m'ont conduite ici, dans cette cité de démons, pour que je sois esclave avec les autres filles qu'ils capturent en Vendhya, en Iranistan et ailleurs. (Elle parlait de plus en plus vite.) Ce... cela fait un mois que je suis arrivée. J'ai failli en mourir de honte! Ils m'ont fouettée! J'ai vu des filles mourir sous la torture. Oh, quelle honte pour mon père, que sa fille soit devenue l'esclave des adorateurs du diable!

Conan ne dit rien, mais l'éclat ardent de ses yeux bleus était éloquent. Bien que sa carrière eût été une longue suite de tueries et de rapines, envers les femmes il avait toujours fait montre d'une sorte d'esprit chevaleresque, certes rude et barbare. Jusqu'à présent il avait joué avec l'idée de se joindre au culte de Virata – dans l'espoir d'en devenir le maître, en tuant au besoin tous ceux qui se seraient mis en travers de son chemin. Maintenant toute sa volonté se cristallisait sur la destruction de ce repaire de serpents et sa conversion à son propre usage. Mais Parusati continuait :

– Aujourd'hui, le maître des filles en a désigné une pour découvrir si tu avais une arme cachée sur toi. Elle devait te fouiller pendant que tu dormirais sous l'effet d'une drogue. Ensuite, à ton réveil, elle devait gagner ta confiance pour voir si tu as dit la vérité ou si tu es un espion. Et c'est moi qu'il a choisie. Je mourais de peur, et quand je t'ai trouvé éveillé, toutes mes résolutions ont fondu. Ne me tue pas!

Conan grogna. Il n'avait pas l'intention de toucher à un seul de ses cheveux, mais il décida de ne pas la rassurer tout de suite. Sa terreur pouvait être utile.

– Parusati, es-tu au courant d'une femme qui a été amenée ici, il y a peu, par un groupe de Sabatéens?

– Oui, seigneur! Ils l'ont amenée ici avec l'intention d'en faire une autre fille à plaisirs. Mais elle est forte et courageuse; quand ils l'ont remise aux gardes hyrkaniens, elle s'est débattue, elle a saisi une dague et tué le frère de Zahak. Alors celui-ci a demandé sa vie, et il est trop puissant pour que même Virata s'oppose à lui sur cette question.

– Ce qui explique que le magus ait menti au sujet de Nanaïa, marmonna Conan.

– Nanaïa a été jetée dans un cachot sous le palais, poursuivit la fille. Demain, elle sera remise à l'Hyrkanien pour qu'il la mette au supplice.

La face sombre du Cimmérien devint inquiétante.

– Tu vas me conduire cette nuit aux appartements de Zahak, dit-il, ses yeux plissés révélant un désir meurtrier.

– Impossible. Il dort parmi ses guerriers, tous combattants aguerris des steppes; ils seraient trop nombreux, même pour un homme aussi fort que toi, seigneur. Mais je peux te mener à Nanaïa.

– Que fais-tu du garde qui est dans le couloir?

– Il ne nous verra pas. Il a ordre de ne laisser entrer personne avant que je ressorte d'ici.

– Alors? Quelle est ton idée?

Conan se leva comme un tigre qui va se mettre en chasse. Parusati parut hésiter.

– Seigneur, est-ce que je comprends bien? Tu n'as pas l'intention de t'allier à ces monstres, mais de les détruire?

Conan eut un sourire farouche.

– Disons qu'il arrive toutes sortes d'accidents à ceux que je n'aime pas.

– En ce cas, me promets-tu de ne pas me faire de mal, et, si tu le peux, de me rendre ma liberté?

– Si je le peux. Ne perdons plus de temps en bavardages. Je te suis.

Parusati écarta une tapisserie sur le mur opposé à la porte, et manœuvra une des arabesques du lambris. Un panneau s'effaça, révélant un étroit escalier qui partait vers d'obscures profondeurs.

– Les maîtres croient que les esclaves ignorent leurs secrets, murmura-t-elle. Viens.

Elle s'engagea en premier dans l'escalier et referma le panneau après que Conan fut entré. Ils se retrouvèrent dans le noir; seuls quelques minces rais de lumière filtraient à travers le bois du panneau. Ils descendirent les degrés puis suivirent un tunnel exigu.

– Un Kshatriya qui préparait son évasion de Yanaidar m'a fait connaître ce passage secret, expliquait Parusati. Je devais m'enfuir avec lui. Nous y avons caché des vivres et des armes. Il a été pris et torturé, mais il est mort sans me trahir. Son épée est là.

Elle tâtonna dans une niche et en sortit une lame qu'elle remit à Conan.

Quelques instants plus tard, ils arrivèrent à une porte bardée de ferrures. Parusati tira Conan à elle, et lui montra une minuscule fente dans le bois. Y collant l'œil, il découvrit un large couloir dont une paroi comportait une unique porte d'ébène, curieusement ornée et pourvue de solides verrous, et l'autre un alignement de cellules fermées par des grilles. Le couloir, qui n'était pas très long, se terminait à son autre extrémité par une lourde porte. D'archaïques suspensions de bronze dispensaient une lumière douceâtre.

Devant une des cellules, se tenait un splendide Hyrkanien, en jaseran étincelant et casque à panache, le cimeterre au poing. Les doigts de Parusati se serrèrent sur le bras de Conan.

– Nanaïa est dans cette cellule, souffla-t-elle. Te sens-tu capable de tuer l'Hyrkanien? Ces hommes sont redoutables.

Avec un sinistre sourire, Conan testa l'équilibre de l'épée qu'elle venait de lui donner; c'était une longue lame en acier de Vendhya, légère mais pratiquement incassable. Conan ne s'attarda pas à expliquer qu'il maniait avec la même adresse les épées droites du Ponant, les cimeterres orientaux, les longs coutelas ilbarsi à courbe double, et les larges lames oblongues de Shem. Il ouvrit la porte secrète.

En mettant pied dans le couloir, il eut le temps de voir le visage de Nanaïa appuyé contre la grille, derrière le garde. Au grincement des gonds, celui-ci se retourna comme un chat. Un rictus retroussa ses lèvres, et il se rua immédiatement à l'attaque.

Conan le rencontra à mi-chemin, et les deux femmes furent alors les témoins d'un combat qui eût enflammé le sang de plus d'un roi. On n'entendait que le glissement rapide des pieds, le fracas de l'acier qui s'entrechoquait et le souffle des combattants. Tels des membres vivants prolongeant leur corps, les lames longues et légères projetaient de sinistres étincelles dans la lumière improbable.

On vit bientôt à sa grimace que l'Hyrkanien reconnaissait sa défaite et n'espérait plus maintenant qu'emporter son ennemi avec lui dans la mort. Il y eut un ultime et formidable entrechoquement des lames, un dernier reflet bleuté, puis le fer étincelant de Conan parut caresser au passage le cou de son adversaire. L'instant d'après, l'Hyrkanien gisait sur le sol, la gorge à demi tranchée. Il était mort sans un cri.

Conan resta un moment debout au-dessus de lui, l'épée festonnée de sang vermeil. Sa tunique était déchirée, découvrant son torse puissant qui se soulevait en rythme. Seules quelques gouttes de sueur qui emperlaient son front témoignaient de l'effort fourni. Il arracha de la ceinture du mort un trousseau de clés. Le grincement de la serrure parut arracher Nanaïa à la transe dans laquelle elle était plongée.

– Conan! J'avais perdu tout espoir, mais tu es venu! Quel combat! (La grande fille s'avança toute en légèreté, et ramassa l'épée de l'Hyrkanien.) Que faisons-nous maintenant?

– Nous n'avons pas une chance de partir avant la nuit, dit Conan. Nanaïa, dans combien de temps un garde va-t-il venir remplacer celui que je viens de tuer?

– La relève a lieu toutes les quatre heures. Sa garde venait de commencer.

Conan regarda Parusati.

– Quelle heure peut-il bien être? Je n'ai pas vu le soleil depuis l'aube.

– L'après-midi est bien avancé. Le soleil devrait se coucher dans les quatre prochaines heures.

Conan réalisa qu'il se trouvait à Yanaidar depuis plus longtemps qu'il ne l'avait estimé.

– Dès qu'il fait nuit, nous tentons de partir d'ici. Pour l'instant nous allons retourner dans ma chambre. Nanaïa va rester cachée dans l'escalier secret, et toi, Parusati, tu vas retourner comme si de rien n'était aux appartements des femmes.

– Mais au moment de la relève, objecta Nanaïa,

on verra que je me suis enfuie. Tu devrais me laisser ici jusqu'au moment où tu seras prêt à partir.

– Je préfère ne pas prendre de risque; il pourrait m'être impossible de te faire sortir à ce moment-là. Quand ils verront que tu es partie, peut-être la confusion qui s'ensuivra nous sera-t-elle favorable. Nous allons cacher ce cadavre.

Il se tourna vers la porte étrangement ouvrée, mais Parusati fit un bond.

– Non! Pas par là, seigneur! Ouvrirais-tu la porte des Enfers?

– Que veux-tu dire? Qu'y a-t-il derrière cette porte?

– Je l'ignore. Les corps des hommes et des femmes qui ont été exécutés ou torturés mais vivent encore sont emportés par là. Je ne sais pas ce qu'il advient d'eux, mais je les ai entendus pousser des cris encore plus atroces que sous la torture. Les filles disent qu'un monstre mangeur d'homme est tapi derrière cette porte.

– C'est possible, dit Nanaïa. Mais il y a quelques heures, un esclave est venu y jeter quelque chose qui n'était ni un homme ni une femme, bien que je n'aie pas pu voir ce dont il s'agissait.

– C'était sûrement un enfant, dit Parusati en frémissant.

– Bon, écoutez, fit Conan. Nanaïa, tu vas échanger tes vêtements avec lui; tu es grande, ils lui iront. Nous allons l'allonger dans ta cellule, le visage tourné vers le mur. Quand le nouveau garde arrivera, peut-être croira-t-il que c'est toi; et il partira à la recherche de son copain. Plus ils s'apercevront tardivement de ton évasion, plus nous aurons de temps pour agir.

Sans hésiter, Nanaïa retira sa veste, fit passer sa

jupe par-dessus sa tête et laissa tomber sa culotte, tandis que Conan déshabillait l'Hyrkanien. Parusati eut un sursaut effarouché.

– Eh quoi, tu ne sais donc pas comment est fait un être humain? grinça Conan. Tiens, viens m'aider.

Une minute plus tard, Nanaïa avait revêtu les habits de garde, à l'exception du jaseran et du casque. Elle tamponnait sans effet le sang qui imbibait le haut du manteau à longues manches, pendant que Conan traînait dans la cellule l'Hyrkanien habillé en femme. Il le disposa à plat ventre, la face contre le mur, afin de dissimuler sa moustache et sa barbe, puis il rabattit sur l'horrible blessure le col de la chemise de Nanaïa. Enfin il verrouilla la grille de la cellule et remit la clé à la jeune femme.

– Nous ne pouvons rien faire pour les taches de sang sur le sol, dit-il. Je n'ai pas encore de plan bien précis pour quitter la ville. Si je ne peux pas partir, je tuerai Virata – et la suite sera entre les mains de Crom. Si vous parvenez à partir sans moi, efforcez-vous de suivre la piste à la rencontre des Kushafi. Ce matin, au lever du jour, j'ai envoyé Tubal les chercher. Il devrait atteindre Kushaf dans la soirée, et les Kushafi devraient arriver dans le canyon demain matin.

Ils repassèrent la porte secrète qui, une fois refermée, se fondait parfaitement au mur de pierre. Ils longèrent le tunnel et gravirent les marches.

– Tu vas rester cachée ici, dit Conan à Nanaïa. Garde les épées; elles ne peuvent m'être d'aucune utilité avant le moment crucial. S'il m'arrive quoi que ce soit, ouvre le panneau et fais ton possible pour t'en tirer... avec Parusati si elle vient te chercher.

– Je ferai comme tu dis, Conan, promit la fille en s'asseyant en tailleur sur la plus haute marche.

Quand Conan et Parusati eurent réintégré la chambre, il dit :

– Va-t'en à présent. Arrange-toi pour venir me retrouver dès qu'il fera suffisamment noir. Je pense qu'ils vont me laisser poireauter ici jusqu'au retour de ce Tigre. Quand tu reviendras, dis au garde que c'est le magus qui t'envoie. Je lui réglerai son compte le moment venu. Et n'oublie pas de leur dire que tu m'as vu boire ce vin drogué, et que tu n'as trouvé aucune arme sur moi.

– Entendu, seigneur. Je reviens à la nuit tombée.

La jeune fille sortit en tremblant de tous ses membres.

Conan prit le cruchon et déposa sur ses lèvres juste assez de vin pour y laisser une odeur discernable. Puis il alla vider le récipient dans un coin, derrière une tapisserie, et s'allongea sur un divan pour feindre le sommeil.

Quelques instants plus tard, quelqu'un entra. Conan n'ouvrit pas les paupières, mais il sut qu'il s'agissait d'une femme au bruissement léger de ses pas et à l'odeur de son parfum, et il sut également par les mêmes indices que ce n'était pas Parusati. De toute évidence, le magus ne plaçait pas toute sa confiance en une seule femme. Conan ne croyait pas qu'on l'avait envoyée pour l'assassiner, aussi ne se risqua-t-il pas à entrouvrir les paupières.

Cette fille était terrorisée; sa respiration était oppressée. Ses narines vinrent frôler la bouche de Conan pour humer le bouquet de vin empoisonné, puis ses fines mains errèrent sur son corps pour voir si aucune arme n'y était cachée. Enfin, avec un soupir de soulagement, elle s'en fut.

Conan se détendit. Il n'était pas censé bouger avant plusieurs heures, aussi décida-t-il de grapiller quelque sommeil tant qu'il le pouvait. Cette nuit-là, sa vie et celle des jeunes femmes reposeraient sur sa capacité à trouver ou se frayer un chemin vers la liberté. En attendant, il s'endormit aussi profondément que s'il reposait dans la maison d'un ami.

5. Le masque tombe

Conan s'éveilla quand une main se posa sur la poignée de sa porte. Lorsque Khaza apparut en se prosternant, il était debout, parfaitement éveillé.

– Seigneur, le magus des fils de Yezm souhaite votre présence, annonça le Stygien. Le Tigre est arrivé.

Ainsi le Tigre était rentré plus tôt que le magus ne l'avait prévu! Tout en suivant le Stygien hors de la chambre, Conan sentit croître en lui une tension prémonitoire. Khaza ne le conduisit pas à la salle de sa première rencontre avec le magus. Ils empruntèrent un couloir sinueux jusqu'à une porte dorée devant laquelle se tenait un garde hyrkanien. Celui-ci leur ouvrit, et Khaza s'effaça pour laisser passer Conan. La porte se referma dans leur dos. Conan se figea.

Il découvrait une vaste pièce sans fenêtre, mais pourvue de plusieurs portes. A l'autre bout, le magus était allongé sur un divan derrière lequel se tenaient ses deux esclaves noirs. Autour, il y avait une douzaine d'hommes en armes de diverses races : des Zuagirs, des Hyrkaniens, des Iranistaniens, des Shémites et même un patibulaire Kothien, le premier Hyborien que Conan vît à Yanaidar.

Mais le Cimmérien ne s'attarda pas à détailler ces hommes. Son attention fut attirée par un personnage qui paraissait dominer la scène. Cet homme se trouvait entre lui et le divan du magus, dans la posture typique, jambes écartées, d'un cavalier. Sans être aussi massif, il était de la taille de Conan. Ses épaules étaient larges; son corps élancé semblait dur et nerveux. Une courte barbe noire ne parvenait pas à dissimuler la saillie agressive de sa mâchoire; des yeux gris, froids et perçants luisaient sous son haut chapeau en fourrure du Zaporoskan. Un pantalon serré soulignait sa minceur. D'une main, il caressait la garde de son sabre, ornée de pierreries; de l'autre, il tiraillait sa fine moustache.

Conan sut alors que la partie était terminée. Car cet homme était Olgerd Vladislav, aventurier zaporoskan, et il connaissait trop bien Conan pour se laisser tromper. Il n'avait sûrement pas oublié comment celui-ci l'avait évincé à la tête de sa bande de Zuagirs, avec un bras cassé en guise de cadeau d'adieu, il y avait de cela moins de trois ans.

– Cet homme désire se joindre à nous, dit Virata.

L'homme qu'on appelait le Tigre eut un fin sourire.

– Il vaudrait mieux partager la couche d'un léopard. Je connais Conan depuis longtemps. Il s'insinuerait dans ton entourage, retournerait les hommes et, au moment où tu t'y attends le moins, il te passerait son épée en travers du corps.

Les regards braqués sur le Cimmérien devinrent meurtriers. Il ne fallait pas plus d'un mot du Tigre pour convaincre ses hommes.

Conan éclata de rire. Jusqu'alors il avait joué de subtilité et de ruse, mais à présent la partie s'achevait. Il pouvait sans doutes ni regrets laisser tomber le masque, révéler son âme indomptée de barbare, et plonger dans la folie magnifique du combat.

Le magus eut un geste de répudiation.

– En la question, je m'en remets à ton jugement, Tigre. Agis comme tu l'entends; il est sans armes.

A cette assurance de la vulnérabilité de leur proie, une âpre cruauté investit le visage des guerriers. L'acier bleuté apparut.

– Ta fin va être intéressante, dit Olgerd. Nous allons voir si tu es aussi stoïque que sur ta croix à Khauran. Ligotez-le.

Tout en parlant ainsi, le Zaporoskan avait nonchalamment porté la main à son sabre, comme s'il avait oublié combien le barbare pouvait être dangereux, comme s'il avait oublié la formidable rapidité des muscles massifs de Conan. Avant qu'il eût tiré son arme, Conan se détendit telle une panthère. Son poing s'abattit avec la force d'un marteau-pilon. L'autre s'effondra, la mâchoire en sang.

Le Kothien fut sur Conan avant qu'il se fût approprié le fer du Zaporoskan. Le guerrier n'avait pas été assez rapide pour sauver Olgerd, mais il survenait à temps avec son coutelas ilbarsi pour empêcher Conan de se pencher et de tirer la lame du Tigre. Le Cimmérien saisit le poignet du guerrier à l'instant où il portait le coup fatal. Il vint se coller à son adversaire, dégaina sa dague et la lui plongea sous les côtes, le tout en un seul mouvement coulé. Le Kothien eut un râle et s'affaissa en mourant tandis que Conan lui arrachait le coutelas long de trois pieds.

Tout cela venait de se dérouler en un éclair. Olgerd et le Kothien furent hors de combat avant que les autres se fussent mis en mouvement. Quand enfin ils s'avancèrent, le plus formidable combattant de l'ère hyborienne leur faisait face, coutelas ilbarsi au poing.

Conan pivota pour les recevoir. Sa longue lame siffla et un Zuagir s'effondra, crachant sa vie par une carotide tranchée. Un Hyrkanien poussa un hurlement, éventré. Un Stygien se fendit d'un féroce coup de dague et recula aussitôt en tenant le moignon sanglant de son poignet.

Cette fois, Conan ne s'adossa pas au mur. Il se jeta au milieu de ses ennemis. Ils grouillaient, se pressaient autour de lui. Il était le centre d'un tourbillon de lames tournoyantes qui encore et toujours manquaient leur cible. Il se mouvait constamment et changeait si vivement de position que ses adversaires ne pouvaient ajuster leurs coups. Leur nombre les désavantageait; ils frappaient dans le vide, ou bien se blessaient les uns les autres, déroutés par sa vitesse et démoralisés par la férocité de ses assauts.

En un combat aussi rapproché, le coutelas ilbarsi était plus efficace que les cimeterres ou les tulwars. Conan en maîtrisait tous les usages, qu'il s'agît en l'abattant de fendre un crâne, ou par une botte ascendante de répandre des entrailles.

Dans cette boucherie, il ne commettait aucune faute. Pareil à un typhon, il se frayait un chemin dans la mêlée, levant derrière lui une houache sanglante.

L'engagement ne dura qu'un moment. Les survivants finirent par reculer, frappés de stupeur et d'horreur par les pertes qu'ils venaient d'essuyer. Conan se retourna et aperçut le magus qui se trouvait contre le mur du fond, entre ses impassibles Kushites. Alors, comme il allait bondir vers sa prochaine victime, un cri lui fit tourner la tête.

Un parti de gardes hyrkaniens venait d'apparaître

sur le seuil, armés de longs arcs à double courbe. Les autres protagonistes s'égaillèrent. L'hésitation de Conan ne dura pas plus d'une fraction de seconde; du bras droit, les archers bandaient leurs arcs. Le Cimmérien évaluait ses chances de parvenir au magus et de le tuer avant de mourir à son tour. Il savait qu'à mi-parcours il recevrait une demi-douzaine de traits décochés par les puissants arcs des déserts hyrkaniens, mortels à cinq cents pas. Ils transperceraient sa légère cotte de mailles, et leur seul impact suffirait à l'abattre.

A l'instant où le chef des archers ouvrait la bouche pour crier « Tirez! », Conan se jeta à plat ventre. Les flèches se croisèrent en sifflant au-dessus de lui.

Comme les archers prenaient un nouveau trait dans leurs carquois, Conan, toujours armé de la dague et du coutelas, abattit ses poings sur le sol avec une telle force qu'il fit un soleil et se retrouva sur ses pieds. Avant que les Hyrkaniens eussent pu tirer une seconde volée de flèches, il fut sur eux. Il se fraya un chemin sanglant à travers l'archerie et se retrouva dans le couloir. Il traversa plusieurs pièces, claquant les portes sur son passage, tandis qu'une clameur envahissait le palais. Enfin, il suivit un étroit couloir qui se termina en cul-de-sac sur une fenêtre garnie de barreaux de bois.

Un montagnard himelien jaillit d'une alcôve en brandissant une pique. Conan se rua sur lui, pareil à un orage de montagne. L'Himelien, frappé de stupeur à la vue de cet étranger maculé de sang, se fendit à l'aveuglette, manqua son coup et recula pour recommencer. Il eut encore le temps de pousser un cri bref quand Conan, fou furieux, fit voler sa tête dans un geyser écarlate.

Le Cimmérien courut à la fenêtre, entama les

barreaux à coups de couteau, puis il les saisit à deux mains et, bandant ses muscles formidables, les brisa. Il se pencha à l'extérieur; quelques mètres plus bas, une véranda faite d'un treillage de bois s'ouvrait sur un jardin. Derrière lui, dans le couloir, accourait la meute de ses poursuivants. Une flèche lui frôla les cheveux. Il plongea la tête la première sur la véranda; son coutelas tendu devant lui fracassa le frêle matériau, et il atterrit comme un chat sur ses pieds dans le jardin.

Cet endroit était désert à l'exception d'une douzaine de femmes à peine vêtues qui s'enfuirent en poussant des hurlements. Conan partit en direction du mur opposé, zigzaguant entre les arbres pour éviter la pluie de flèches qui s'abattait sur lui. Il jeta un coup d'œil en arrière : la véranda grouillait déjà de trognes furieuses et de bras brandissant des armes. Un cri l'avertit d'un nouveau péril qui l'attendait.

Un homme, tulwar au poing, courait le long du mur.

Il s'agissait d'un Vendhyen massif. Il avait correctement évalué l'endroit où le fugitif allait atteindre le mur, mais il y arriva lui-même quelques secondes trop tard. Ce mur n'était pas plus haut que la tête d'un homme. Conan posa la main sur son faîte et, d'un rétablissement, se retrouva juché dessus. Il évita le moulinet du tulwar et ficha son coutelas dans l'énorme abdomen du Vendhyen.

L'homme mugit comme un bœuf, referma les bras sur son adversaire, et ils basculèrent tous les deux dans le vide. Conan n'eut que le temps de voir le ravin de cinq mètres dans lequel ils tombaient. Il réussit à passer sur le Vendhyen si bien que le gros cadavre amortit le choc. Malgré cela, Conan en eut le souffle coupé.

6. Le monstre des ravins

Conan se remit péniblement debout. Levant les yeux, il vit une rangée de têtes enturbannées ou casquées apparaître le long du mur. Des arcs s'y intercalèrent, puis des pointes de flèches.

D'un coup d'œil alentour, il vit qu'il n'y avait nul abri à proximité. Du fait de la position des archers, il n'eût servi à rien de se jeter une nouvelle fois à plat ventre.

Lorsque la première flèche vint se briser sur la roche, il s'allongea le long du Vendhyen. Il passa un bras sous le cadavre encore chaud et le ramena sur lui. A cet instant, une volée de flèches s'abattit sur la lourde carcasse. En dessous, Conan pouvait sentir les impacts; il eut l'impression que l'on frappait à coups de masse son bouclier de chair. Mais le Vendhyen était si bien enveloppé que les traits ne parvinrent pas à le traverser.

– Crom! jura Conan lorsqu'une flèche lui érafla le mollet.

Le martèlement cessa quand les Yezmites comprirent qu'ils ne faisaient qu'emplumer le cadavre. Conan ramena devant lui les épais poignets velus. Il roula sur le flanc si bien que le mort s'affaissa mollement à côté de lui; puis il bondit sur ses pieds et hissa l'autre sur son dos. A présent, il tournait le dos au mur, mais le cadavre formait toujours bouclier. Ses muscles tremblaient sous l'effort car le Vendhyen pesait plus lourd que lui.

Il se mit en marche vers le fond du petit ravin. Les Yezmites, voyant leur proie leur échapper, poussèrent des cris de rage et lui décochèrent une nouvelle volée de flèches qui vinrent de nouveau se ficher dans la panse du cadavre.

Conan se glissa derrière le premier contrefort rocheux et laissa tomber le corps dont le visage et tout le devant étaient criblés de plus d'une douzaine de traits.

– Si j'avais un arc, je montrerais deux ou trois petites choses à ces chiens! marmonna hargneusement le Cimmérien.

Il risqua un coup d'œil en direction du mur. Il y avait toujours foule sur les remparts, mais on ne tirait plus. Conan reconnut le chapeau de fourrure d'Olgerd Vladislav.

– Tu crois nous avoir échappé? lui cria celui-ci. Ha ha! Eh bien, vas-y; tu ne vas pas tarder à regretter de n'être pas resté à Yanaidar. Adieu, pauvre innocent!

Il adressa un bref signe de tête à ses hommes et s'en fut. Les autres têtes disparurent à leur tour des remparts. Conan restait seul avec le cadavre qui gisait à ses pieds.

Le visage renfrogné, il jeta un regard suspicieux autour de lui. Il savait que le bord sud du plateau faisait place à un dédale de ravins. De toute évidence, celui dans lequel il se trouvait sortait de ce dédale pour se diriger vers le rebord du plateau. C'était une gorge rectiligne comme l'entaille d'un couteau, large d'une dizaine de pas, qui quittait la zone ravinée pour venir s'arrêter subitement sur la falaise d'où il était tombé. Ce petit à-pic faisait environ cinq mètres de haut; sa surface était trop lisse et égale pour être entièrement due au travail de la nature. A son extrémité, les parois du ravin étaient également verticales et présentaient des traces des outils qui avaient servi à les égaliser. Le long du faîte de la muraille courait une bande de fer hérissée de courtes lames orientées vers le bas.

Il les avait par chance évitées lors de sa chute, mais quiconque eût tenté de franchir les remparts dans l'autre sens s'y serait fait découper en lanières. Le fond du ravin descendait en pente douce, si bien qu'à l'autre bout, ses parois devaient mesurer plus de sept mètres de haut. Ainsi donc, Conan se trouvait dans une prison due à la fois aux hommes et à la nature.

A son autre extrémité, la gorge s'élargissait et se scindait en un fouillis de ravins secondaires, séparés par des arêtes de roche. Derrière se dressait la masse austère de la montagne. Apparemment le ravin n'était donc pas bloqué dans cette direction, mais Conan savait que ses ennemis, qui avaient mis un tel soin à fermer un bout de sa prison, n'avaient sûrement pas laissé subsister une possibilité d'évasion à son autre extrémité.

Cependant, quel que pût être le sort qu'on lui avait réservé, il n'était pas dans sa nature de s'y résigner. Apparemment ils pensaient l'avoir pris dans un piège infaillible, mais d'autres avaient aussi cru cela dans le passé.

Il extirpa son coutelas de la carcasse du Vendhyen, essuya la lame et se mit à descendre le ravin.

A une centaine de mètres des remparts, il arriva à l'entrée des ravins secondaires; il en emprunta un au hasard et se retrouva aussitôt dans un labyrinthe de cauchemar. Des gorges creusées dans le roc serpentaient dans une désolation de pierre. Elles étaient pour la plupart orientées nord-sud, mais elles se croisaient, se scindaient en une succession de méandres déconcertants. Sans arrêt, Conan arrivait au fond du cul-de-sac; s'il escaladait un mur pour en sortir, il se retrouvait dans une autre branche, tout aussi semblable, du réseau.

Comme il se laissait glisser au bas d'une de ces arêtes, son talon écrasa quelque chose qui se brisa avec un bruit sec. Il s'agissait d'une des côtes d'un squelette sans tête. Quelques pas plus loin, il trouva le crâne enfoncé et fracassé. Il commença à rencontrer de plus en plus souvent ce genre de reliques sinistres. Chacun de ces squelettes présentait des os démis et brisés et un crâne écrasé. Cela ne pouvait être dû à l'action des éléments.

Conan se mit à progresser prudemment, inspectant chaque piton rocheux, le moindre recoin sombre. En un endroit, il sentit une vague odeur d'ordures et vit des pelures de melon et de navet qui jonchaient le sol. Sur l'un des rares endroits sablonneux, il avisa une empreinte à demi effacée. Contrairement à ce qu'il aurait pu envisager dans ce pays, il ne s'agissait pas de la trace d'un léopard, d'un ours ou d'un tigre. Cela ressemblait plus à l'empreinte d'un pied humain, nu et malformé.

Il vit alors sur une saillie rocheuse, probablement arrachés par l'arête aiguë, une poignée de poils drus et gris. Ici et là, mêlée au remugle des ordures, il sentait une odeur fétide, déplaisante qu'il ne pouvait pas définir. Elle séjournait surtout sous les surplombs, là où une bête, un homme ou un démon était susceptible de s'allonger pour dormir.

Comprenant que ses efforts pour conserver une progression rectiligne dans ce dédale étaient vains, Conan se hissa au sommet d'une crête dentelée qui semblait plus élevée que ses pareilles. Tapi sur l'arête aiguë, il se mit à observer le paysage désolé. La vue était limitée dans toutes les directions sauf au nord. Les falaises verticales qui se dressaient à l'est, à l'ouest et au sud, semblaient constituer une muraille continue, entourant cette prison naturelle.

Au nord, cette muraille s'interrompait sur le ravin menant au jardin du palais.

La nature du labyrinthe devenait maintenant évidente. Jadis, une section de plateau, située entre l'actuelle cité et la montagne, s'était effondrée, formant une vaste dépression en forme de cuvette dont le fond, au fil des siècles, avait été raviné par l'érosion.

Mais à quoi bon réfléchir à la formation de ces ravins? Le problème de Conan était d'atteindre cette falaise qui bordait la cuvette, et de la longer à la recherche d'un endroit où il fût possible de l'escalader, ou de la fissure par laquelle devait s'écouler les eaux de pluie. Il crut discerner vers le sud un ravin moins torturé que les autres, qui semblait mener plus ou moins directement au pied de la montagne. Il vit également que pour s'engager dans ce conduit, il gagnerait du temps en retournant à la gorge qui partait du pied des remparts, pour suivre un autre goulet qui y menait, plutôt que d'escalader la succession d'arêtes effilées qui se dressaient entre lui et ce ravin.

Il redescendit donc de son perchoir et revint sur ses pas. Le soleil était bas quand il arriva à l'entrée de la première gorge et prit la direction du goulet qui, pensait-il, le conduirait à son but. Il porta machinalement le regard sur la falaise qui soutenait les remparts, à l'autre bout de la large gorge – et il se figea.

Le corps du Vendhyen ne s'y trouvait plus, bien que son tulwar fût toujours posé sur la rocaille au pied du mur. Plusieurs flèches y étaient éparpillées, comme si elles s'étaient détachées du cadavre lorsqu'il avait été emporté. Sur le sol rocheux, un petit reflet attira l'œil de Conan. Il y courut et trouva là deux pièces d'argent.

Il les ramassa pour les considérer un moment. Puis, les yeux plissés, il inspecta les environs. L'explication naturelle eût été que les Yezmites étaient venus chercher le corps. Mais si cela avait été, ils n'auraient pas manqué de récupérer les flèches intactes, et surtout ils n'auraient sûrement pas laissé derrière eux les pièces d'argent.

D'un autre côté, qui cela pouvait-il être sinon ceux de Yanaidar? Conan repensa aux squelettes brisés et se souvint de ce qu'avait dit Parusati au sujet de la « porte des Enfers ». Il avait toute raison de penser que quelque chose d'hostile pour l'homme hantait ce labyrinthe. Et si la porte ouvragée du cachot donnait sur ce ravin?

Au bout de quelques minutes de recherche, il finit par la localiser. Les infimes joints qui trahissaient son existence auraient échappé à un regard fortuit. Située à fleur de la paroi du ravin, cette porte était de la même roche et s'y fondait parfaitement. Conan y donna un puissant coup d'épaule, mais elle ne céda pas. Il se souvint alors des lourdes ferrures et des solides verrous dont elle était pourvue. Il eût fallu un bélier pour l'ébranler. La robustesse de cette porte, les lames d'acier des remparts prouvaient que les Yezmites ne prenaient nul risque de voir celui qui hantait les ravins pénétrer dans leur cité. D'un autre côté, il était assez réconfortant de penser qu'il devait s'agir d'une créature de chair et de sang, et non pas d'un démon contre lequel verrous et fortifications eussent été sans effet.

Conan se retourna vers le mystérieux labyrinthe en se demandant quelle sorte de monstruosité y était tapie. Le soleil n'était pas encore couché, mais il n'était déjà plus visible du fond de la gorge. Bien qu'il y eût de la lumière en suffisance, des nids d'ombre apparaissaient çà et là.

Alors un son s'éleva; un martèlement assourdi et lent, comme si le batteur alternait ses coups pour marquer la cadence d'une troupe en marche. Ce bruit possédait une qualité singulière. Conan connaissait le son creux des troncs évidés des Kushites, celui frisé des timbales de cuivre des Hyrkaniens, et le tonnerre des tambours d'infanterie des Hyboriens, mais ce son ne rappelait rien de tout cela. Il se retourna vers Yanaidar, mais cela ne semblait pas provenir de la cité. On eût dit que cela venait de partout et de nulle part – ou encore peut-être des profondeurs de la terre.

Alors, ce bruit cessa.

Un demi-jour bleuté emplissait les ravins quand Conan s'engagea une nouvelle fois dans le labyrinthe. Après avoir suivi de sinueux goulets, il déboucha dans une gorge plus large qu'il pensait être celle, aperçue quelques minutes plus tôt, qui menait à la paroi sud de la cuvette. Mais il n'avait pas parcouru cinquante mètres lorsqu'elle se scinda en deux gorges plus étroites. Cet embranchement n'avait pas été visible depuis son point d'observation, et Conan ne savait dans quelle branche s'engager.

Alors qu'il balançait entre les deux, y plongeant tour à tour le regard, il se raidit subitement. Un ravin encore plus exigu débouchait au fond de celui de droite, y formant un nid d'ombres bleues. Là, quelque chose bougeait. Tétanisé, Conan fixait la monstrueuse chose humanoïde qui se dressa devant lui dans la demi-obscurité.

C'était comme l'incarnation de quelque horrible légende; un singe géant, aussi grand sur ses pattes torses qu'un gorille. Il ressemblait aux monstrueux hommes-singes qui hantaient les montagnes entourant la mer de Vilayet, que Conan avait autrefois vus et combattus. Mais il était encore plus massif, et son poil, plus long, comme celui d'un ours polaire, était d'un pâle gris-cendre, presque blanc.

Ses pieds et ses mains se rapprochaient plus de l'humain que ceux d'un gorille. Ce n'était pas une créature arboricole, mais un habitant des grandes plaines et des montagnes désolées. Sa face était simiesque bien que le nez fût plus saillant et la mâchoire inférieure moins agressive que chez le singe. Mais ces traits humains ne faisaient qu'amplifier la hideur de son aspect, et l'intelligence qui luisait dans ses petits yeux rouges était pleine de malignité.

Conan reconnut le monstre dont parlaient les mythes et les légendes du Nord, l'homme des neiges, le grand singe du désert interdit de Pathénie. Il avait entendu des contes descendus des plateaux perdus du pays de Loulan, qui y faisaient allusion. Des hommes, des guerriers avaient frémi à l'évocation de cette bête humaine d'apparition immémoriale qui s'était adaptée aux disettes et aux climats rudes des hautes terres du Nord.

Tout cela traversa l'esprit de Conan en un éclair. Homme et hominien se tenaient face à face, rigides, menaçants. Alors les parois du ravin répercutèrent le hurlement aigu, pénétrant du grand singe; il se mit à charger en balançant ses grands bras et découvrant ses crocs jaunes et écumants.

Conan l'attendit, jambes fléchies, confiant en sa lame et son savoir-faire face à la force du puissant singe.

Les victimes du monstre lui étaient apportées, brisées, diminuées par la torture, ou mortes. L'étincelle semi-humaine qui habitait sa cervelle et le différenciait des autres animaux avait tiré une horrible exultation de l'agonie de ses proies. Bien qu'il se tînt debout, une chose luisante au poing, cet homme n'était qu'une faible créature de plus, qu'il allait déchirer, éviscérer, dont il allait briser le crâne pour se délecter du cerveau.

Conan savait qu'il fallait surtout éviter que ces bras immenses se referment sur lui. Le monstre était plus rapide que son allure maladroite ne le laissait supposer. D'un bond grotesque, il franchit les derniers mètres. Conan ne broncha pas avant que le monstre fût sur lui, refermant ses bras formidables; alors, sa rapidité aurait fait honte à un léopard.

Les griffes ne firent que déchirer sa tunique. Il avait fait un bond de côté tout en abattant son long coutelas, et un hurlement hideux se répercuta dans les ravines. Le poignet droit du singe était à demi tranché; il ne tenait plus que par un lambeau de cuir épais. Malgré les jets de sang qu'il perdait par sa blessure, le monstre pivota pour charger de nouveau. Cette fois son attaque fut trop fulgurante pour que des muscles humains pussent s'y soustraire.

Conan parvint à éviter la patte gauche et ses ongles noirs, mais l'épaule massive du monstre le percuta. Les deux adversaires, déséquilibrés, partirent, collés l'un à l'autre, en direction de la paroi du ravin. Conan, avec l'énergie du désespoir, enfonça sa dague jusqu'à la garde dans le ventre du singe en un coup qu'il croyait mortel.

Ils s'écrasèrent ensemble contre la paroi. Le grand bras du singe enserrait comme un étau le corps frêle de Conan. Son hurlement continu l'assourdissait, et sa gueule écumante béait au-dessus de sa tête. Alors les formidables mâchoires claquèrent dans le vide et un grand frisson secoua le corps du singe. Une épouvantable convulsion suivit, qui permit à l'homme de se dégager. Il se jeta le plus loin possible et se releva tant bien que mal pour assister à l'agonie du monstre qui se tordait au pied de la muraille. Le coup de dague l'avait éventré; la lame, labourant tripes et chairs, avait atteint le cœur de l'anthropoïde.

Conan tremblait de tous ses muscles. Sa charpente avait su résister suffisamment longtemps à la puissance du singe pour sortir vivant du terrible affrontement qui aurait mis en pièces un homme moins robuste. Mais cette horrible épreuve le laissait pantelant. Sa tunique était presque en lambeaux et de nombreuses mailles de son jaseran étaient déchirées. Les serres du monstre avaient tracé sur son dos des empreintes sanglantes. Il restait là, haletant comme après une longue course, le corps poissé de sang, le sien et celui du singe.

Conan frissonna. Le soleil rouge s'empalait sur un pic lointain. Tout devenait clair à présent. Les prisonniers brisés par les mauvais traitements passaient la porte du ravin pour servir de pâture au monstre. Celui-ci, comme ceux qui vivaient autour de la mer de Vilayet, se nourrissait aussi bien de viande que de fourrage. Mais l'approvisionnement en chair humaine, sans doute irrégulier, ne devait pas suffire à apaiser l'appétit considérable d'une créature aussi active et volumineuse. D'où les melons et les navets que les Yezmites devaient lui apporter quotidiennement.

Conan déglutit, prenant soudain conscience de sa soif. Il venait de débarrasser les ravines de leur habitant, mais il se pouvait toujours qu'il mourût de faim ou de soif s'il ne trouvait pas un moyen de sortir de la cuvette. Cette désolation recelait sans aucun doute une source ou un bassin où le singe se désaltérait, mais découvrir ce point d'eau pouvait lui prendre un mois.

Le crépuscule envahissait le labyrinthe lorsqu'il s'engagea dans le ravin de droite. Quarante pas plus loin, il retrouva la branche de gauche. Au fur et à mesure de sa progression, les parois étaient de plus en plus truffées de repaires caverneux qui recelaient le fumet persistant du grand singe. Il songea soudain qu'il y avait peut-être d'autres monstres, mais c'était peu probable, car les hurlements du premier auraient ameuté ses semblables.

Les montagnes étaient toutes proches maintenant. Le fond du ravin remontait, et il se termina bientôt sur un talus de rocaille que Conan escalada. De là-haut il apercevait la cité de Yanaidar, au delà de la dépression. Il était adossé à une falaise lisse et verticale où même une mouche aurait eu du mal à trouver une prise.

– Crom et Mitra! grogna-t-il.

Il longea le sommet des éboulis jusqu'à l'interruption de la falaise. Là, le plateau s'arrêtait net sur un précipice. Il n'y avait d'autre choix que monter ou descendre.

Il ne pouvait être certain des distances dans cette pénombre, mais le fond du précipice devait bien se trouver à plusieurs longueurs de corde. Afin de s'en assurer, il déroula son câble et jeta dans le vide le grappin qui se balança librement.

Conan retourna à la base de la falaise et continua vers l'autre côté du plateau. Il trouva une nouvelle fissure dont les parois étaient moins abruptes. Tâtonnant à l'aide de son grappin, il trouva une corniche à une dizaine de mètres en contrebas. Ensuite la pente s'adoucissait un peu et faisait place à d'énormes éboulis. Il serait peut-être possible de descendre par ce chemin, mais ce serait périlleux, le moindre faux pas pouvant provoquer une chute vertigineuse. Mais une fille robuste comme Nanaïa devait pouvoir s'en tirer.

A présent il fallait qu'il se réintroduise à Yanaidar. Nanaïa était toujours cachée dans l'escalier secret du palais de Virata – si on ne l'avait pas découverte. En s'embusquant à proximité de la porte des Enfers, il allait peut-être pouvoir entrer quand le Yezmite chargé de nourrir le singe ouvrirait pour jeter la nourriture. Et puis peut-être que les hommes de Kushaf, à l'appel de Tubal, s'étaient mis en route pour Yanaidar.

De toute façon, il fallait essayer. Avec un léger haussement d'épaules, il prit la direction de la cité.

7. Mort dans le palais

Conan retraversa la cuvette et arriva au ravin extérieur. Au-dessus de la petite falaise et des remparts, brillaient les lumières de la cité. Il entendit au loin l'étrange mélodie des cithares. Une femme chantait une mélopée plaintive. Au milieu des gorges sombres, jonchées de squelettes, Conan eut un sourire farouche.

Il n'y avait pas de nourriture devant la porte. Conan n'avait aucun moyen de savoir quand on apportait à manger au monstre, ou même si on allait s'en charger cette nuit-là.

Le joueur qu'il était tint le pari favorable. L'idée de ce qu'il pouvait arriver à Nanaïa le rendait fou d'impatience, mais il s'appuya contre le rocher sur lequel le battant de la porte devait se rabattre, et se mit à attendre, aussi immobile qu'une statue.

Une heure plus tard, alors que la patience commençait à lui faire défaut, il entendit un cliquetis de chaînes, et la porte fut entrebâillée.

Avant d'ouvrir complètement, le Yezmite s'assurait que le monstre ne se trouvait pas dans les parages. Enfin, il sortit avec une grande bassine de cuivre pleine de légumes. Tout en la posant à terre, il fit entendre un étrange appel. Il ne s'était pas relevé quand Conan abattit son grand glaive ilbarsi. L'homme s'écroula et sa tête alla rouler vers le fond du ravin.

Conan risqua un œil à l'intérieur et vit que le couloir et les cellules étaient déserts. Il traîna le cadavre sans tête derrière un amoncellement de rochers.

Puis il revint sur ses pas, pénétra dans le couloir, referma la porte et poussa les verrous. Glaive au poing, il courut vers la porte secrète ouvrant sur le tunnel qui menait à l'escalier. S'ils ne pouvaient se cacher avec Nanaïa dans cet escalier secret, ils pourraient se barricader dans ce couloir pour attendre l'arrivée des Kushafi – s'ils venaient jamais.

Conan n'avait pas atteint la porte secrète quand, derrière lui, le grincement d'un gond le fit se retourner. La troisième porte s'ouvrait. Conan s'y précipita à l'instant où un homme en armes entrait.

Il s'agissait d'un Hyrkanien, pareil à celui que Conan avait tué dans l'après-midi. Lorsqu'il vit son assaillant, il porta la main à son cimeterre.

D'un bond, Conan fut sur lui. De la pointe de son coutelas il repoussa l'Hyrkanien contre le bois de la porte.

– Silence! siffla-t-il.

Le garde se figea, livide. Il retira la main du pommeau de sa lame et tendit ostensiblement les bras en signe de reddition.

– Est-ce qu'il y a d'autres gardes? demanda Conan.

– Non, par Tarim! Je suis le seul.

– Où est passée Nanaïa, la fille d'Iranistan?

Conan croyait savoir où elle se trouvait, mais il espérait de cette façon apprendre si l'on s'était aperçu de son évasion ou si elle avait été reprise.

– Les dieux seuls le savent! fit le garde. J'étais au nombre des gardes qui ont amené les Zuagirs dans leurs cellules. Nous avons trouvé la sentinelle dans celle-ci, avec la gorge à demi tranchée. Et la fille avait disparu. Ça a déclenché un sacré remue-ménage dans le palais! Mais on m'a envoyé garder les Zuagirs, alors je ne sais rien de plus.

– Les Zuagirs? fit Conan.

– Oui, ceux qui t'ont laissé monter l'escalier. Ils seront mis à mort demain.

– Où se trouvent-ils en ce moment?

– Dans les autres cellules, de l'autre côté de cette porte. J'en arrive à l'instant.

– Tu vas faire demi-tour et repasser cette porte. Et n'essaie pas de faire le malin!

L'homme ouvrit la porte et se mit à marcher comme sur des lames de rasoir. Ils entrèrent dans un couloir identique, bordé de cellules. A l'apparition de Conan une clameur s'éleva de deux de ces cellules. Des mains nerveuses empoignèrent les barreaux; des faces barbues s'y intercalèrent. Le silence revint aussitôt. Les sept prisonniers le considéraient avec des visages haineux. Conan poussa l'Hyrkanien devant eux et dit :

– Vous étiez de fidèles serviteurs; pourquoi vous a-t-on arrêtés?

Antar, fils de Hadi, cracha dans sa direction.

– A cause de toi, chien d'étranger! Tu nous as surpris en haut de l'escalier, et le magus nous a condamnés à mort avant même qu'il apprenne que tu es un espion. Il a dit que nous étions des traîtres ou des imbéciles, et à l'aube nous allons périr sous les couteaux des tueurs de Zahak. Puisse Hanuman vous maudire tous les deux!

– Tu vas néanmoins aller au paradis, lui rappela Conan, puisque tu as fidèlement servi le magus et les fils de Yezm.

– Puissent des chiens ronger les os du magus de Yezm! lança un autre Zuagir d'un ton venimeux.

– Que toi et le magus soyez enchaînés ensemble aux enfers! s'écria un autre.

– Nous crachons sur son paradis! fit encore un autre. Ce n'est que mensonges et tours de magie!

Conan se dit que Virata n'était pas parvenu à obtenir l'allégeance dont jouissaient ses ancêtres, quand leurs disciples s'immolaient gaiement à leur demande.

Il s'était emparé du trousseau de clés du garde, et le soupesait pensivement. Les Zuagirs n'avaient d'yeux que pour ces clés.

– Antar, fils de Hadi, reprit Conan, tes mains sont tachées du sang de nombreuses victimes, mais, lorsque je te connaissais, tu tenais ta parole. Le magus vous a rejetés. Vous n'êtes plus à lui, vous Zuagirs. Vous ne lui devez plus rien.

Les yeux d'Antar étaient ceux d'un loup.

– Si je pouvais seulement l'expédier à Arallu avant moi, je mourrais heureux!

Tous maintenant étaient suspendus aux paroles de Conan.

– Etes-vous prêts à jurer, chaque homme sur l'honneur de son clan, de me suivre et de me servir jusqu'à ce que vengeance soit faite, ou que la mort vous libère de votre serment? (Il fit passer les clés dans son dos pour ne pas avoir l'air de les brandir trop ostensiblement sous le nez d'hommes réduits à l'impuissance.) Virata va vous abattre comme des chiens. Je vous offre une possibilité de vengeance et, au pire, la chance de mourir dans l'honneur.

Les yeux d'Antar flamboyaient, ses mains noueuses frémissaient sur les barreaux.

– Aie confiance en nous! dit-il.

– Oui, nous jurons! s'écrièrent les autres. Nous jurons, chacun sur l'honneur de son clan!

La clameur ne s'était pas tue, lorsque Conan ouvrit les serrures. Farouches, cruels, indisciplinés, ces hommes du désert l'étaient sûrement selon des critères civilisés, mais ils possédaient leur code d'honneur; celui-ci était assez proche de celui de ses pairs de la lointaine Cimmérie pour que Conan pût le comprendre.

Se pressant pour sortir de leurs cellules, ils se ruèrent sur l'Hyrkanien en hurlant :

– Tue! tue! C'est un des chiens de Zahak!

Conan leur arracha son prisonnier et étendit d'un coup de poing le plus enragé; cela ne parut susciter aucun ressentiment chez les Zuagirs.

– Suffit! rugit-il. C'est homme est à *moi*, et c'est moi qui déciderai de son sort.

Il poussa l'Hyrkanien vers le premier couloir, et les Zuagirs lui emboîtèrent le pas. Ayant juré de le servir, ils le suivaient aveuglément sans poser de questions. Dans le premier couloir, Conan ordonna à l'Hyrkanien de se déshabiller. L'homme s'exécuta en tremblant de peur d'être torturé.

– Echange tes vêtements avec lui, ordonna-t-il ensuite à Antar. (Dès que le farouche Zuagir eut commencé d'obéir, Conan s'adressa à un autre homme :) Toi, sors par cette porte au bout du couloir...

– Mais il y a le diable-singe! s'écria l'autre. Il va me mettre en pièces!

– Il est mort. Je l'ai tué de ma main. Dehors, derrière un rocher, tu trouveras un cadavre. Prends sa dague, et ramène aussi le tulwar que tu trouveras dans les environs.

Le Shémite jeta à Conan un regard plein d'appréhension et s'en fut. Conan remit sa dague à un Zuagir, et le kriss de l'Hyrkanien à un autre encore. Les autres ligotèrent et bâillonnèrent le garde, puis ils le transportèrent dans le tunnel dont Conan venait d'ouvrir la porte secrète. Antar avait revêtu le casque pointu, le manteau à longues manches et les pantalons de soie de l'Hyrkanien. Ses traits étaient suffisamment orientaux pour abuser quiconque s'attendait à trouver un Hyrkanien sous cet accoutrement. Conan pendant ce temps s'était coiffé de la kaffia d'Antar, bien rabattue sur le devant pour dissimuler en partie son visage.

– Il y en a encore deux sans armes, remarqua-t-il en inspectant sa petite troupe. Suivez-moi.

Il s'engagea dans le tunnel, enjamba le garde, et gagna le pied de l'escalier.

– Nanaïa! appela-t-il à voix basse.

Il n'y eut pas de réponse.

Il gravit les degrés. Nulle trace de la jeune fille. Il retrouva pourtant, cachées derrière le panneau, les deux épées qu'il lui avait laissées. A présent chacun des huit hommes portait une arme de quelque sorte.

– Ils ont dû découvrir la fille, chuchota-t-il à l'oreille d'Antar. Où ont-ils pu l'emmener, s'ils ne l'ont pas ramenée à sa cellule?

– Le magus fait châtier dans la salle du trône les

filles qui ont commis des fautes, là où il t'a reçu ce matin.

– Conduis-nous. Qu'est-ce que c'est?

Conan s'était retourné brusquement. Le lent martèlement qu'il avait entendu dans les ravins retentissait de nouveau. Cela semblait toujours sortir du sol. Les Zuagirs se regardaient les uns les autres, en blémissant sous leur teint hâlé.

– Personne ne le sait, dit Antar en frissonnant. Ce bruit est apparu il y a sept mois, et depuis il est toujours plus fort et plus fréquent. La première fois, le magus a mis la cité sens dessus dessous pour en découvrir la source. Après avoir cherché en vain, il a renoncé et exigé que personne n'y fasse attention, que personne n'en parle. Selon la rumeur, il passe des nuits entières dans son oratoire à tenter de découvrir par divination la source de ce bruit, mais la rumeur ne dit pas qu'il a trouvé quelque chose.

Le bruit cessa pendant les explications d'Antar.

– Bon, conduis-moi à cette salle du châtiment, dit Conan. Vous autres, suivez-nous, et marchez comme si vous étiez chez vous, mais en silence. Peut-être allons-nous réussir à abuser quelques-uns des chiens du palais.

– Le jardin du paradis serait le meilleur chemin, dit Antar. La nuit, un solide parti de Stygiens est posté devant la porte principale de la salle du trône.

Le couloir sur lequel donnait la chambre était désert. Le grand Zuagir prit la tête. Avec la tombée de la nuit, l'atmosphère de silence et de mystère s'était épaissie sur le palais du magus. Les lampes brûlaient faiblement, des ombres stagnaient partout et nulle brise n'agitait les tapisseries à l'éclat terne.

Les Zuagirs ne semblaient nullement dépaysés. Ils

constituaient une bande dépenaillée, aux pieds légers, aux yeux de braise, qui longeait allègrement les galeries richement décorées comme une bande de voleurs nocturnes. Ils empruntaient les passages les moins fréquentés à cette heure de la nuit. Ils n'avaient encore rencontré personne lorsqu'ils aboutirent subitement devant une porte ouvragée que gardaient deux géants noirs, des Kushites, armés de tulwar au clair.

Silencieusement, à la vue des envahisseurs, ils levèrent leur lame; ils étaient muets. Avides de vengeance, les Zuagirs se ruèrent sur eux. Ceux qui avaient une épée les engageaient, tandis que les autres, à quatre pattes, allaient les frapper à mort de leurs dagues. Ce fut une horrible boucherie, mais nécessaire.

– Toi, tu montes la garde ici, ordonna Conan à un de ses hommes.

Il ouvrit la porte et sortit dans le jardin qui était désert sous les étoiles; les fleurs luisaient légèrement, les arbres épais, les buissons formaient des masses sombres et mystérieuses. Les Zuagirs, armés maintenant des épées des Kushites, le suivaient.

Conan se dirigea vers le balcon qui, comme il le savait, surplombait le jardin, adroitement dissimulé par les branches des arbres. Trois Zuagirs se courbèrent afin qu'il pût leur monter sur le dos. L'instant d'après il s'était hissé tel un chat par-dessus le parapet.

Des bruits venaient de l'autre côté de la tenture qui masquait l'alcôve du balcon : les sanglots de terreur d'une femme et la voix de Virata.

Conan écarta légèrement le rideau. Il vit le magus vautré sur son trône sous un baldaquin de perles. Les deux Kushites ne se tenaient pas comme à l'accoutumée de part et d'autre de lui, telles des statues d'ébène. Accroupis sur le sol, devant le dais, ils affûtaient des stylets et faisaient rougir des fers dans un brasero. Nanaïa se trouvait étendue entre eux, bras et jambes en croix, poignets et chevilles liés à des pieux enfoncés dans des trous du dallage. Il n'y avait personne d'autre dans la pièce, et les battants de bronze étaient clos et verrouillés.

– Dis-moi comment tu t'es échappée de ta cellule, interrogea Virata.

– Non! Jamais!

Elle se mordit les lèvres pour conserver son contrôle d'elle-même.

– Est-ce grâce à Conan?

– Vous m'avez demandé? fit ce dernier en sortant de l'alcôve, son visage couturé barré d'un rictus sinistre.

Virata sursauta et poussa un petit cri. Les deux Kushites se relevèrent et portèrent la main à leurs armes.

Conan bondit et enfonça sa dague dans la gorge du premier avant qu'il eût dégainé. L'autre se précipita vers la fille et leva son cimeterre pour la décapiter avant de mourir à son tour. Conan défléchit le coup en interposant son coutelas, puis en une botte fulgurante, il plongea sa lame jusqu'à la garde dans le ventre du Noir. Emporté par son élan, celui-ci s'affala sur le Cimmérien qui, ployant l'échine, le prit sur ses épaules, puis le hissa à bout de bras. Le Kushite se tordait en gémissant. Conan le projeta sur le sol où il mourut, les vertèbres brisées.

Conan se tourna vers le magus qui, au lieu d'essayer de fuir, venait à lui, les yeux écarquillés et fixes. Son regard possédait une singulière luminosité qui capta comme un aimant celui de Conan.

Tout à coup, celui-ci eut l'impression d'être couvert de chaînes, ou de s'enfoncer dans la fange des marécages de Stygie où pousse le lotus noir. Ses muscles étaient autant de gueuses de plomb. Couvert de sueur, il luttait en vain contre les invisibles liens.

Virata avançait lentement vers lui, les mains tendues en avant, les doigts agités de petits gestes rythmiques, et sans jamais détourner son étrange regard. Ses mains approchaient du cou de Conan. Celui-ci comprit en un éclair que grâce à son art occulte, cet homme frêle pouvait lui briser les vertèbres comme bois mort.

Les mains approchaient encore. Conan se raidissait toujours plus, mais sa vulnérabilité semblait croître à chaque pas du magus.

Alors Nanaïa poussa un long cri perçant, le hurlement d'une âme suppliciée en enfer.

Le magus sursauta, amorçant un quart de tour et, durant un bref instant, son regard quitta Conan. Celui-ci se sentit aussitôt soulagé d'un poids énorme. Virata se ressaisit immédiatement, mais il était trop tard, car, les yeux fixés sur sa poitrine, Conan se fendit en un coup formidable. Sa lame ne rencontra que le vide. Avec une rapidité surhumaine, le magus avait bondi en arrière. Il fit demi-tour et courut à la porte en criant :

– Au secours! Gardes! A moi!

A l'extérieur, des hommes vociféraient et tambourinaient sur la porte. Conan attendit que le magus empoignât les verrous. Alors sa lame franchit les airs. Elle atteignit Virata au milieu du dos, le traversa de part en part et le cloua à la porte comme un insecte sur une planche.

8. Les loups traqués

Conan alla dégager son coutelas ilbarsi. Le corps du magus glissa au sol. De l'autre côté de la porte, la clameur croissait. En bas, dans le jardin, les Zuagirs, inquiets du sort de leur chef, ne tenaient plus en place et demandaient la permission de monter le rejoindre. Conan leur cria d'attendre, et alla libérer la fille. Il lui donna une pièce de soie prise sur le divan afin qu'elle s'en couvrît. Elle noua les bras autour du cou de son sauveur, en sanglotant hystériquement.

– Oh, Conan, je savais que tu viendrais! Ils m'ont raconté que tu étais mort, mais je savais bien qu'ils ne pouvaient pas te tuer...

– Garde ça pour plus tard, fit-il d'un ton bourru.

Après avoir ramassé les armes des Kushites, il aida la fille à descendre, puis sauta à son tour dans le jardin.

– Et maintenant, seigneur? demandèrent les Zuagirs, avides d'action désespérée.

– Nous revenons sur nos pas. Le passage secret et la porte des Enfers.

Ils partirent en courant. Conan tenait la fille par la main. Ils n'avaient pas fait dix pas lorsque, devant eux, un fracas métallique vint le disputer au vacarme qui, dans leur dos, s'élevait du palais. Une porte claqua comme un coup de tonnerre, et une silhouette sortit des fourrés. C'était le Zuagir qui était resté pour monter la garde devant la porte ouvragée. Il jurait et étreignait son avant-bras ensanglanté.

– Des chiens hyrkaniens sont à la porte! cria-t-il. Quelqu'un nous a vu tuer les Kushites et est allé avertir Zahak. J'ai réussi à en éventrer un et à refermer la porte, mais elle ne va pas leur résister longtemps!

– Antar, demanda Conan, y a-t-il moyen de quitter ce jardin sans passer par le palais?

– Par ici! lança le Zuagir en partant vers le mur septentrional que masquaient les frondaisons.

On entendait, de l'autre côté du jardin, les Hyrkaniens fracasser la porte. Antar, éclaircissant les buissons à grands coups d'épée, découvrit une poterne habilement dissimulée dans la muraille. Conan passa la poignée de son coutelas dans la chaîne rouillée et lui imprima une vigoureuse torsion; les Zuagirs l'observaient, haletants, tandis que derrière eux la rumeur grandissait. Enfin la chaîne céda. Ils émergèrent dans un autre jardin, plus petit et éclairé de suspensions, à l'instant où des silhouettes en armes se répandaient dans le jardin du paradis.

Au centre du jardin où les fugitifs venaient de pénétrer, se dressait la haute tour que Conan avait remarquée en arrivant au palais. Elle supportait, au deuxième étage, un balcon treillagé. De section carrée, elle mesurait une centaine de mètres de haut et s'évasait à son sommet en une plate-forme d'observation.

– Par où sort-on d'ici? demanda Conan.

– Cette porte conduit au palais, fit Antar en tendant le bras. Elle débouche non loin de l'escalier qui mène aux cachots.

– Allons-y! (Conan referma la porte et enfonça en guise de clavette une dague entre deux pierres du mur.) Cela les arrêtera au moins quelques secondes.

Ils traversèrent le petit jardin jusqu'à la porte qu'Antar venait d'indiquer. Mais elle était fermée de l'intérieur, et le vigoureux coup d'épaule de Conan ne l'ébranla pas.

Derrière eux les cris vengeurs allaient crescendo. La porte commençait à céder; déjà on apercevait les faces haineuses des guerriers de Zahak.

– La tour! rugit Conan. Si nous parvenons à y pénétrer...

– Le magus se livrait à ses sorcelleries dans la salle du haut, haletait un Zuagir qui courait derrière lui. En dehors du Tigre, il n'y laissait entrer personne. Mais les hommes disent qu'il s'y trouve une armurerie. Des gardes dorment au rez-de-chaussée...

– Dépêchez-vous! exhorta Conan qui courait en tête, entraînant Nanaïa si vivement qu'elle semblait flotter comme un drapeau.

La porte du mur céda d'un seul coup, laissant passer une meute d'Hyrkaniens qui s'affalèrent les uns sur les autres tant grande était leur hâte. D'après le vacarme qui arrivait de toutes les directions, il ne restait plus que quelques minutes avant que tous les accès au jardin de la tour ne livrent passage à des hommes en armes.

La poterne de la tour s'ouvrit. En sortirent cinq gardes éberlués. Ils poussèrent un cri de surprise en voyant se ruer sur eux cette nuée d'hommes aux yeux et aux dents luisant sous les lanternes suspendues. Ils allaient dégainer leurs armes quand Conan d'un coup en faucha deux. Les Zuagirs tombèrent sur les trois autres, et il n'y eut plus bientôt que cinq formes baignant dans une mare écarlate.

Mais on distinguait le reflet des cuirasses des Hyrkaniens qui accouraient vers la tour. Les Zuagirs se ruèrent à l'intérieur. Conan referma violemment la porte de bronze et poussa un verrou qui aurait résisté à la charge d'un éléphant, à l'instant où les Hyrkaniens atteignaient le pied de la tour.

Conan et les siens montèrent les escaliers quatre à quatre, à l'exception d'un homme qui s'effondra d'avoir perdu trop de sang. Conan le prit sur son dos pour le déposer sur le palier; puis il demanda à Nanaïa de panser l'horrible blessure faite par un des hommes d'armes qu'ils venaient de tuer.

Ensuite, il inspecta les lieux. Ils se trouvaient au second étage dans une salle percée de meurtrières et d'une porte donnant sur le balcon. La lumière des suspensions du jardin entrait par les meurtrières et éclairait faiblement les murs où s'étageaient des rateliers; il se trouvait là des heaumes, des cuirasses, des boucliers, des piques, des épées, des haches, des masses d'armes, des arcs et quantité de flèches. Il y avait de quoi équiper une armée et sans doute les étages supérieurs regorgeaient-ils également d'armement. Virata avait fait de cette tour son donjon, son arsenal et son oratoire.

Avec des exclamations de joie, les Zuagirs se saisirent d'arcs et de carquois, et coururent sur le balcon. Bien que plusieurs fussent légèrement blessés, ils se mirent à tirer à travers les mailles du treillage sur la meute hurlante qui grouillait au pied de la tour.

Une grêle de traits leur répondit, crépitant sur le treillage qui en laissait peu passer. Les assaillants tiraient au juger car ils ne voyaient pas les Zuagirs qui baignaient dans l'ombre. Il en arrivait de partout. Zahak n'était pas en vue, mais une centaine de ses Hyrkaniens se mêlaient à des hommes de toutes races. Ils grouillaient dans le jardin en hurlant comme des suppôts de l'enfer.

Les lanternes qui oscillaient follement sous l'impact des arbustes renversés éclairaient les trognes tordues par la rage. Sur toute l'étendue du jardin, les reflets des lames d'acier jetaient mille éclairs. Les cordes des arcs vibraient sans cesse. Massifs et buissons étaient foulés, mis en pièces par la meute en furie qui allait et venait au pied de la tour. *Boum!* A l'aide d'une lourde poutre, ils tentaient d'abattre la porte.

– Visez ceux qui manient le bélier! aboya Conan en ployant l'arc le plus rigide qu'il eût trouvé sur les rateliers.

Le surplombement du balcon empêchait les assiégés de voir ceux qui se trouvaient à la tête du bélier, mais, au fur et à mesure qu'ils blessaient ou tuaient ceux de l'arrière, les autres ne pouvaient que laisser tomber la poutre qui devenait trop pesante. Se retournant, Conan eut la surprise de voir Nanaïa, le drap de soie noué en manière de chemise, qui tirait avec les Zuagirs.

– Je croyais t'avoir dit de...

– Tu n'as rien qui puisse me servir de manchon? se contenta-t-elle de répondre. La corde de mon arc me met le bras en sang.

Conan se détourna en soupirant et se remit à tirer. Il comprit pourquoi ils avaient été si promptement cernés, lorsque la voix d'Olgerd Vladislav domina la clameur en claquant comme un coup de fouet. Le Zaporoskan, rapidement mis au courant de la mort de Virata, avait sans doute pris immédiatement le commandement de l'ensemble des troupes.

– Ils apportent des échelles, annonça Antar.

Le regard de Conan fouilla la nuit. A la lueur des lanternes, il aperçut trois longues échelles qui s'approchaient du donjon, portées chacune par plusieurs hommes. Il bondit dans l'armurerie dont il ramena une longue pique.

Deux hommes tenaient contre le sol la base de l'une des échelles, tandis que deux autres couraient vers la tour en la portant à bout de bras au-dessus de leur tête. Le sommet de l'échelle vint porter sur le treillage.

– Il faut la repousser! Fais-la basculer! criaient les Zuagirs, comme l'un d'eux passait son épée contre les mailles du treillage.

– Reculez! ordonna Conan. Je m'en charge.

Il attendit que plusieurs hommes se fussent rués vers le haut de l'échelle. Le premier était un puissant guerrier armé d'une hache de bataille. A l'instant où il levait son arme pour fracasser le treillage, Conan posa le bout de sa pique sur un échelon et poussa. Lentement, l'échelle partit en arrière. Ceux qui s'y trouvaient lâchèrent leurs armes pour se raccrocher aux barreaux. Le tout s'effondra sur les premiers rangs des assiégeants.

– Par ici! Ils en posent une autre! cria un Zuagir.

Conan courut à l'autre bout du balcon et repoussa une seconde échelle. La troisième était à demi levée quand une volée de flèches abattit les hommes qui la dressaient.

– Continuez de tirer, rugit Conan en laissant sa pique pour le grand arc.

Cette incessante grêle de traits, à laquelle elles ne pouvaient répondre de façon efficace, sapait le moral des troupes de Yanaidar. Elles finirent par se disperser pour gagner quelque abri. Les Zuagirs saluèrent ce repli avec de grands cris de joie et de longs tirs obliques.

En quelques instants, le jardin se vida à l'exception des morts et des mourants. On distinguait cependant des mouvements de troupes derrière les murs et sur les toits environnants.

Conan rentra dans l'armurerie et monta les escaliers. Il traversa plusieurs salles encombrées d'armements et arriva dans l'oratoire du magus. Il n'accorda qu'un bref regard aux manuscrits poussiéreux et aux étranges instruments, et poursuivit son ascension jusqu'à la plate-forme d'observation.

De là-haut, il put prendre la mesure de la situation. Le palais, ainsi qu'il le découvrait à présent, était entouré de jardins sauf sur le devant où se trouvait une vaste esplanade. Le tout était enclos d'une muraille extérieure. Des murs, plus modestes, séparaient les jardins à la façon des rayons d'une roue, la grande muraille figurant la jante.

Le jardin, dans lequel se dressait la tour, se trouvait au nord-ouest du palais, près de l'esplanade dont il était séparé par un muret. Un autre muret le séparait du jardin suivant. Ces deux jardins étaient contigus au jardin du paradis qui était à demi enclos dans le mur du palais.

Au delà de la muraille extérieure entourant les terres du palais, s'étendaient les toits de la ville. La maison la plus proche n'était pas à plus de trente pas du mur. Des lumières brillaient partout, dans le palais, les jardins et les maisons adjacentes.

Le bruit, les cris et les plaintes, les jurons et le cliquetis des armes décrurent subitement. Alors, la voix d'Olgerd Vladislav s'éleva derrière le mur de l'esplanade.

– Es-tu prêt à te rendre, Conan?

Le Cimmérien éclata d'un rire sonore.

– Viens donc nous chercher!

– C'est ce que je vais faire – au lever du jour, promit le Zaporoskan. C'est comme si tu étais déjà mort.

– Tu m'as dit la même chose du haut des remparts. Mais je suis toujours vivant, et le singe est mort!

Conan s'était exprimé en hyrkanien. Un cri de colère où perçait l'incrédulité monta de tous côtés. Il reprit :

– Les Yezmites savent-ils que le magus est mort, Olgerd?

– Ils savent surtout qu'Olgerd Vladislav est le seul maître de Yanaidar, ainsi qu'il l'a toujours été! J'ignore comment tu as tué le singe ou comment tu as sorti ces chiens zuagirs de leurs cellules, mais je vais accrocher vos dépouilles sur ce mur avant que le soleil ait monté d'une heure!

De grands coups se mirent à arriver de l'autre côté de l'esplanade, invisible de l'endroit où se trouvait Conan.

– Tu entends ça, pourceau de Cimmérien? reprit Olgerd. Mes hommes sont en train de construire une hélépole, une tour mobile, capable d'arrêter tes flèches et d'abriter cinquante guerriers. Au lever du jour, nous la pousserons jusqu'au donjon et nous l'envahirons. C'en sera fait de toi, maudit chien!

– C'est cela, envoie-les donc, tes guerriers. Avec ou sans tour nous les tomberons comme des lapins.

Le Zaporoskan répondit d'un rire moqueur, et ce fut la fin des pourparlers. Conan envisagea un moment de faire une sortie, mais il abandonna vite l'idée. Des guerriers se massaient derrière chaque mur du jardin, et une telle tentative eût été un pur suicide. La forteresse était devenue une prison.

En son for intérieur, Conan admit que si les Kushafi n'arrivaient pas à temps, ni sa force, ni sa férocité, ni l'aide des Zuagirs n'y pourrait changer quoi que ce fût.

Les coups de marteau semblaient redoubler d'ardeur. Même si les Kushafi arrivaient à l'aube, il serait sans doute trop tard. Pour faire entrer leur machine de guerre dans le jardin, les Yezmites allaient devoir abattre le muret, mais cela ne leur prendrait pas beaucoup de temps.

Les Zuagirs ne partageaient pas les sombres pressentiments de leur chef. Ils venaient déjà de se tailler une belle victoire; ils avaient une solide position, un chef qu'ils vénéraient, et une inépuisable réserve de projectiles. Que fallait-il de plus à un guerrier?

Le Zuagir blessé mourut alors que l'aube commençait de faire pâlir les lanternes du jardin. Conan considérait sa pitoyable bande. Les Zuagirs erraient sur le balcon en jetant des coups d'œil à travers les lattes de bois, tandis que Nanaïa, épuisée, dormait à même le sol, enveloppée dans le drap de soie.

Les coups de marteau cessèrent. Le silence ne dura pas, et on entendit bientôt le grincement de grandes roues. La machine de guerre des Yezmites n'était pas encore visible, mais l'on apercevait par delà le mur d'enceinte les formes sombres d'hommes juchés sur les toits. Plus loin, derrière les maisons et les bouquets d'arbres, il n'y avait personne sur les fortifications qui festonnaient le rebord du plateau. De toute évidence, les gardes de l'endroit, nullement ébranlés par le sort d'Antar et ses hommes, avaient abandonné leur poste pour se joindre aux combats. Conan aperçut cependant une douzaine d'hommes qui marchaient sur la route menant à l'escalier. Olgerd n'entendait pas laisser ce point non gardé.

Conan se tourna vers ses six Zuagirs qui le regardaient sans mot dire, le visage mangé par la barbe, les yeux injectés de sang.

– Les Kushafi ne sont pas venus, dit-il. Olgerd va

faire avancer ces chiens à l'abri du grand bouclier sur roue. Ils vont lancer des passerelles et prendre pied sur ce balcon. Nous allons en tuer quelques-uns; puis nous mourrons.

– Ce sera comme Hanuman en a décidé, répondirent-ils. Nous en tuerons beaucoup avant de mourir.

Palpant leurs armes, ils retroussèrent les lèvres en un sourire cruel. On eût dit des loups affamés dans le petit matin.

Conan se tourna et vit la formidable machine qui traversait l'esplanade en grondant. Il s'agissait d'un assemblage massif de poutres, de bronze et de fer, le tout monté sur des roues de char à bœufs. Au moins cinquante hommes pouvaient se tasser derrière à l'abri des flèches. Elle roula jusqu'au muretin et s'immobilisa. Des masses entrèrent en action et commencèrent d'abattre l'obstacle.

Le bruit réveilla Nanaïa. Elle se mit sur son séant, se frotta les yeux, regarda alentour et, avec un cri, courut se jeter dans les bras de Conan.

– Tais-toi. Nous allons les exterminer, fit-il d'un ton bourru bien qu'il pensât exactement le contraire.

A présent il ne pouvait plus rien pour elle, sinon lui faire un rempart de son corps, ou peut-être lui réserver son ultime coup d'épée.

– Le mur s'effondre, marmonna un Zuagir à l'œil de lynx. De la poussière s'élève sous les marteaux. Bientôt nous pourrons voir ceux qui les manœuvrent.

Des moellons tombaient du faîte du mur; un pan entier s'effondra. Des hommes se coulèrent dans la brèche, ramassèrent les pierres et les emportèrent. Conan banda le grand arc hyrkanien et tira une flèche en une longue trajectoire courbe vers la brèche. Un Yezmite s'écroula en hurlant. Les autres l'enlevèrent et continuèrent de s'ouvrir un chemin. Derrière se dressait la tour de siège dont les occupants impatients criaient aux sapeurs de se dépêcher. Conan leur décochait trait sur trait. La plupart se brisaient sur les pierres, mais de temps en temps l'un d'eux trouvait cible humaine. Lorsque les hommes, exténués, semblaient sur le point de flancher, la voix cinglante d'Olgerd les faisait redoubler d'ardeur.

Tandis que le soleil se levait, projetant des ombres démesurées dans les jardins, les derniers vestiges du muretin furent déblayés. Alors, avec force couinements et grincements, la tour s'ébranla. Les Zuagirs tirèrent dessus, mais leurs flèches se fichèrent dans les peaux qui en recouvraient l'avant. La tour était aussi haute que le balcon sur lequel ils se tenaient; des échelons permettaient d'y monter par l'arrière. Dès qu'elle serait accolée au donjon, les Yezmites y grimperaient, traverseraient la plate-forme dont elle était surmontée, et fracasseraient le frêle treillage du balcon.

– Vous vous êtes bien battus, dit Conan à ses hommes. Nous allons mourir fièrement en emportant avec nous autant de ces maudits chiens que nous le pourrons. Au lieu de les attendre ici, nous allons sauter sur la plate-forme, les en chasser, puis nous abattrons tous ceux qui essaieront de monter.

– Les archers nous cribleront depuis le sol, objecta Antar.

Conan haussa les épaules. Un sinistre sourire étira ses lèvres.

– En attendant nous nous amuserons un peu. Allez à l'armurerie prendre des piques; pour ce genre de contre-attaque, rien de tel qu'une bonne ligne de lances. Apportez aussi deux grands boucliers; ceux qui seront sur les flancs les porteront.

Un instant plus tard, Conan eut devant lui les six Zuagirs survivants, armés de piques et prêts à en découdre; il tenait, lui, une grosse hache de bataille dont il allait se servir pour pulvériser le treillage et mener l'assaut de la plate-forme.

L'hélépole roulait toujours vers le donjon, et les hommes massés derrière poussaient déjà des cris de triomphe.

Alors, quand elle ne fut plus qu'à une longueur de pique de la muraille, elle s'immobilisa. Les longues trompettes mugirent, une immense clameur s'éleva, et les hommes qui se trouvaient derrière la tour commencèrent à refluer vers la brèche du mur.

9. Le destin de Yanaidar

– Crom, Mitra et Assura! rugit Conan en jetant sa hache contre le sol. Ces chiens ne vont quand même pas s'enfuir avant qu'on les ait caressés!

Il allait de long en large sur le balcon en essayant de voir ce qu'il se passait, mais la masse de l'hélépole désertée lui bouchait la vue. Alors, il se rua à l'intérieur et monta précipitamment jusqu'à la plate-forme d'observation.

Il porta le regard en direction du nord, par-dessus les toits de Yanaidar, vers la route qui s'étirait dans le matin naissant. Là, une demi-douzaine d'hommes couraient. Derrière eux, d'autres silhouettes se glissaient à travers les fortifications du bord de la mesa. Un grand cri éperdu retentit dans la cité soudainement silencieuse. Puis s'éleva le mystérieux martèlement qui avait déjà par deux fois stupéfait Conan. Cette fois pourtant, peu lui importait si tous les suppôts des Enfers menaient une sarabande sous Yanaidar.

– Balash! s'écria-t-il.

Une fois de plus, la négligence des gardes de l'escalier l'avait servi. Les Kushafi avaient gravi l'escalier à temps pour massacrer les sentinelles qui venaient y monter la garde. Ceux qui envahissaient le plateau étaient plus nombreux que ce qu'aurait pu aligner le seul village de Kushaf, et Conan, même à cette distance, pouvait distinguer les pantalons de soie rouge de ses Kozaki.

Dans Yanaidar, la première stupeur avait fait place à une réaction énergique. Des hommes vociféraient sur les toits ou couraient dans les rues. Peu à peu la nouvelle de l'invasion se répandait. Conan ne fut pas surpris d'entendre quelques instants plus tard la voix cinglante d'Olgerd qui donnait ses ordres.

Bientôt, sortant des jardins et des maisons, des hommes se déversèrent sur l'esplanade. Conan aperçut Olgerd à l'autre bout d'une rue, entouré d'un fort parti d'Hyrkaniens en cuirasse étincelante, à la tête duquel frémissait le panache du casque de Zahak. A leur suite, en bon ordre pour des barbares, se pressaient des centaines de guerriers yezmites. De toute évidence, Olgerd leur avait enseigné les rudiments de la guerre civilisée.

Ils défilaient comme s'ils projetaient de prendre position sur la plaine afin de s'y mesurer à la horde des envahisseurs, mais, parvenus au bout de la rue, ils se dispersèrent pour s'embusquer dans les maisons et les jardins riverains.

Les Kushafi étaient encore trop loin pour voir ce qu'il se passait dans la cité. Quand ils furent suffisamment près pour observer la rue, celle-ci paraissait déserte. Cependant, de son perchoir, Conan apercevait des silhouettes menaçantes embusquées derrière les muretins, des archers tapis sur les toits en terrasse. Les Kushafi fonçaient tête baissée dans un piège, et il n'y pouvait rien. Il émit un grognement étranglé.

Un Zuagir déboucha haletant des escaliers et vint se poster derrière lui. Il parla entre ses dents dont il se servait pour nouer un bandage grossier autour de son poignet blessé.

– Ce sont tes amis? Ces idiots sont en train de s'avancer entre les crocs de la mort.

– Je sais, marmonna Conan.

– Voilà ce qu'il va se passer. Du temps où j'étais garde du palais, j'ai entendu le Tigre expliquer à ses officiers son plan défensif. Tu vois ce verger au bout de la rue, sur le côté est? Cinquante hommes s'y cachent. De l'autre côté, il y a un jardin qu'on apelle le jardin du Stygien; là aussi, cinquante guerriers. La maison voisine en est pleine, ainsi que les trois autres qui lui font face.

– Pourquoi me racontes-tu ça? Je vois bien ces chiens couchés dans le verger et sur les toits.

– Les hommes qui sont dans le verger et le jardin vont laisser passer les Ilbarsi. Quand ils se seront engagés entre les maisons, les archers des toits se mettront à tirer, pendant que les autres sortiront de leurs cachettes pour les prendre en tenailles. Pas un homme n'en réchappera.

– Si seulement je pouvais les avertir! grogna Conan. Viens, on redescend.

Il dévala les escaliers et appela Antar et les autres Zuagirs.

– Nous allons les prendre à revers, annonça-t-il.

– A sept contre sept cents? fit Antar. Je ne suis pas un lâche, mais...

En quelques mot, Conan les instruisit de ce qu'il avait vu du haut de la tour.

– Si, à l'instant où Olgerd déclenche son piège, nous arrivons à prendre les Yezmites à revers, peut-être parviendrons-nous à faire basculer le sort. Nous n'avons rien à perdre. Si Olgerd massacre mes amis, il viendra ensuite s'occuper de nous.

– Mais qu'est-ce qui va nous distinguer des chiens d'Olgerd? objecta encore le Zuagir. Tes amis vont frapper d'abord et poser des questions ensuite.

– Venez par là. (Dans l'armurerie, Conan distribua aux Zuagirs des cottes de mailles argentées et des casques de bronze de forme ancienne et surmontés d'une haute crinière qui ne ressemblaient à rien de ce qu'il avait vu à Yanaidar.) Revêtez ça. Restez groupés, criez « Conan! » en guise de cri de guerre, et tout va très bien se passer.

Les Zuagirs se mirent à regimber lorsqu'ils eurent soupesé leur jaseran, et à se plaindre des casques dont les oreillons et le nasal qui leur recouvraient presque toute la face les aveuglaient.

– Mettez-les! rugit Conan. Nous livrerons un combat en règle, et non une de ces escarmouches de chacal du désert dont vous avez l'habitude. Bon, attendez-moi ici, jusqu'à ce que je vienne vous chercher.

Il retourna au sommet de la tour. Les Libres Compagnons et les Kushafi marchaient en rangs serrés. Ils s'immobilisèrent. Ce vieux loup de Balash était trop astucieux pour foncer tête baissée dans une ville dont il ignorait tout. Il envoya quelques éclaireurs reconnaître le terrain. Ceux-ci disparurent derrière les maisons et revinrent bientôt en courant vers le gros de la troupe. Une centaine de Yezmites les poursuivaient en désordre.

Les envahisseurs se placèrent en ligne de bataille.

Le soleil faisait luire les traits qu'échangeaient les deux groupes. Quelques Yezmites tombèrent, et le reste engagea Kozaki et Kushafi. Il y eut un moment de confusion où, dans un nuage de poussière, on ne vit plus que le miroitement des lames. Puis les Yezmites rompirent le combat et s'enfuirent en direction des habitations. Ainsi que Conan le craignait, les envahisseurs se lancèrent à leurs trousses en hurlant comme des démons assoiffés de sang. Il savait que la poignée de Yezmites n'avait été qu'un appât destiné à attirer ses hommes dans l'embuscade. Sinon, jamais Olgerd n'aurait envoyé une force si faible au-devant de l'ennemi.

Bien qu'il ne pût les retenir, Balash parvint néanmoins à leur faire adopter une formation plus compacte tandis qu'ils parvenaient à l'extrémité de la rue.

Ils n'avaient pas encore atteint les maisons et se trouvaient à moins de cinquante enjambées du dernier Yezmite, lorsque Conan dévala les escaliers du donjon.

– Allons-y! lança-t-il. Nanaïa, tu restes ici. Referme la porte derrière nous!

Ils jaillirent de la tour, contournèrent la machine de guerre et s'engouffrèrent dans la brèche du mur. Personne ne leur barra le chemin. Olgerd avait dû sortir du palais tous ceux qui étaient capables de porter les armes.

Antar en tête, le petit groupe traversa le palais pour déboucher sous le portique de l'entrée principale. A cet instant, le signal de l'attaque yezmite fut donné par le rugissement assourdissant des longues trompettes de bronze des Hyrkaniens d'Olgerd. Lorsque Conan et ses Zuagirs arrivèrent dans la rue, le piège s'était refermé. Il vit les dos d'une masse de Yezmites qui, emplissant toute la largeur de la rue, ferraillaient contre l'envahisseur, tandis que, depuis les toits environnants, les archers décochaient une grêle de flèches sur la mêlée.

Promptement et silencieusement, Conan amena sa petite troupe sur les derniers Yezmites. Chaque Zuagir embrocha un ennemi et dégagea sa pique pour frapper encore et encore, pendant qu'au milieu de la ligne Conan maniait furieusement sa hache de bataille, fracassant des crânes ou tranchant des bras à hauteur d'épaule. Au fur et à mesure que leurs piques se brisaient ou restaient fichées dans leurs victimes, les Zuagirs tiraient l'épée.

Telle était la furie de l'assaut de Conan et de ses hommes, qu'ils purent abattre trois fois leur nombre avant que les Yezmites ne se rendissent compte qu'on les avait pris à revers. Lorsqu'ils se retournèrent, l'appareil inhabituel de l'agresseur et les corps mutilés de leurs camarades les firent reculer d'effroi. Ces sept hommes bizarrement accoutrés et qui se battaient comme des diables leur parurent une armée.

– Conan! Conan! hurlaient les Zuagirs.

Ce cri galvanisa la troupe encerclée. Il ne restait plus que deux hommes entre Conan et les siens. L'un fut embroché par le Kozak qui lui faisait face. Conan abattit si vigoureusement sa hache sur le casque de l'autre que non seulement il lui fendit le crâne, mais qu'il en brisa le manche de son arme.

Un instant d'accalmie s'ensuivit – d'accalmie et de flottement car Kozaki et Zuagirs se retrouvaient face à face, et nul ne savait à quoi s'en tenir sur l'identité des autres. Alors Conan releva son casque pour découvrir son visage.

– A moi! hurla-t-il par-dessus le vacarme. Etrillons-les, mes frères.

– C'est Conan! s'écria le Libre Compagnon le plus proche. (Et ce cri fut repris par toute l'armée.)

– Dix mille pièces d'or pour la tête du Cimmérien! fit quelque part la voix dure d'Olgerd Vladislav.

Le fracas des armes redoubla comme redoublèrent les cris, les imprécations et les plaintes. La bataille se fragmentait en centaines de combats singuliers ou d'affrontements entre de petits groupes. Ils parcouraient la rue en tous sens, piétinant morts et blessés; ils s'engouffraient dans les maisons, fracassaient le mobilier, ferraillaient dans les escaliers, ou débouchaient sur les toits où Kushafi et Kozaki eurent vite raison des archers qui y étaient postés.

Il n'y eut dès lors plus rien qui ressemblât à un ordre ou une tactique quelconque. Nul ne recevait d'ordres et nul n'en donnait. Ce n'était plus qu'une boucherie aveugle, suante et haletante; on s'étripait au corps à corps, les pieds dans une mare de sang. Inextricablement emmêlée, la masse des combattants bondissait et tournoyait le long de la rue principale de Yanaidar, débordait dans les ruelles et les jardins. Il y avait peu de différence entre les effectifs des deux hordes rivales. L'issue de la bataille n'était pas encore décidée, et nul ne savait quel tour prenaient les combats; chacun était bien trop occupé à tuer et ne pas se faire tuer pour se soucier de ce qu'il se passait autour de lui.

Conan ne s'égosilla pas à essayer d'ordonner ce chaos. Tactique et stratégie n'étaient plus de mise; les plus forts, les plus féroces allaient l'emporter. Cerné par une meute hurlante, il ne pouvait que fendre autant de crânes et répandre autant de tripes qu'il le pouvait, et laisser les dieux du hasard décider de l'issue du combat.

Alors, de même que se disperse la brume lorsque la brise se lève, la bataille commença à perdre de son intensité. Et Conan comprit que l'un des camps flanchait. La folie furieuse des Yezmites provoquée par les drogues que leur avaient administrées leurs chefs, s'estompait.

Conan aperçut Olgerd Vladislav. Le casque et la cuirasse du Zaporoskan étaient bosselés et maculés de sang, ses vêtements en lambeaux, mais ses muscles puissants frémissaient toujours au jeu fulgurant de son sabre. Ses yeux gris flamboyaient, un sourire farouche étirait ses lèvres. Trois Kushafi gisaient à ses pieds, et son sabre tenait tête à une demi-douzaine de lames. A sa gauche et à sa droite, Hyrkaniens de Khitaï luttaient contre de farouches Kushafi.

Conan aperçut également Tubal pour la première fois. Pareil à un buffle, il labourait le champ de bataille, nourrissant sa furie sanguinaire de formidables coups d'épée. Lorsqu'il vit son ami sortir de la mêlée, Conan entreprit de se frayer un chemin jusqu'à Olgerd.

En voyant arriver le Cimmérien, l'autre éclata d'un rire impétueux. Du sang courait sur le jaseran de Conan et formait de petits ruisseaux au long de ses bras puissants et hâlés. Son long coutelas ilbarsi était rouge jusqu'à la garde.

– Viens donc mourir, Conan! lui cria Olgerd.

Et Conan alla comme va un Kozak. Olgerd bondit à sa rencontre, et ils combattirent comme combattent les Kozaki, chacun attaquant en même temps, portant coup sur coup, trop rapidement pour que l'œil des témoins pût suivre l'action.

Les guerriers ensanglantés, haletants, cessèrent le combat pour former cercle et regarder leur chefs qui allaient sceller le destin de Yanaidar.

Conan trébucha, perdant contact avec la lame du Zaporoskan.

Olgerd poussa un cri perçant et leva son sabre. Avant qu'il eût pu frapper, ou même réaliser que le Cimmérien venait de le tromper, le long coutelas, poussé par les muscles d'acier de Conan, perfora sa cuirasse à l'endroit du cœur. Il était mort avant d'avoir touché terre.

Comme il se redressait, Conan entendit une nouvelle clameur, différente de celle qu'il attendait de ses hommes se jetant sur les derniers Yezmites. Il se retourna et aperçut une troupe en solide formation qui remontait la rue en balayant les combattants épars. Lorsque les nouveaux arrivants furent plus proches, Conan reconnut les hauberts dorés et les panaches de la garde royale d'Iranistan. A leur tête se trouvait le puissant Gotarza qui, de son grand cimeterre, frappait indifféremment Yezmites et Kozaki.

En quelques secondes, tout l'aspect de la bataille avait changé. Quelques Yezmites s'enfuirent. Conan s'écria : « A moi, Kozaki! », et sa bande vint se rassembler autour de lui, accompagnée des Kushafi et de quelques-uns des Yezmites. Ces derniers, trouvant en Conan le seul chef actif contre le nouvel ennemi commun, se joignaient à ceux qu'ils combattaient encore quelques instants plus tôt.

Conan se retrouva face à Gotarza qui portait des coups capables d'abattre de jeunes chênes. La lame ébréchée de Conan chantait en fendant l'air trop vivement pour que le regard pût la suivre, mais l'Iranistanien ne le lui rendait en rien. Le sang d'une blessure au front ruisselait sur le côté du visage de Gotarza, une estafilade à l'épaule poissait d'écarlate le devant du jaseran de Conan. Mais leurs fers tournoyaient, s'entrechoquaient, et nul ne parvenait à prendre en défaut la garde de son adversaire.

Alors la clameur des combats se changea en hurlements de pure terreur. De tous côtés, des hommes laissaient choir leurs armes pour détaler sur la route menant à l'escalier. La cohue, bousculant les deux combattants, les amena poitrine contre poitrine. Ils luttèrent un moment au corps à corps. Conan voulut parler, mais la longue barbe noire de Gotarza lui emplit la bouche. Il la recracha pour rugir :

– Dis-moi ce qu'il se passe, traîne-sabre de palais!

– Les vrais maîtres de Yanaidar sont de retour, cria Gotarza. Regarde par toi-même, goret de Cimmérien!

Conan risqua un coup d'œil. De tous côtés surgissaient des ombres grises à l'œil vide et la mâchoire tordue. Elles s'abattaient sur les hommes, s'y accrochaient de leurs mains griffues pour les mettre en pièces et les dévorer sur place. Leurs victimes les frappaient avec l'énergie du désespoir, mais leur enveloppe cadavérique semblait presque insensible aux coups d'épée. Là où un spectre tombait, trois autres bondissaient pour prendre sa place.

– Les goules de Yanaidar! hoqueta Gotarza. Fuyons! Ne me frappe pas dans le dos, et j'en ferai autant. Nous pourrons régler notre affaire plus tard.

La presse des fugitifs les renversa. Conan sentit des pieds humains lui fouler le dos. Au prix d'un immense effort, il parvint à se mettre à genoux, puis debout, en jouant des poings et des coudes afin de se ménager assez d'espace pour respirer.

La déroute se faisait vers le nord, vers l'escalier; sans plus songer à leur différend trilatéral, Yezmites, Kozaki, Kushafi et Iranistaniens détalaient au coude à coude. Des femmes et des enfants couraient parmi les guerriers. Et, pareilles à de grandes mouches grises, les goules harcelaient les flancs des fuyards, s'abattant sur tous ceux qui s'isolaient momentanément du groupe. Rejeté sur le bord de la cohue, Conan aperçut Gotarza qui titubait aux prises avec quatre vampires. Il avait perdu son cimeterre, et en tenait deux à la gorge; un troisième lui entravait les jambes et un dernier lui tournait autour pour refermer les mâchoires sur son cou.

D'un coup, Conan coupa une goule en deux; d'un revers, il en décapita une autre. Gotarza se défit des deux dernières qui bondirent sur Conan. D'autres arrivèrent à la rescousse; en un instant, elles avaient presque terrassé le Cimmérien. Il vit vaguement Gotarza en arracher une, la projeter au sol et lui sauter dessus, lui brisant les côtes avec un bruit de bois mort. Conan rompit sa lame sur la plus proche et, d'un coup de pommeau, enfonça le crâne d'une autre.

Puis il reprit sa course avec les fuyards. Ils s'engouffraient dans la poterne du mur cyclopéen, dévalaient l'escalier et les rampes et traversaient le fond du canyon. Les goules les poursuivirent jusqu'à la poterne. Puis, tandis que les derniers fuyards s'y précipitaient, elles repartirent dans l'autre sens, pour errer le long de la route et dans les vergers, et s'abattre, babines retroussées, sur les morts et les blessés autour desquels grouillaient et se battaient déjà de petits essaims des leurs.

Dans le canyon, hommes, femmes et enfants s'écroulaient d'épuisement; peu soucieux de la proximité des monstres, ils s'allongeaient sur la rocaille ou s'adossaient à quelque rocher. La plupart étaient blessés. Tous les guerriers étaient maculés de sang, échevelés, l'œil rougi, le vêtement en lambeaux et la cuirasse cabossée. Beaucoup avaient perdu leurs armes. Des centaines de guerriers qui s'étaient rencontrés au lever du jour, moins de la moitié étaient ressortis de Yanaidar. Pendant un long moment, on n'entendit que leurs halètements rauques, les gémissements des blessés, le bruit du linge déchiré pour confectionner quelque pansement grossier, et le cliquetis occasionnel d'une arme sur la roche au gré de leurs déplacements.

Bien qu'il n'eût cessé de combattre, de courir et d'escalader depuis la veille, Conan fut parmi les premiers à se relever. Il bâilla, s'étira, eut une grimace de douleur, puis se mit à déambuler dans le canyon pour rassembler ses hommes en un groupe compact. De son escouade de Zuagirs, il ne retrouva que trois hommes, dont Antar. Il retrouva aussi Tubal, mais pas Codrus.

De l'autre côté du canyon, Balash, assis, les jambes enveloppées de pansements, donnait d'une voix faible des ordres à ses Kushafi. Gotarza regroupait lui aussi ses hommes. Les Yezmites, qui avaient subi les plus lourdes pertes, erraient de-ci de-là comme des agneaux égarés, en considérant craintivement les groupes qui se reformaient.

– J'ai tué Zahak de ma main, expliqua Antar. Ils n'ont personne autour de qui se rassembler.

Conan se rendit auprès de Balash.

– Comment ça va, vieux loup?

– Pas trop mal, bien que je ne puisse marcher sans qu'on me soutienne. Tu vois, les vieilles légendes ne mentaient pas! De temps en temps, les goules sortent de leurs catacombes et dévorent ceux qui ont été assez téméraires pour s'établir à

Yanaidar. (Tubal frissonna.) M'étonnerait que quiconque revienne reconstruire la cité.

– Conan! appela Gotarza. Nous avons toujours un différend à régler.

– Je suis prêt, fit Conan. (Puis, baissant la voix :) Tubal, rassemble tes hommes en formation, avec les moins blessés et les mieux armés sur l'extérieur.

Il alla se placer entre son groupe et celui de Gotarza. Ce dernier s'avança à son tour.

– J'ai toujours ordre de vous ramener, toi et Balash, à Anshan. Morts ou vifs.

– Tu peux essayer, rétorqua Conan.

– Je suis blessé, lança Balash, mais si tu essaies de m'emmener de force, les miens vous traqueront dans les collines et vous abattront jusqu'au dernier.

– Tu es courageux, mais une nouvelle bataille ne te laisserait pas assez d'hommes, répliqua Gotarza. Tu sais parfaitement que les autres tribus profiteraient de votre faiblesse pour piller votre village et enlever vos femmes. Le roi règne sur les monts ilbars parce que les tribus ilbarsi ne se sont jamais unies et ne le feront jamais.

Balash resta un moment silencieux, puis demanda :

– Dis-moi, Gotarza, comment as-tu su où nous étions partis?

– Nous sommes arrivés à Kushaf hier soir. Un garçon du village, chatouillé à la pointe du couteau, a bien voulu nous dire que vous étiez en Drujistan, et nous servir de guide. Peu de temps avant le lever du jour, nous sommes arrivés à cet endroit où l'on gravit la falaise grâce à une échelle de corde. Dans votre hâte, vous avez bêtement oublié de la remonter derrière vous. Après avoir capturé les hommes que vous aviez laissés avec les chevaux, nous vous avons suivis.

» Mais revenons à nos affaires. Je n'ai rien contre vous, mais j'ai fait serment devant Asura d'obéir aux ordres de Kobad Shah, et je m'y appliquerai jusqu'à mon dernier souffle. D'un autre côté, il serait dommage de relancer la tuerie alors que les hommes sont épuisés et que tant de valeureux guerriers sont déjà tombés.

– Où veux-tu en venir? fit Conan.

– J'ai pensé que toi et moi pourrions régler la question en combat singulier. Si je perds, vous pourrez aller où bon vous semble, et il n'y aura personne pour vous barrer la route. Si c'est toi qui tombes, alors Balash me suivra à Anshan. Il pourra ainsi tenter de prouver son innocence, ajouta Gotarza à l'adresse du chef des Kushafi. Et le roi prendra en compte sa participation à la fin du culte de Ceux Qui Se Cachent.

– D'après ce que je sais du caractère soupçonneux de Kobad, cela m'étonnerait, dit Balash. Mais j'y consens, car nul chien de palais ne saurait vaincre Conan en un tel duel.

– D'accord, fit Conan. (Il se tourna vers ses hommes.) Qui a la plus longue épée?

Il en compara plusieurs et choisit une lame longue et droite à la mode hyborienne. Puis il fit face à Gotarza.

– Tu es prêt?

– Prêt, fit l'autre en s'élançant.

Si vives que les guerriers assemblés n'en percevaient que les lueurs et les entrechoquements, les deux lames entamèrent une danse mortelle. Les deux adversaires bondissaient, voltaient, se fendaient et paraient sans trêve. Jamais au cours des siècles les ravines désolées de Yanaidar n'avaient assisté à plus superbe fait d'armes.

– Arrêtez! cria une voix. (Puis, comme le combat ne cessait pas :) J'ai dit : *arrêtez!*

Conan et Gotarza s'écartèrent prudemment l'un de l'autre et tournèrent la tête pour voir qui les interrompait.

– Bardiya! s'écria Gotarza en reconnaissant le corpulent majordome qui se tenait à l'entrée de la gorge menant à l'échelle de corde. Que fais-tu ici?

– Cessez le combat, fit l'Iranistanien. J'ai crevé trois chevaux pour vous rattraper. Kobad Shah est mort, empoisonné par le venin du kriss. Son fils Arshak vient de monter sur le trône. Il abandonne tout grief à l'encontre de Conan et de Balash. Il demande à celui-ci de redevenir le loyal gardien de la frontière du Nord, et à Conan de revenir le servir. L'Iranistan va avoir besoin de tels guerriers, car Yezdigerd de Turan, qui vient d'en finir avec les bandes kozaki, envoie de nouveau ses armées contre ses voisins.

– S'il en va ainsi, dit Conan, les steppes de Turan offrent de nouveau de fructueuses rapines. Et puis je suis fatigué des intrigues de votre cour parfumée. (Il se tourna vers ses hommes :) Ceux qui souhaitent retourner à Anshan sont libres; demain, j'emmène les autres dans le nord.

– Et nous, qu'allons-nous devenir? gémit un Hyrkanien emplumé, ancien garde de Yanaidar. Les Iranistaniens vont nous massacrer sur-le-champ. Notre cité est prise par les vampires, nos familles ont péri, et nos chefs de même. Qu'allons-nous devenir?

– Ceux qui le veulent peuvent se joindre à moi, fit Conan d'un ton indifférent. Les autres n'ont qu'à demander à Balash s'il veut bien d'eux. Beaucoup de femmes de sa tribu vont chercher un nouvel époux – Crom!

Le regard de Conan venait de s'allumer à la vue d'un groupe de femmes où se trouvait Parusati. Quelque chose lui revint en tête.

– Qu'y a-t-il, Conan? fit Tubal.

– J'ai oublié la fille, Nanaïa. Elle est toujours dans le donjon. Comment vais-je faire pour aller la chercher au milieu des goules?

– Pas la peine, fit une voix.

Un rescapé des Zuagirs qui avaient aidé Conan, enleva son heaume de bronze, révélant le visage de Nanaïa dont les cheveux noirs tombèrent en cascade sur les épaules.

Après une seconde de flottement, Conan éclata d'un rire tonitruant.

– Je croyais t'avoir dit de... Oh, après tout j'aime autant cela. (Il l'embrassa bruyamment.) Ça, c'est pour avoir combattu à nos côtés. (Puis il lui appliqua une vigoureuse claque sur les fesses.) Et ça, c'est pour avoir désobéi. Maintenant, allons-y. Levez-vous, frères de misère; avez-vous l'intention de rester sur vos gros culs jusqu'à la fin des temps?

Tenant la grande fille brune par la main, il s'engagea dans la gorge qui menait à la route de Kushaf.

SOMMAIRE

Les paragraphes biographiques chapeautant les histoires sont basés sur *A probable Outline of Conan's Career* de P. Schuyler Miller & John D. Clark (1938), et sur la version allongée de cet essai, *An Informal Biography of Conan the Cimmerian* de P. Schuyler Miller, John D. Clark & L. Sprague de Camp (1959).

J'ai lu l'histoire

Dos vert bronze

AVALLONE Michaël

Une femme nommée Golda (1853★★)
Elle incarne toute la flamme du peuple d'Israël.

CARS Guy des

Les reines de cœur (1783★★★)
Le destin de quatre reines exceptionnelles de Roumanie.

CARS Jean des

Haussmann, la gloire du Second Empire (1055★★★★)
La prodigieuse aventure de l'homme qui a transformé Paris.
Louis II de Bavière (1633★★★)
Une biographie passionnante de ce prince fou, génial et pervers.
Elisabeth d'Autriche ou la Fatalité (1692★★★★)
Le destin extraordinaire de Sissi.

CASTELOT André

Les battements de cœur de l'histoire (1620★★★★)
La politique et l'histoire confrontées au cœur et à l'amour.

CASTILLO Michel del

Les Louves de l'Escurial (1725★★★★)
A la cour d'Espagne, horreur, fanatisme mais aussi tendresse.

CASTRIES Duc de

La Pompadour (1651★★★★)
Les vingt ans de règne d'une femme d'exception.
Madame Récamier (1835★★★★)
Un portrait tendre et subtil d'une femme singulière qui a charmé B. Constant, Ampère, Lucien Bonaparte, Auguste de Prusse... et Chateaubriand.

CHARDIGNY Louis

Les maréchaux de Napoléon (1621★★★★)
Des hommes hors du commun à une époque exceptionnelle.

DECAUX Alain

Les grands mystères du passé (1724★★★★)
Les énigmes historiques les plus célèbres.

DÉON Michel

Louis XIV par lui-même (1693★★★)
Un grand roi raconté par lui-même.

EXMELIN A.O.

Histoire des Frères de la côte (1695★★★★)
En 1668, Exmelin devient le médecin des flibustiers des Antilles.

GUERDAN René

François Ier (1852★★★★★)
A travers un grand roi, toute l'époque Renaissance. ***(à paraître)***

JACOB Yves

Mandrin, le voleur d'impôts (1694★★★)
L'histoire vraie d'un personnage célèbre.

KENDALL Paul Murray
Mon frère Chilpéric (1786★★★★)
Le récit passionnant d'une des périodes les plus sombres de l'histoire de l'Europe.

MAALOUF Amin
Les croisades vues par les Arabes (1916★★★★)
L'autre face du plus fantastique défi lancé par l'Occident.

MERMAZ Louis
Madame de Maintenon (1785★★)
Le destin hors du commun de la veuve Scarron qui devint l'épouse de Louis XIV.

MERRIEN Jean
Christophe Colomb
L'histoire fabuleuse de l'homme qui découvrit l'Amérique.
(à paraître)

MORAND Paul
La dame blanche des Habsbourg (1619★★★)
Tous les drames de la cour d'Autriche, toutes les amours.

MOYNE Christiane
Louise de La Vallière (1726★★★)
Le jeune Louis XIV et sa touchante maîtresse.

STEINBECK John
Le roi Arthur et ses preux chevaliers (1784★★★★)
Steinbeck fait revivre l'épopée des chevaliers de la Table ronde.

TROYAT Henri
Catherine la Grande (1618★★★★★)
Petite princesse allemande, elle a voulu incarner la Russie.
Pierre le Grand (1723★★★★)
Génial, fou, bouffon, fascinant, tel fut ce tsar.

Achevé d'imprimer sur les presses de l'imprimerie Brodard et Taupin
58, rue Jean Bleuzen, Vanves. Usine de La Flèche,
le 5 décembre 1985
6908-5 Dépôt légal décembre 1985. ISBN : 2 - 277 - 21935 - 5
Imprimé en France

1935
★★★

Editions J'ai Lu
27, rue Cassette, 75006 Paris
diffusion France et étranger : Flammarion